BASTEI
LÜBBE

Ihre Urlaubsbegleiter
im BASTEI-LÜBBE-Taschenbuchprogramm

26001 Happy End
26002 Leidenschaft
26003 Intensivstation
26004 Höhepunkte
26005 Thrill & Kill
26006 Schock & Schreck

# SCHOCK & SCHRECK

Horror, wie er
im Buche steht

***Stephen King***
***Jason Dark***
***Charles Dickens***
***Robert Louis Stevenson***
***und viele andere***

BASTEI
LÜBBE

BASTEI-LÜBBE-TASCHENBUCH
Urlaubsbegleiter

Band 26006

Erste Auflage: April 1990


Titelfoto: Terry Oakes
Umschlaggestaltung: Klaus Blumenberg
Satz: Fotosatz Schell, Bad Iburg
Druck und Verarbeitung:
Brodard & Taupin, La Flèche, Frankreich
Printed in France
ISBN 3-404-26006-6

Der Preis dieses Bandes versteht sich einschließlich
der gesetzlichen Mehrwertsteuer.

# Inhalt

Robert Chetwynd-Hayes
Der Monster-Club 7

Jason Dark
Die Schwiegermutter 245

Stephen King
Spätschicht 275

Charles Dickens
Lektüre für die Abenddämmerung 307

Robert Louis Stevenson
Der Leichenräuber 331

# Der Monster-Club

Robert Chetwynd-Hayes

## Vorbemerkung des Autors

Ich möchte betonen, daß der Monster-Stammbaum auf Seite 10 lediglich einen groben Überblick über die Kreuzungsmöglichkeiten moderner Monster bietet. Paarungen zwischen der ersten und der zweiten Generation oder den Mischlingen sind zwar unüblich, aber nicht unbekannt. Wenn man beispielsweise einen *Shadmock* mit einem Vampir kreuzte, käme dabei ein *Shadvam* heraus, und ein *Mock* gekreuzt mit einem *Ghul* ergäbe einen *Mockgul*, und so fort.

In der dritten Geschichte habe ich einen *Ghul* mit einem *Menschen* gepaart – oder, monstergerecht ausgedrückt, mit einem *Homo* – und so einen *Homghul* gezeugt.

Ein aufmerksamer Student der Montrologie, der seine Augen aufmacht, wird zweifellos viele merkwürdige Mischungen entdecken, die gerade einen Stadtbummel unternehmen oder in der U-Bahn einen Stehplatz ergattert haben.

# Vorspiel

Donald McCloud hatte, seinem schottischen Namen zum Trotz, für alle ein großes Herz und infolgedessen ein kleines Bankkonto. Er konnte an keinem Streichholzverkäufer vorübergehen, ohne dessen Bestände fast gänzlich aufzukaufen. Sammler für wohltätige Zwecke zog es in seine Nähe wie Bienen zum Honigglas. Kirchenmänner hielten an seiner Tür die Hand für ihre reparaturbedürftigen Glockentürme auf, und Bettelbriefe machten einen beträchtlichen Teil seiner Post aus.

Als der kleine Mann im schmutzigen Regenmantel auf der Charing Cross Road zusammenbrach, war Donald selbstverständlich der erste aus der vorbeiströmenden Menge, der ihm zu Hilfe kam. Er lief zu ihm, kniete sich auf das feuchte Pflaster und drehte den kleinen Mann auf den Rücken.

Ein weniger mitfühlender Mensch wäre über den Anblick entsetzt gewesen. Das winzige Gesicht war ein nur mit leichenblasser Haut überzogener Totenschädel, das strähnige Haar ähnelte ölverklebter Baumwolle, und die langen, gelblichen Zähne schlugen in höchst alarmierender Weise aufeinander.

»Wie fühlen Sie sich?« forschte Donald, als sich die blaßblauen Augen öffneten und ihn kalt anstarrten. Ein heiseres Flüstern drang durch die gelben Zähne:

»Ausgehungert.«

»Sie Armer!« Donald dachte zunächst an

Restaurants, Cafés und Lyons' Teestuben, während er auf die knochige Vogelscheuche zu seinen Füßen hinunterblickte. Dann entschied er: »Passen Sie auf, Sie kommen mit zu mir.«

»Ausgehungert«, wiederholte der kleine Kerl. »Brauche Nahrung.«

»Ja, das sehe ich. Wir nehmen ein Taxi, und bei mir zu Hause bekommen Sie etwas Anständiges zu essen.«

»Ganz trockenen Mund.« Mit Donalds Hilfe kam der kleine Mann unsicher auf die Beine und beäugte hungrig die Vorübergehenden. »'nen ganz leeren Magen.«

»Unverschämt!« Donald schaute mißbilligend zu einem gutsituiert wirkenden Passanten, der ganz ungläubig auf die kleine, ausgemergelte Gestalt starrte. »Sie sprechen von der Überfluß-Gesellschaft, und hier ist ein Mensch fast verhungert.«

»Ausgehungert«, bestätigte der kleine Mann. »Hatte seit zwei Wochen nichts zu schlürfen.«

»Taxi!« Donalds Stimme klang schrill und laut. »Ein Notfall, Taxi ...«

Donald half dem kleinen Mann die Stufen zu seiner Wohnung im obersten Stockwerk hinauf. Er setzte ihn in einen Lehnsessel und eilte mit großen Schritten in die Küche. Hier wärmte er den restlichen Eintopf von gestern auf und öffnete eine Dose Reis mit Sauce, die das Werbefernsehen bereits seit Wochen empfahl. Dann richtete er das improvisierte Mahl geschmackvoll auf einem rosa Plastikteller an und trug es ins Wohnzimmer. Der kleine Mann empfing seinen Gastgeber ohne Begeisterung.

»Hier«, sagte Donald herzlich, »stelle ich ... eh ... wie darf ich Sie nennen?«

»Eramus.« Der kleine Mann schaute mit unübersehbarem Abscheu auf den dampfenden Eintopf. »Ich glaube nicht, daß ich das essen kann.«

Donald nickte voller Verständnis. »Natürlich, wenn Sie so lange nichts mehr gegessen haben, müssen Sie vorsichtig sein. Nehmen Sie erst mal einen kleinen Schluck von der Sauce. Das wird Ihre Verdauungssäfte wieder anregen.«

»Ich glaube, Sie haben das nicht kapiert, Mann«, stöhnte Eramus. »Ich krieg' nichts Richtiges runter. Das ist nicht mein Fall, verstehen Sie.«

»Sie meinen«, Donald überlegte, »Sie sind ein Trinker?«

Eramus wirkte ein bißchen gekränkt.

»So kann man's auch nennen. Aber ich brauche keinen Schnaps. Man könnte sagen, ich lebe von einem ganz speziellen Stoff. Rotem Stoff.«

»Sie meinen ...?«

Eramus nickte bedächtig. »Genau, Mann. Ich bin ein Vampir.«

Donald kam gut zwanzig Minuten später wieder zu sich und merkte, daß Eramus mitfühlend ein nasses Handtuch um seinen Kopf gewickelt hatte und versuchte ihm ein Glas

Whisky einzuflößen. Außerdem fühlte er einen leichten Schmerz in der linken Seite seines Halses, und als er tastend nach der wunden Stelle forschte, entdeckte er zwei winzige Löcher. Eramus verteidigte sich.

»Ich hoffe, es macht Ihnen nichts aus, Mann. Ich habe ja bloß meine Lippen befeuchtet. Nur ein Tropfen. Schließlich haben Sie mich zum Essen eingeladen.«

»Ich finde, Sie hätten wenigstens fragen können«, meinte Donald vorwurfsvoll, als er unsicher auf die Beine kam und zum nächsten Sessel wankte. »Ich finde, es zeugt einfach von schlechtem Benehmen, sich selbst zu bedienen.«

»Das Elend ist«, Eramus gab sich Mühe, es zu erklären, »bei den meisten Leuten hört die Großzügigkeit auf, wenn es auch nur um einen einzigen Tropfen von diesem roten Zeug geht. Wirklich geizig sind sie da. Dabei haben die meisten doch mehr, als sie brauchen.«

»Meiner Ansicht nach«, begann Donald mit großem Ernst, »ist das Vampir-Dasein kein erfreulicher Zeitvertreib. Verzeihen Sie den Ausdruck, aber es ist einfach ekelhaft.«

»Das müssen Sie *mir* nicht sagen, Mann«, stieß Eramus hervor und schüttelte bekräftigend den Kopf. »Es ist verdammt scheußlich. Es bringt nichts ein, heutzutage Vampir zu sein. Ich will sagen, versetzen Sie sich mal in meine Lage, Kumpel. Stellen Sie sich eine Blut-Diät vor, Nacht für Nacht, Jahr für Jahr. Und glauben Sie nicht, man käme leicht ran. Die Leute sind heute aufgeklärt. Es ist nicht so wie damals, als ich in die Sache einstieg.«

»Aufgeklärt!« rief Donald verwundert aus. »Inwiefern?«

»Horror-Filme«, antwortete Eramus unwirsch, und seine Miene kräuselte sich zu einem Ausdruck entrüsteter Ablehnung. »Sie sollten verboten werden. Ein gemeiner Verrat von Berufsgeheimnissen. Sie nehmen uns das Blut von den Lippen.«

Er beute sich vor und drohte zur Unterstreichung seiner Empörung mit dem Zeigefinger. »Heute weiß doch jedes kleine Kind, daß zwei gekreuzte Holzscheite Gift für uns sind. Und die Sache mit dem fließenden Wasser. Ein sehr guter Freund von mir wurde von einem Frauenzimmer, dem man den Hintern versohlen müßte, unter die Dusche gelockt. Und noch was – wann immer ich meine hölzerne Bettdecke zuklappe, nie kann ich sicher sein, daß nicht irgendein Besserwisser mit einem spitzen Pfahl in meine Ruhepause platzt.«

Donalds mildes Herz war von der Aufzählung der Peinigungen einer verfolgten Minderheit sehr mitgenommen. Mit einem tiefen Seufzer bekundete er sein Mitgefühl.

»Ich kann Ihre Schwierigkeiten gut verstehen. Andererseits gehört Blut zu den wenigen Annehmlichkeiten, die heutzutage nicht besteuert werden. Da sind die Leute natürlich stark interessiert, es zu behalten. Ich werde das Gefühl nicht los, hier wäre eine ausgezeichnete Marktlücke für einen Betrieb, der Blut in Dosen abfüllt und Ihren Leuten mit einem hübschen Gewinn verkauft. Wahrscheinlich wäre eine Art Supermarkt geeignet. Dann könnten Sie mit einem Einkaufsnetz losziehen und Ihren Bedarf decken.«

Eramus versuchte ein Lächeln, was ihm aber wohl mangels Übung nicht recht gelang.

»Das ist ein großartiger Einfall, Mann, und ich muß zugeben, es ist eine Wohltat, jemanden zu finden, der uns begreift. Die meisten Leute rümpfen die Nase, wenn sie rauskriegen, was mit mir los ist.«

»Wir haben alle unser Kreuz zu tragen«, sinnierte Donald feierlich. Eramus zuckte zusammen.

»Bitte, mir wäre lieber, Sie vermieden dieses Wort.«

»Ich bitte um Verzeihung.«

»Schon gut, Mann«, winkte Erasmus ab. »Die kleine Erfrischung, die Sie mir liebenswürdigerweise gegönnt haben, hat mich wieder auf die Beine gebracht, und ich schaffe es jetzt bis zum Club. Dort kann ich meine Wochen-Ration einnehmen.«

»Sie besuchen einen Club!« In Donald meldete sich eine gewisse aufflackernde Neugierde. »Mir war noch nicht bekannt, daß ...«

»O ja«, Erasmus nickte, »wir Drop-outs müssen zusammenhalten, sonst wären wir schon vor Jahren ausgemerzt worden. Bei uns gibt es eine, man könnte sagen, sehr unterschiedliche Mitgliedschaft. Außer meiner Sorte gibt's dort Werwölfe, Schlangenmenschen, Wespenfrauen, gestrandete Schattenmonster, weniger erfolgreiche Experimente des alten Baron Frankenstein sowie einen Fluch-Dämon, der mit einem gebrochenen Flügel notlanden mußte, einen Aufhocker, der seit zwanzig Jahren nach einem nackten jungfräulichen Rücken sucht, und ein Ding aus dem All, das '57 von einem Spähtrupp vergessen wurde.«

»Um Himmels willen!« Donald erschauerte, obgleich er wußte, daß sein Gast das als Unhöflichkeit auffassen mochte. »Sie müssen ... viel Spaß haben.«

»Wir treffen uns dort gelegentlich zu einem gemütlichen Beisammensein«, bestätigte Eramus, »besonders zur Weihnachtszeit. Wissen Sie was – hätten Sie nicht Lust, mal vorbeizuschauen?«

»Ich weiß nicht.« Donald gab sich zurückhaltend, obwohl er ein beängstigendes Interesse verspürte. »Sicher passe ich nicht recht dazu. Ich meine, ich bin kein ...«

»Kein Monster?« Eramus gluckste, und Donald mußte dabei an Hühnerhof-Gegacker denken. »Aber Sie sind eins, Mann. Betrachten Sie es von unserer Warte aus. Sie essen Fleisch und Gemüse. Apfeltorte und Schlagsahne. Nachts schlafen Sie und spazieren herum, wenn die Sonne heiß herunterbrennt. Soweit ich sehen kann, haben Sie auch keine Hörner, Schuppen, spitze Ohren, Kiemen, Reißzähne, Klauen, Stoßzähne, keinen Pelz, Schwanz und keine Schnauze – entschuldigen Sie, aber ich muß sagen, Sie sind das größte Monster von uns allen. Begleiten Sie mich als Gast, und wenn Sie wollen, stelle ich Sie dem Vorstand als potentielles Mitglied vor.«

Donald durchrieselte jene große, freudige Dankbarkeit eines Menschen, der aus der Kälte an den warmen Ofen geholt wird. Gesellschaftliche Anerkennung bedeutete ihm sehr viel.

»Das ist furchtbar nett von Ihnen. Aber macht es auch keine Umstände?«

Eramus gab wieder ein glucksendes Geräusch von sich.

»Umstände! Was zieren Sie sich so, Mann? Sie sind meine Blume im Knopfloch, wie man so sagt. Zum Teufel, Sie tun mir doch einen Gefallen.«

»Wenn Sie es so sehen«, Donalds Bedenken wurden von seiner Neugier weggewischt, »kann ich nicht gut ablehnen.«

»Dann nehmen Sie Hut und Mantel«, forderte Eramus ihn auf, »und wir machen uns auf den Weg.«

»Was, jetzt gleich?«

»Nur die Gegenwart zählt.« Eramus erhob sich und rieb seine Hände in freudiger Erwartung. »Die Nacht ist kurz, und wir Vampire leben für den Augenblick. Beeilung, ich bin schon wieder völlig ausgehungert.«

Der Monster-Club lag in der Swallow Street, bescheiden zwischen eine Austern-Bar und ein Curry-Restaurant gezwängt. Man erreichte den Club über eine schwach beleuchtete Treppe, die in einen tiefen Keller führte. Donald folgte seinem Gastgeber durch eine düstere Passage, um zwei oder drei Ecken herum, durch mehrere Türen und endlich in eine kleine, hell erleuchtete Empfangshalle. Ein hochgewachsener, ungewöhnlich dünner Mann mit einem

Gesicht, das an einen Totenschädel erinnerte, stand hinter einem Empfangsschalter. Er hätte Eramus' älterer Bruder sein können. Der Mann starrte auf eine Tafel, die in roten Lettern verkündete:

*In diesem Club sind alle Mitglieder gleich:*
*ob sie Krallen, Klauen oder Reißzähne haben,*
*Haut, Pelz oder ein Panzer*
*sie ziert, ob sie aus Grab, Gruft oder Laboratorium stammen,*
*ob sie gleiten, laufen oder kriechen,*
*ob sie atmen, keuchen oder nichts von alledem.*
*Kein Monster wird vorrangig behandelt.*

*Unterzeichnet*
*EATN Ghul*
*(Stellv. Vorsitzender)*

»n'Abend, Theobald«, grüßte Eramus das traurig dreinschauende Individuum am Empfang. »Noch immer trocken?«

Theobald nickte bekümmert. »Leider. Hatte die Woche nicht mal 'nen Fingerhut voll.« Hoffnungsvoll betrachtete er Donald, dann fragte er leise: »Was ist denn das? Haste dein eigenes Abendessen mitgebracht?«

»Nein, das ist mein Gast. Ich möchte Ihnen meinen Vetter Theobald vorstellen, McCloud. Wie wir übrigen Vampire ist er auf dem Tiefpunkt angelangt.«

»Das tut mir leid.« Mitfühlend ergriff Donald die kalte, tote Hand, die sich zögernd in seine legte. »Ich hoffe, es geht Ihnen bald wieder besser.«

»Danke, Sir.« Theobald verneigte sich und wandte sich dann an Eramus. »Die Lebensmittelmarken dabei, Eramus? Der Vorstand läßt uns die Gürtel enger schnallen wegen der Blutknappheit.«

Eramus zog ein winziges, braunes Buch aus seiner Brusttasche, und Theobald schnibbelte mit einer Nagelschere drei Coupons von einem Blatt. Dafür reichte er Eramus eine rote Karte.

»Langt für vier kleine Gläser«, erklärte Theobald.

»Kaum genug, um Haut und Knochen zusammenzuhalten«, schimpfte Eramus und stieß eine mit grünem Fries bespannte Tür auf. »Wenn ich an die Gallonen denke, die ich damals zum Einstand gegeben habe, fangen meine Reißzähne an zu klappern.«

Donald hörte kaum hin. Er war viel zu sehr von der vor ihm liegenden Szenerie beeindruckt. Er schaute in einen weitläufigen Raum, der eher wie ein normales gepflegtes Restaurant der Spitzenklasse aussah: Stühle mit hohen, vergoldeten Rückenlehnen standen adrett um die Tische, die mit schneeweißem Damast bedeckt waren. Auf der kleinen Bühne spielte eine Drei-Mann-Band langsame, das Blut abkühlende Musik.

Donald war für das gedämpfte Licht dankbar, denn das Publikum war geeignet, jeden normalen Gast in die Flucht zu schlagen. Er sah ein haariges Gesicht mit den buschigen Brauen des Werwolfs; die Trauermiene und die in ein Leichentuch gehüllte Gestalt eines Friedhofsghuls; den eckigen Schädel und den klumpigen

Körper eines sonderbaren Monsters, das ein verrückter Wissenschaftler in seinem Gebirgs-Laboratorium hervorgebracht hatte; die solide Steinmasse des Golem; die Windungen der Schlangenfrau; die schleimigen Tentakeln eines scheußlich aussehenden Etwas, das sich wohl von irgendeiner schwarzen Lagune hierher verirrt hatte; und etliche andere unheimliche Geschöpfe, die zu der vorrangig vertretenen Gattung der Monster zu zählen waren.

Eine Vampir-Familie schien das Personal zu stellen. Ein leichtbekleidetes Zigaretten-Girl entblößte seine Eckzähne zu einem dümmlichen Lächeln. Einem Kellner, ganz in Schwarz, lief das Wasser im Mund zusammen, als sein pupillenloser Blick auf Donalds fleischigen Nacken fiel. Und der Band-Leader hatte ein Paar Reißzähne, die über seine Unterlippe hingen und ihm Grübchen ins Kinn drückten.

Der Kellner führte sie zu einem Tisch in der Ecke, links von der Bühne. Dort überreichte er Donald eine Karte mit verschiedenen Spalten, die die Bedürfnisse und Geschmacksrichtungen der unterschiedlichen Gäste berücksichtigten. Die Vampire lebten kümmerlich.

*Vier Gläser pro Person* stand da, und darunter las Donald: *Warum probieren Sie nicht einen Teil Ihrer Ration als Klümpchen gefroren und mit Eis-Creme serviert?*

Die Ghule kamen am besten weg. Unter der Überschrift *Fleisch-Gerichte* entdeckte Donald so leckere Sachen wie *Gepökeltes Aas mit Grabstein-Sauce* und *Friedhofs-Schmortopf – ein Muß für den Genießer*. Werwölfe wurden zu *Schlagt die Zähne in die Schenkel einer Jungfrau* eingeladen, während See-Monstern ein *Toter Seemann im Wrack* angeboten wurde.

Am Ende der Karte stand die Rubrik für *Menschliche Förderer*. Das war genau das Richtige für ihn, fand Donald. Er konnte zwischen Fisch mit Bratkartoffeln, Roastbeef mit Yorkshire-Pudding, geschmorten Kaldaunen mit Zwiebeln und weiteren Köstlichkeiten wählen, die garantierten, daß sie *Frischmachen zur nächsten Spende*.

Dieser Hinweis beunruhigte Donald leicht, und er machte seinen Gastgeber darauf aufmerksam. Aber Eramus fegte seine Bedenken mit einer Handbewegung beiseite.

»Kein Grund zur Sorge, Sie sind Gast. Wir Vampire haben viel gelernt, seit der alte Graf sich sein Lebenselexier holte, wo er es fand. Langen Sie zu, egal worauf Sie Lust haben. Und wenn Sie anschließend spenden möchten, ist das Ihre Sache.«

Um ein größeres Risiko auszuschließen, bestellte Donald Roastbeef. Dabei hoffte er inständig, daß der Küchenchef gewissenhaft arbeitete und die angebotenen Speisen nicht vermischte. Eramus wurde seine Ration mit Erdbeer-Eis serviert, und man mußte zugeben, daß sie sehr appetitanregend aussah. Dann lehnte er sich zurück und heftete seine Augen auf die an den Nachbartischen speisenden Berühmtheiten.

Eramus wandte seine Aufmerksamkeit einer großen, gut gebauten Dame mit einem viereckigen Schädel zu, die sich mit einigen befremdlichen Typen unterhielt, die verkehrt zusammengesetzt zu sein schienen. Dem einen sprossen Hände anstelle der Ohren. Ein anderer verfügte über ein Überangebot an Nasen: Ein überlanger Riecher wurde von zwei kleineren, mißlungenen eingerahmt. Ein weiterer fiel durch die steile Aufreihung von Ohren beiderseits seines furchtbar langen Gesichts auf. Donald wollte gerade eine sehr intelligente Frage formulieren, als die riesige Dame mit einem lauten Raunen bedauerte:

»Wirklich, niemand kann mich für die Fehler meines Großvaters verantwortlich machen.«

»Baronin Frankenstein«, flüsterte Eramus. »Die Enkelin des berühmten Barons und seiner selbstgebastelten Braut.«

Donald bemerkte: »Oh!« und betrachtete die Baronin mit größtem Interesse. Schließlich hatte er die bewundernswerte Karriere ihres Großvaters seit seiner frühen Kindheit in den Spätvorstellungen verfolgt.

»Sie hat ein weiches Herz«, erklärte Eramus, »man könnte sagen, sie wacht mit der Fürsorge des Besitzers über die kleinen Mißgeschicke ihres Großvaters. Zweimal im Jahr lädt sie hier alle zum Essen ein.«

Donald hätte einige bohrende Fragen gestellt, wären sie nicht durch die Ankunft des merkwürdigsten Wesens unterbrochen worden, das bisher in dieser befremdlichen Gesellschaft aufgetaucht war. Eramus machte bekannt.

»Dies ist Manfred der Wervamp, mein Lieber.«

Man tauschte Höflichkeiten aus. Manfred machte es sich in einem Sessel bequem und nahm die Einladung zu einer ›Bloody Mary‹ an, während Donald prüfend das höchst beunruhigende Äußere des neuen Gastes betrachtete. Er blickte in ein längliches, leichenblasses, aber nicht häßliches Gesicht, in dem die großen Vampir-Zähne besonders auffielen. Doch damit hörte seine Ähnlichkeit mit den Blutsaugern bereits auf. Das lange, dichte Haar, die Krallen an den Händen und vor allem der mit Fell bewachsene Schwanz, den er beim Hinsetzen durch ein besonderes Loch in der Rückenlehne schieben muße – das alles ließ auf einen Werwolf in der Familie schließen. Die großen braunen Augen blickten traurig, als er die ›Bloody Mary‹ in einem Zug herunterstürzte, und Donald hatte den Verdacht, daß sein Tischnachbar in der letzten Zeit sehr zurückhaltend gewesen sein mußte.

»Manfred hat ein Problem«, erklärte Eramus vertraulich, »auf das man nur bei längerem Nachdenken kommt.«

»Wie bedauerlich«, sagte Donald, dessen Mitleid augenblicklich aufflammte. »Was ist denn genau sein Problem?«

»Nun, es handelt sich darum ...«, begann Eramus und bat dann mit einer unerwarteten Feinfühligkeit: »Erzähle es ihm selbst, Manfred.«

»Kurz gesagt«, sprach der Wervamp mit einer tiefen, kultivierten Stimme, »meine Mutter war ein Vampir aus gutem Hause. Ihr Stammbaum geht auf den berühmten Grafen zurück, daran besteht kein Zweifel. Aber mein Vater war ein Werwolf von schlichter – ich bin kein Snob –, von proletarischer Herkunft. Die Folge ist, daß ich eine gespaltene Persönlichkeit habe. Die eine Hälfte schätzt einen feinen Schluck, während die andere, wie eine gewöhnliche Bestie, etwas zerfetzen will. Es ist wirklich zuviel, und manchmal denke ich, es wäre das beste, ich machte einen langen Spaziergang durch die Sonne.«

»Nein, nein«, beschwor Eramus den Verzweifelten, »das ist keine Lösung. Versuch mal an die Vorteile zu denken. Schließlich hast du das Beste von zwei Welten. Wenn Blut knapp ist, mußt du nur die alten Pfoten auf Trapp bringen und gehst jagen.«

»Das ist schon richtig«, Manfred schüttelte sein Haupt, »aber weißt du nicht, daß der Werwolf in mir nur zu Zeiten des Vollmonds Gestalt gewinnt? Für die übrige Zeit bin ich ein Humvamp.«

»Bei Satans Knickerbockern«, fluchte Eramus. »Das ist übel. Das ist die übelste Geschichte, die ich je gehört habe.«

»Bestimmt. Die halbe Zeit weiß ich nicht, soll ich sie nun aussaugen oder zerreißen.«

Sie wurden von einem Ghul unterbrochen, der sie bat, ihm freundlicherweise den Weg zur Herrentoilette zu zeigen. Manfred beobachtete die davongehende Gestalt mit einigem Neid.

»Der ist letztlich gut im Geschäft«, meinte Manfred vorwurfsvoll.

Donalds Neugierde war nicht zu bändigen, und auf die Gefahr hin, sein Gegenüber durch eine Taktlosigkeit zu verletzen, fragte er: »Verzeihen Sie, aber mir war nicht bekannt, daß – wie soll ich sagen – unterschiedliche Arten einander, eh, heiraten können. Würden Sie mir erklären, wie Ihre Eltern, nun ja, wie sie zusammenkamen?«

»Das ist eine lange und traurige Geschichte.« Manfred wischte sich mit seinem Handrücken über ein tränenfeuchtes Auge.

»Das ist es.« Eramus nickte grimmig. »Ich garantiere, daß diese Geschichte eine Statue zum Weinen brächte. Er ist nämlich eine Waise.«

»Oh, Sie Armer!«

»Tja.« Eramus nickte abermals, doch jetzt mit düsterer Befriedigung. »Sein Vater wurde mit einer Silberkugel erschossen. Von einem kleinen Nichtsnutz, der wohl *›Der Werwolf von Hackney Wick‹* gesehen hatte. Und seine arme Mutter … Erzähl es ihm, Manfred.«

»Ein verrückter Pfaffe mit einem Zeltpflock und einem Kohlenhammer.«

»Wie mein Vater schon immer sagte«, stellte Eramus fest. »Sohn, hüte dich vor Pfarrern und Pfadfindern.«

Ein tiefes Schweigen folgte dieser schwerwiegenden Feststellung, das Donald benutzte, um seine Augen über die Nachbartische schweifen zu lassen und sich noch einmal zu wundern, daß eine solche Sammlung von Monstern unentdeckt im modernen Swinging London existieren konnte. Doch dann erinnerte er sich einiger Gesichter aus der Untergrundbahn und wunderte sich nicht weiter. Baronin Frankenstein lauschte hingebungsvoll einer Anekdote, die eines der Mißgeschicke ihres Großvaters vortrug, und verkündete mittendrin:

»Ich erinnere mich, der Lieblingsspruch des Barons war – *Zurück ans Reißbrett*.«

Donald wurde abrupt zu seiner unmittelbaren Umgebung zurückgerissen, als Manfred plötzlich fragte: »Möchten Sie die Geschichte meiner beklagenswerten Eltern hören?«

»Falls es nicht zu schmerzlich wäre?«

Manfred seufzte und heuchelte die Zurückhaltung des erfahrenen Erzählers.

»Sie wollen sicher nicht mit meinen Familien-Tragödien behelligt werden.«

»Und ob ich will«, sagte Donald, bemerkte aber dann, daß dies vielleicht nicht die taktvollste Antwort war. »Ich würde Ihre Geschichte gern hören – aber nur, wenn es für Sie keine besondere Unannehmlichkeit bedeutet.«

»Spuck's aus«, forderte Eramus, »und kein weiteres Gefasel mehr.«

Der Wervamp seufzte. »Nun gut, wenn ihr darauf besteht. Aber meint ihr nicht, ehe ich anfange ...«

Eramus winkte dem langzahnigen Kellner.

»Zwei Bloody Marys. Tomatensaft für den menschlichen Spender.«

»Ich werde«, erklärte Manfred, nachdem er an seinem Glas genippt hatte, »die Geschichte in der dritten Person erzählen. Das macht es interessanter, und außerdem ist es die Geschichte meines Vaters, nicht meine eigene.«

Und damit lehnte sich Donald, umgeben von den Mitgliedern des einzigartigen Monster-Clubs, zurück, genoß seinen Drink und lauschte der Erzählung.

## Der Werwolf und der Vampir

George Hardcastles Abstieg begann mit seiner Hundeliebe. An keinem Vierbeiner konnte er vorübergehen, ohne schnell seinen Kopf zu tätscheln. Kam ein räudiger Bastard um die Ecke, pfiff George und rief: »Komm schon, Junge! Na, komm!« Es war das typische Gehabe, das passionierten Tierfreunden zu eigen ist.

Vielleicht hätte die Tragödie sich abwenden lassen, wäre George nicht eines Tages zu einem Ausflug in die Greensand Hills aufgebrochen. Hier, im Clandon Down, wo Zwerg-Eichen, weiße Birken und schwarze Tannen sich über die nördliche Hügelkette erstreckten, war ein versteckter Tummelplatz für selten gewordene, meist unsichtbare Wesen, die im Unterholz lauerten. Aber, wie viele vor ihm, ahnte George nichts davon. Er stapfte fröhlich den Hang hinauf und genoß die frische Luft, die absolute Stille und seine Jugend.

Ein Geheul, das ihn an einen Hund erinnerte, ließ ihn stehenbleiben und lauschen, woher dieses Geräusch kam.

Später erinnerte er sich daran, daß ihm keine der in Legende und Aberglauben überlieferten Vorzeichen aufgefallen waren. Es war Nachmittag, und soviel George erkennen konnte, schien kein Vollmond. Goldene Sonnenstrahlen fielen durch die Baumkronen, und es herrschte ringsum eine warme, friedliche Atmosphäre mit einem Hauch von Moder.
Die Umgebung war so alltäglich, und er ein

ganz normaler junger Mann – nicht besonders intelligent, aber mit guter Gesundheit und einem anziehenden, jungenhaften Aussehen gesegnet, angelsächsischem Charme, hellem Teint und blondem Haar.

Abermals zerriß das langgezogene Geheul die Luft. Es war der kehlige Schrei eines Hundes in Not.

Irgendwo zu Georges Linken zwischen oder hinter einem Vorhang aus Schößlingen und Gebüsch mußte sich das unglückliche Geschöpf befinden. Furchtlos verließ George den ausgetretenen Pfad und stolperte in das gedämpfte Zwielicht, das den ganzen Sommer über unter dem Laubdach herrschte, immer das Bild eines in einem Fangeisen sitzenden Tieres vor Augen. Mitleid beschleunigte seine Schritte und ließ ihn die stinkenden Schößlinge, die gegen Gesicht und Hände schlugen, die Dornen, die Hose und Knöchel zerkratzten, vergessen. Wieder erscholl das Geheul, nun etwas weiter rechts, und wäre George nicht so gewesen, wie er nun einmal war, hätte er dem darauf folgenden Knurren mehr Beachtung geschenkt.

Nachdem er eine Weile in verschiedenen Richtungen gesucht hatte, gönnte er sich eine Rast unter einer großen Eiche auf einer kleinen Lichtung. Zum erstenmal verspürte er Furcht in der beginnenden Dämmerung. Sich in einem englischen Forstgebiet zu verlaufen, erschien nahezu unmöglich. Aber hier beschlich ihn das Gefühl, daß jeden Moment die Schatten der Nacht, die bei Tage in den Wäldern versteckt waren, über ihn herfallen und ihn ersticken könnten.

Er verließ seinen Platz unter der Eiche und wanderte dorthin zurück, von wo er vermutete, gekommen zu sein, als das tiefe Knurren wieder ganz in seiner Nähe ertönte. Georges Mitleid verflog wie ein Blatt im Wind. Entsetzen befiel ihn, eine blinde, unvernünftige Panik. Der Verstand hatte einem animalischen Überlebensinstinkt Platz gemacht. George ahnte, daß es ihn bald haben würde, was immer es auch sein mochte.

Kurz darauf war es an seiner Seite, schnüffelnd, winselnd und knurrend. Und dann schrie George. Ein brennender Schmerz durchfuhr seinen rechten Oberschenkel. Er stürzte. Seine Qualen verwandelten sich in eine scharlachrote Flamme, bis gnädige Dunkelheit ihn einhüllte.

Eine Stunde oder mehr verging, bis George das Bewußtsein wiedererlangte. Still lag er da und wunderte sich darüber, im dichten Unterholz mit einem schmerzenden rechten Bein zu liegen. Dann streckte die Erinnerung ihre ersten Fühler aus, und er wagte, sich umzusehen.

Der Morgen graute, die Schatten der Nacht zogen sich zurück. Aber er war durchaus in der Lage, den toten Mann ein paar Schritt entfernt zu erkennen. Vergeblich versuchte er, den Anblick des violetten Gesichts mit den hervorquellenden Augen zu verdrängen, indem er einfach die seinen schloß. Aber der schreckliche Anblick war in sein Hirn gebrannt, und die

Erinnerung schien noch makabrer als die Wirklichkeit. Wieder öffnete er seine Augen, und da war er: Ein Mann in mittleren Jahren, mit kurzgeschnittenen grauen Haaren, einem langen Schnurrbart und gelben Zähnen, die in einem tödlichen Lächeln entblößt waren. Die Gesichtsfarbe ließ auf einen Herzanfall schließen.

Die nächsten Stunden glichen einem Alptraum. George schlug sich durchs Unterholz und fand mit viel Glück einen der Waldwege.

Eine Gruppe Pfadfinder entdeckte ihn am nächsten Morgen.

Die Polizei und eine Schar begeisterter Freiwilliger durchkämmten die Wälder, fanden aber keine Spur von einer grausamen wilden Bestie. Aber sie entdeckten den toten Mann, der als ein für seine Eigenbrödelei bekannter Farmarbeiter identifiziert wurde. Die Autopsie ergab, daß er einer Herzattacke erlegen war. Man nahm an, daß er sich bei seinem Versuch, dem verletzten jungen Mann zu helfen, zu sehr aufgeregt hatte. Die ganze Geschichte geriet nach ein paar Tagen in Vergessenheit.

Mrs. Hardcastle rühmte sich, eine Mutter zu sein, die mit einer Krankheit resolut fertig wurde. Nach drei Wochen war George wieder auf den Beinen. Seine Mutter ermunterte ihn zu ausgedehnten Spaziergängen, die er als gehorsamer Sohn auch unternahm. So landete er an einem regnerischen Tag in der königlichen Residenz von Hampton Court. Nachdem er die Himmelbetten in den Gemächern bewundert hatte, kam er in den Audienzsalon der Königin. Er wurde müde und setzte sich auf ein Sofa. Von dort konnte er den langen Korridor mit den vielen Türen beobachten.

Plötzlich erregte ein Mädchen in dunkler Kleidung seine Aufmerksamkeit, das über den Flurläufer schritt. Eine Schönheit in Schwarz-Weiß. Nicht, daß etwas Unheimliches von ihr ausgegangen wäre. Eine unglaubliche Trauer lag in ihren großen, dunklen Augen und der schüchternen Art, mit der sie in jeden Saal schaute. Ihre Erscheinung war ungewöhnlich. Als ob eine Schwarz-Weiß-Fotografie plötzlich zum Leben erwacht wäre.

Sie betrat den Audienzsalon der Königin, und er hörte das leichte Tapsen ihrer Füße, das Knistern ihres Kleides. Sie wanderte durch den Raum und betrachtete die Bilder mit großem Ernst. Dann, als habe sie ein Laut aufgeschreckt, blieb sie stehen. Ihre wunderschönen Augen wanderten direkt zu George.

Ihr gehetzter Ausdruck verwandelte sich in eine sich steigernde Verwunderung. Für einen Augenblick kam George der Gedanke, sie würde ihn irgendwoher kennen, aber er wußte nicht woher. Mit einem kleinen Lächeln glitt sie neben ihn und ließ sich am anderen Ende des Sofas nieder. Immer noch ruhte ihr verschleierter, verwunderter Blick auf ihm.

Sie sagte: »Hallo, ich heiße Carola.«

Einen so deutlichen Annäherungsversuch hatte bislang kein Mädchen George gegenüber gewagt, und Schüchternheit, ganz zu schweigen vom Schock der Überraschung, raubte ihm die Sprache. Carola schien sich ihrer Sache sehr sicher und setzte gleich nach:

»Was ist los? Hatt's dir die Sprache verschlagen?«

Diese unverschämte Herausforderung half ihm, seine Schüchternheit zu vergessen und nach einer passenden Antwort zu suchen.

»Ich rede, wann ich will.«

»Das gefällt mir schon besser. Ich habe den Wink sofort verstanden. Wir haben einiges gemeinsam, nicht wahr?«

Diese Frage genügte, um seine Gesprächsbereitschaft einzufrieren, aber er war immer noch in der Lage, ein Wort zu hauchen: »Gemeinsam?«

»Jawohl.« Sie nickte bekräftigend, und ihre Haare schimmerten dabei wie schwarze Seide im Sonnenschein. »Wir müssen im innersten miteinander verwandt sein, im übertragenen Sinne. Aber sprechen wir nicht darüber. Ich bin so froh, bei Tag spazierengehen zu können. Nachts ist es so öde, und außerdem bin ich dann nicht ich selbst.«

George gelangte zu der Überzeugung, daß dieses Geschöpf, so bezaubernd es auch war, nicht ganz richtig im Kopf sein konnte. Weltmännisch ging er darüber hinweg und behielt seine Gedanken für sich.

»Ist das Wetter nicht scheußlich?«

Sie runzelte pikiert die Stirn, und er gewann den Eindruck, daß er etwas Geschmackloses gesagt hatte.

»Sei nicht albern. Das Wetter ist herrlich. Jede Menge wundervoller Wolken.«

Er beschloß, dies als Spaß aufzufassen. Es gab keine andere Erklärung. George fiel ein anderer Witz ein.

»Ja, aber bald wird die scheußliche Sonne herauskommen.«

Sie wich zurück, als habe er sie geschlagen, und Tränen traten in ihre Augen.

»Du Untier! Wie kannst du nur so etwas Fürchterliches erwähnen? Es kommt keine Sonne. Im Wetterbericht habe ich es gehört. Ich dachte, du seist nett, aber alles, was du kannst, ist mich erschrecken.«

Und sie betupfte ihre Augen mit einem schwarzen Spitzentaschentuch, während George einen Ausweg aus diesem geistigen Labyrinth suchte, wo jedes Wort doppeldeutig war.

»Es tut mir leid, aber ich wollte nicht ...«

Carola schniefte leise. »Wie gefiele es dir denn, wenn ich ... Silberkugeln ... sagte?«

Er kratzte sich am Kopf, runzelte die Brauen und schnitt dann eine schiefe Grimasse.

»Ich wüßte nicht, was das soll, aber es würde mir nichts ausmachen.«

Sie verstaute ihr Spitzentaschentuch in einer kleinen Handtasche, erhob sich und verließ rasch den Saal. George sah der sich entfernenden Gestalt nach, bis sie um eine Ecke in Richtung Galerie verschwand. Er murmelte: »Unwichtig. Ganz und gar unwichtig.«

Nach längerem Nachdenken bedauerte er ihr unberechenbares Benehmen, denn er hätte sie gern näher kennengelernt. Er stellte sich ihr schwarzes Haar und das weiße Gesicht vor und fühlte sich unglücklich, als habe er gerade etwas sehr Wertvolles verloren. Nur mühsam konnte er den Impuls unterdrücken, hinter ihr herzurennen. Er stand auf und setzte sich auf eine Fensterbank, schaute in den Garten hinaus und sah, daß der Regen nachgelassen hatte. Aber immer noch jagten dicke Wolkenbänke über den Himmel. Zärtlich lächelte er und murmelte: »Schöne Wolken – scheußlicher Sonnenschein.«

George war ungefähr bei Anne Boleyns Residenz, als ihm jemand sanft auf die Schulter klopfte. Er drehte sich um und schaute in das weiße Antlitz von Carola, die traurig lächelte.

»Schau«, sagte sie. »Es tut mir leid, daß ich so böse weggegangen bin, aber ich vertrage es nicht, wenn man mich mit solchen Dingen aufzieht, du weißt schon was. Aber du gehörst zu uns, und wir sollten nicht zanken. Erledigt?«

George antwortete: »Ich wollte dich nicht verletzen, wirklich nicht.« Und in dem Moment fühlte er sich so glücklich, daß er sich sogar für sein Atmen entschuldigt hätte.

»Gut.« Sie seufzte und hakte sich bei ihm unter, als ob es das Selbstverständlichste von der Welt wäre. »Wir wollen das Ganze vergessen. Aber, bitte, mach nie wieder Witze über solche Sachen.«

»Nein, bestimmt nicht.« George hatte keinen Schimmer einer Ahnung, worüber er nicht witzeln sollte, vermerkte aber insgeheim, daß Silberkugeln und das Wetter dazu gehörten.

»Du mußt unbedingt meine Eltern kennenlernen«, verlangte Carola. »Sie werden sich furchtbar freuen, dich zu sehen. Sie werden ihren Nasen kaum trauen.«

Diese Bemerkung war ein Rückschlag, aber Georges neu entdeckte Seligkeit half ihm, sie zu ignorieren – zu tun, als wäre sie ein Versprecher.

»Das ist wirklich nett von dir, aber kommt das nicht etwas plötzlich? Ich meine, bist du sicher, daß es sich so gehört?«

Sie lachte, hell wie ein feines Silberglöckchen, und sein Glücksgefühl wuchs, falls das überhaupt noch möglich war.

»Du bist ein komischer Junge. Sie werden rosa anlaufen, und das sollen sie auch. Zum erstenmal seit Jahren müssen wir vor unserem Besucher nicht das Wort auf die Waagschale legen.«

George hielt eine innere Konferenz ab und gelangte zu dem Schluß, daß dies ein Kompliment sein sollte. Also meinte er vergnügt: »Mir ist egal, was die Leute reden. Hauptsache, sie sind natürlich.«

Carola hielt das für eine lustige Bemerkung und drückte seinen Arm fester, während sie auf ihre entzückende Art lachte.

»Du hast einen wunderbaren Sinn für Humor. Warte, bis ich das Daddy erzähle. Hauptsache, sie sind natürlich.«

Sie brach wieder in schallendes Gelächter aus, und George stimmte ein, obschon er überhaupt nicht wußte, was er denn so Komisches gesagt hatte. Mit einem entsetzten Stöhnen brach ihr Lachen ab. Carola starrte gen Westen, wo die Wolken aufbrachen. Gepreßt flüsterte sie:

»Die Sonne! O Luzifer, die Sonne kommt heraus!«

»Tatsächlich?« George sah auf und studierte den Himmel mit stärkerem Interesse. »Ich würde mich nicht wundern, wenn du dich täuschst.« Dann schaute er verwirrt auf seine Begleiterin hinab. »Entschuldige, ich glaube, du magst die Sonne nicht.«

Carolas Gesicht war vor Entsetzen verzerrt, sie stieß einen spitzen Schrei aus. Georges Verdacht auf eine Geisteskrankheit kehrte zurück. Aber sie blieb weiterhin unwiderstehlich – eine Perle auf schwarzem Samt. Er legte den Arm um ihre schmalen Schultern, und sie verbarg ihre Augen in seinem Mantel. Ein zitterndes Flüstern drang an sein Ohr:

»Bring mich nach Hause. Rasch!«

Er war beglückt, ihr helfen zu können.

»Es ist keine Spur von Sonnenschein zu sehen. Schau, die Wolkendecke hat sich schon wieder geschlossen.«

Vorsichtig hob sie den Kopf, und ihre großen, tränenüberströmten Augen blickten abermals nach Westen. Dann belohnte sie George mit einem wundervollen, strahlenden Lächeln.

»Oh, wie herrlich! Schöne, schöne, schöne Wolken! Wind ist aufgekommen. Ein großer, fetter Wind-Gott, der riesige Nebelballons herbeipustet, damit uns der Sonnen-Dämon nichts tun kann. Er flüstert uns beruhigend zu, daß die eisige Nacht der Einsamkeit ein Ende haben wird, wenn wir nur daran glauben.«

George war nach diesem Ausbruch leicht verstört, aber Liebe und Mitleid, die er bislang den Hunden geschenkt hatte, flossen jetzt mit noch stärkerer Kraft dem schönen, doch leider etwas verrückten jungen Mädchen zu.

»Komm, ich bringe dich nach Hause.«

George zog ein geschmiedetes Eisentörchen auf und ließ Carola auf dem buntgepflasterten Weg den Vortritt, der zu einem frisch gestrichenen Haus mit sauber geputzten Fensterscheiben führte; ein Haus, wie es in jeder beliebigen Straße der Londoner Vororte stehen konnte. Es gab deutlich zu verstehen, daß die Hausfrau auf ihre weißen Gardinen stolz war und der Hausherr mit Farbe und Pinsel umgehen konnte.

Sei hatten kaum den kleinen Windfang erreicht, als auch schon die Haustüre aufsprang und eine plumpe grauhaarige Frau Carola in ihre Arme schloß.

»Hallo, Kleines, ich und dein Daddy haben uns solche Sorgen gemacht. Wir dachten, du wärst in einen Sonnen-Sturm geraten.«

Carola küßte ihre Mutter zärtlich auf eine, wie George registrierte, weiße Wange, und wandte sich dann mit leuchtenden Augen zu ihm.

»Mammi, dies ...«, sie kicherte. »Es ist albern, aber ich weiß deinen Namen nicht.«

»George. George Hardcastle.«

Zu behaupten, daß Carolas Mutter erschrokken aussah, wäre eine ungeheure Untertreibung. Für einen Moment wirkte sie total verstört. Sie umschlang ihre Tochter mit den Armen, als stünde ein menschenfressender Tiger vor ihr. Dann flüsterte Carola ihrer Mutter etwas ins Ohr, und George stellte verwundert fest, wie sich ihr Ausdruck von Ungläubigkeit in aufkeimende Freude verwandelte.

»Ich hätte es wissen müssen.« Sie küßte ihn auf beide Wangen. »Bin zu lange darüber hinweg. Aber was sollen Sie von mir halten? Kommen Sie herein, mein Lieber. Vater wird so erfreut sein. Mit uns zwei Frauen trifft ihn noch mal der Schlag.«

George fielen die seltsamen Redensarten auf, die er für eine familiäre Unart hielt. So verbeugte er sich mit der gebotenen Höflichkeit und betrat die neu ausgestattete Diele, wo er seinen Mantel auszog. Dann öffnete Mammi eine Tür und flüsterte energisch:

»Vater, binde die Krawatte um, wir haben Besuch.« Man hörte einen verdatterten Schnarcher, als ob jemand aus einem Schlaf am Kamin geweckt worden wäre, und Mammi schenkte George ein strahlendes Lächeln.

»Möchten Sie nicht nach oben gehen, sich die Hände waschen? Machen Sie sich's ruhig bequem.«

»Nein, danke. Sehr freundlich, aber wirklich nicht nötig.«

»Nun, dann kommen Sie bitte ins Wohnzimmer.«

Das Wohnzimmer war hübsch tapeziert mit rosa Lampen und einem künstlichen Kaminfeuer ausgestattet. Ein kräftiger Mann mit dünnem, grauem Haar stemmte sich vom Sofa hoch, während er eine Krawatte zurechtrückte, die eher auffällig als geschmackvoll war.

»Vater«, Mammi vergewisserte sich mit

einem Blick, daß alles aufgeräumt war, »das ist George. Ein junger Mann, den Carola mitgebracht hat.« Verschwörerisch fügte sie hinzu: »Er ist in Ordnung. Keine Sorge.«

Vater kam mit ausgebreiteten Armen auf George zu und begrüßte ihn überschwenglich: »Hallo, ich freue mich, dich kennenzulernen, Junge. Hab' immer gemeint, daß es für die Kleine Zeit wird, sich 'nen jungen Kerl zu suchen. Aber es ist ja nicht so leicht, heutzutage den richtigen zu finden.«

Vaters Hand war unangenehm kalt und weich. Aber er strahlte so viel Wohlwollen aus, daß George darüber hinwegsah.

»Nun beleidigst du aber unsere Tochter, Vater«, tadelte Mammi.

Tatsächlich wirkte das Mädchen verlegen, nur daß ihre Wangen, statt zu erröten, einen Grauschimmer bekamen. »Nun, Junge, steh nicht so rum. Setz dich, fühl dich wie zu Hause. Wir mögen keine Floskeln.«

George wurde neben Vater gesetzt, der ihm immer zuzwinkerte, wenn sich ihre Blicke trafen. Währenddessen war Mammi sehr um sein leibliches Wohl besorgt.

»Hast du schon zu Abend gegessen? Ihr jungen Hunde müßt ja nicht so auf eure Diät achten wie wir. Worauf hast du denn Appetit? Ich kann dir ein feines Stück Schinken anbieten und dir schnell ein paar Eier dazu braten.«

Irgendwo in dieser Einladung bemerkte George einen falschen Zungenschlag, aber er fegte seine Bedenken beiseite.

»Das ist sehr nett von Ihnen, aber wirklich nicht ...«

»Laß sie doch ein bißchen brutzeln, Junge«, bat der Hausherr. »Sie hat ja so selten Gelegenheit dazu, wenn ich das mal sagen darf, ohne mir gleich auf die Zunge zu beißen.«

Mammi gab ein seltsam wieherndes Geräusch von sich. – »Nun hör aber auf! Wie wär's, wenn wir jetzt einen großen Tropfen nehmen?«

Mutter und Tochter verschwanden in der Küche, und George blieb mit Vater allein, der ihn unverwandt anstarrte.

»Hast du noch Ferien, Junge?« erkundigte er sich.

»Nein, dafür ist es ein bißchen spät.«

Vater seufzte verklärt, als ob er sich an etwas Schönes erinnerte. »Wir hatten tolle Zeiten in Clagton. Das Wetter war ausgezeichnet. Zwei Wochen dicker Nebel – man konnte nicht die Hand vor Augen sehen.«

George meinte: »Ach, du meine Güte«, dann verfiel er in Schweigen, während er das Gehörte erst mal verdaute. Auf einmal riß ihn ein Stoß in die Ripen aus seinen Gedanken.

»Ich weiß, es ist eine indiskrete Frage, du mußt mir nicht antworten, wenn du nicht willst. Aber – wie oft wechselst du?«

Das war tatsächlich eine delikate Frage, und George konnte sich nur einen sehr undelikaten Grund dafür vorstellen.

»Nun ... jeden Freitag nach dem Baden.«

Vor Verblüffung holte der Vater tief Luft. »So häufig! Ich bin beeindruckt. Der letzte Junge von deinem Schlag wechselte nur bei Vollmond.«

George stieß hervor: »Um Himmels willen«, und versuchte, der Sache auf den Grund zu gehen. »Warum sollte ich ...«

Der Vater nickte. »Wir sind etwas pingelig. Aber mach dir nichts draus. Wir merken es. Wir haben den richtigen Riecher.«

Ein elender, um nicht zu sagen, verschüchterter junger Mann wurde wenig später durch die Diele ins Eßzimmer geführt. Dort war auf einem Tisch ein Gedeck mit Messer, Gabel und Löffel aufgelegt worden. Bei den anderen stand je ein Glas mit einem Strohhalm.

George war zu verstört, um diesem merkwürdigen Arrangement besondere Bedeutung beizumessen. Ebensowenig sah er sich in der Lage, den Teller mit Spiegeleiern auf Schinken zu genießen, den Mammi mit der Bemerkung vor ihn hinstellte: »Hier, für dich, Junge. Hau tüchtig rein, damit du nicht verhungerst.«

Die Familie teilte sich den Inhalt eines Kruges; ein dickes rotes Zeug, das George für Tomatensaft hielt. Alle saugten es durch ihre Strohhalme: Carola, wie zu erwarten, dezent, Mammi etwas ängstlich, und Vater gierig. Als er sein Glas geleert hatte, hielt er es zum Nachfüllen hin. »Mutter, das ist der köstlichste Saft von AB, den du uns jemals eingeschenkt hast.«

Mammi seufzte. »Er ist nicht übel. Aber die Jugend kriegt heutzutage keine vollwertige Nahrung mehr. Es gibt nichts Besseres, als seine Zähne in ein richtiges Stück zu schlagen. Dieses Zeug hat doch alle natürliche Frische verloren.«

Vater rülpste und machte mit seinem Strohhalm ein widerliches Geräusch.

»Wir müssen dankbar sein, Mutter. Es gibt viele, die nicht mal 'nen Tropfen haben, um sich die Lippen zu befeuchten. Die wären froh, wenn sie aus der Dose schlürfen dürften.«

George konnte seine Neugier nicht länger unterdrücken, und ehe er darüber nachdenken konnte, entschlüpfte ihm die Frage:

»Entschuldigung. Aber essen Sie jemals etwas?«

Das schockierte Schweigen daraufhin zeigte ihm, daß er eine unverzeihliche Sünde begangen hatte. Vater ließ sein Glas sinken, Carola rief vorwurfsvoll: »O George!« Mammi aber runzelte finster ihre Brauen.

»George, hat dir nie jemand Manieren beigebracht?«

Man sah, daß sie eher traurig als verärgert war. Sogleich entschuldigte sich der junge Mann.

»Es tut mir leid, aber ...«

»Das muß es auch.« Mit fester Stimme fuhr Mammi fort: »Nie hätte ich gedacht, solche Reden an meinem Tisch zu hören. Schließlich würde es dir auch nicht gefallen, wenn ich dich fragte, wen du bei deinen Streifzügen im Mondlicht alles zerfleischst. So, damit habe ich meine Meinung gesagt. Wir wollen die Sache vergessen. Nimm noch etwas Schokoladenpudding, Junge.«

Während sich George noch unter den Vorwürfen duckte, fielen ihm im nachhinein gewisse sprachliche Besonderheiten seiner Gastgeber auf. Als läge hinter vielen Worten ein geheimer Sinn, den er nicht verstand. Auch wuchs sein Groll. Gleichgültig, was er sagte, immer war es der Anlaß zu Unstimmigkeiten, gegen die er mit seinen Entschuldigungen kaum ankam. Er wartete, bis Mammi ihm eine große Portion Pudding gebracht und die drei Gläser nachgefüllt hatte. Dann machte er sich Luft.

»Ich habe niemanden zerfleischt.«

Mammi warf Vater einen vielsagenden Blick zu, und der Hausherr räusperte sich.

»Hör zu, Junge. Es gibt Dinge, über die man in Gegenwart von Damen nicht spricht. Was du in deiner Wechsel-Phase tust, geht nur dich und den Schwarzen Mann etwas an. Also, wechseln wir das Thema.«

Wie alle friedliebenden Menschen kam auch George manchmal an einen Punkt, wo Angriff als einziger Ausweg blieb. Vaters kleine Tirade hatte ihn soweit gebracht. Er warf Messer und Gabel hin und beschwerte sich:

»Schaut, mir langt's! Erwähne ich das Wetter, werde ich heruntergeputzt. Frage ich, ob ihr nie eßt, setze ich mich in die Nesseln. Ich wurde gefragt, wann ich meine Sachen wechsle, und mußte mir vorwerfen lassen, daß ich stinke. Nun, nachdem ich beschuldigt werde, Leute zu zerfleischen, soll ich nicht weiter drüber reden. Ich sag' euch was. Ihr habt alle einen Stich.«

Carola brach in Tränen aus und rannte hinaus. Vater fluchte, und Mammi schaute sehr bekümmert drein.

»Moment mal«, sie hob ihren weißen Zeigefinger, »du willst uns weismachen, du kennst die Regeln nicht?«

»Ich habe nicht die leiseste Idee, wovon Sie reden.«

Mammi und Vater blickten einander an, und dann stöhnten sie gleichzeitig:

»Er ist ein Reinfall.«

»Man müßte es ihm sagen«, entschied Mammi, nachdem sie den inzwischen äußerst furchtsamen George eine Weile gemustert hatte. »Das ist Männersache.«

»Mit etwas Grips wüßte er, was los ist.« Vor Verlegenheit wurde Vater ganz grau im Gesicht. »Mein Pa mußte mir nicht beibringen, daß ich ein Vampir bin.«

»Aber wie du siehst, ist er nicht der Hellste«, bemerkte Mammi spitz. »Wir können ja nicht alle so schlau sein wie du. Aber der Kleine hat Herz. Besser das Herz auf dem rechten Fleck als nur Köpfchen. Bist 'n bißchen langsam, was, Junge?«

George konnte bloß nicken und starrte sehnsüchtig zur Tür.

»Großes, langes Ding mit 'ner feuchten Schnauze. Ich schätze, du bist 'n Werwolf. Meine Nase trügt mich nicht. Deine Drüsen beginnen zu arbeiten. Ich riech' deine Duftmarke ... Wie ist der Mond, Vater?«

»Sieben Achtel.«

Mammi nickte zufrieden. »Ich glaube, dein Wechsel ist Freitagnacht fällig. Hast du freies Gelände bei dir zu Hause?«

»Ja, schon ...« George holte tief Luft. »Glapham Park ist in der Nähe.«

»Na, ich werd' dann mal dort 'ne Runde drehen und auf dich achten. Es gibt Leute, die spielen verrückt, wenn sie das erste Mal einen anständigen Werwolf sehn.«

George war aufgestanden und wollte zur Haustür. Er wollte das alles nicht glauben. Mammi schien wieder verärgert.

»Nun, mach dir nichts draus. Du mußt doch gewußt haben, daß wir alle Vampire sind. Oder hast du gedacht, wir trinken Himbeersaft? Und glaub mir, wir sind deine besten Freunde. Niemand wird dich mehr kennen wollen, wenn erst dein erster Vollmond über die Hecke scheint.«

Aber George war schon fort. Er rannte durch die Diele zur Haustür und über den buntgepflasterten Weg zur Straße. Leute drehten sich nach ihm um und meinten: »Die jungen Leute sind verrückt ... einfach durchgedreht heutzutage.«

Als der Mond immer voller wurde, überkam George eine seltsame Unruhe. Schlaflosigkeit machte ihm zu schaffen, und er begann sich nach langen Spaziergängen im Mondlicht zu sehnen. Und als er diesem Verlangen nachgegeben hatte, überkam ihn der Wunsch zu laufen, sich im Gras zu wälzen, herumzutollen, eben alles, was ihm helfen würde, die Schranken menschlicher Zwänge einzureißen. Und er ließ sich gehen. Eine ungekannte Freude überkam ihn, als er herumsprang, sich im Gras rollte und im Park tanzte. Lediglich ein Geheul, das von einem Hund aus dem Wohnviertel zu stammen schien, konnte ihn aus diesem Taumel herausreißen.

Für diese Freude mußte er zahlen. Wenn die ersten Sonnenstrahlen durch die Fensterscheibe drangen, erwachte sein Verstand wieder und verlangte, Bilanz zu ziehen. Mit furchtbaren Ahnungen betrachtete er dann sein Gesicht und die Hände. Soweit er sehen konnte, hatte sich bis jetzt nichts verändert. Aber das waren die ersten Tage – oder waren es Nächte?

Manchmal warf er sich aufs Bett und schrie seinen Wunsch, daß alles nicht wahr sein möge, hinaus.

»So was gibt's nicht. Verrückte versuchen, mich irre zu machen.«

Die zunehmende Veränderung in seinem Benehmen konnte nicht verborgen bleiben. Er wurde verschlossen, erschrak bei jedem Geräusch und rief bei Fremden ein gewisses Mißtrauen hervor, indem er sie mit unheimlich geweiteten Augen anstarrte und seine Zähne zu einem freudlosen Lächeln entblößte. Die Reaktion seiner Mutter auf diese Eigenheiten war deutlich.

»Ich glaube, du gehst langsam zu weit. Wirklich, Sohn. Gestern erzählte mir der Milchmann, daß du Mrs. Redferns Hund angeknurrt hast.«

»Er hat mich angesprungen«, erklärte George. »Du hättest genauso gehandelt.«

Mrs. Hardcastle schüttelte den Kopf. »Nein, ich kann ehrlich behaupten, nie in meinem Leben einen Hund angeknurrt zu haben. Niemals hast du das von mir geerbt.«

»Ich bin in Ordnung«, versicherte George

hastig. »Ich verändere mich nicht zu – irgendwas.«

»Du mußt das wissen.«

George wurde das Gefühl nicht los, daß seine Mutter ihn mit rein akademischem Interesse betrachtete. »Gehst du nachts noch aus, wenn ich zu Bett gegangen bin?« bohrte sie weiter.

Eine überzeugende Lüge fiel ihm nicht ein. So stellte er eine Gegenfrage. »Warum sollte ich?«

»Frag mich nicht. Aber irgendein Irrer ist beobachtet worden, als er um drei Uhr morgens im Park herumtollte. Ich hätte es nur gerne gewußt.«

Die körperliche Veränderung kam langsam. Eines Nachts wachte er mit großen Schmerzen in der rechten Hand auf und lag eine Weile still, während er nicht wagte, sie genauer anzusehen. Dann drehte er mit der Linken das Licht an und zog nach längerem Zögern seine Rechte unter der Bettdecke hervor. Dichter Flaum war auf seinem Handrücken gewachsen, und seine Finger ließen sich nicht strecken. Sie waren gekrümmt, und die Nägel schienen stärker und länger als früher. Nach einer Weile verschwand die Furcht – der Ekel –, und er fand es nur natürlich, Krallen zu haben.

Am nächsten Morgen war seine Rechte wieder normal, und in jener Zeit war er noch in der Lage, diese Episode als einen bösen Traum zu verdrängen.

Aber eines Nachts hatte er einen Alptraum schlimmster Sorte. Phantasie überschnitt sich mit Realität, und George konnte beide nicht mehr voneinander trennen. Er lief über die Wiese im Park, seine langen Beine graziös zu weiten Sprüngen streckend, und sein Herz wurde von einer wundersamen Freude erfaßt, während grenzenlose Freiheit ihn erfüllte. Er befand sich in einer schwarz-weißen Welt. Schwarzes Gras, weiß getünchte Bäume, grauer Himmel, weißer Mond. Aber trotz all der Freude und Freiheit war ein unterschwelliges, allgegenwärtiges Wissen in ihm, daß diese Erfahrung nicht natürlich war, daß er sie aus seinen Gedanken vertreiben mußte. In seinem Hirn schrie es: »Wach auf!« Aber er war wach, denn fühlte er nicht das schwarze Gras unter seinen Füßen, und strich nicht der Nachtwind durch sein Fell? Vor ihm flüchtete eine große Katze – den Baum hinauf, über die Dächer, durch die Büsche. Endlich erwischte er sie in einer Höhle. Maunzende Schreie, scharfe Krallen, warmes Blut, reißende Zähne. Es war gut. Es war die Erfüllung.

Am nächsten Morgen hätte er es als bösen Traum beiseite wischen können, wären da nicht die Kratzer in Gesicht und Händen und das Blut in seinem Haar gewesen. Er dachte an Psychiater, Heilanstalt, Priester und Religion. Dann faßte er einen Entschluß. Es gab auf Erden nur eine Gruppe von Leuten, die ihm alles erklären und ihn verstehen konnte.

Mammi ließ George herein. Vater schüttelte ihm kräftig die Hand. Carola küßte ihn zärtlich und legte ihren Arm um seine Schultern, als er zu weinen begann.

»Wir haben nicht darum gebeten, so zu sein«, flüsterte sie. »Wir müssen selbst mehr leiden, als andere durch uns zu erleiden haben.«

»Wir haben alle unsern Platz auf dem großen Friedhof«, tröstete Vater. »Wir jagen, wir saugen, Ghuls reißen, Schufties schlecken, Mocks blasen, und glücklicherweise können nur Schuftmocks pfeifen.«

»Werde ich immer sein – was ich bin?« fragte George.

Alle nickten. Mammi grimmig, Vater wissend, Carola traurig.

»Bis der Mond vom Himmel fällt.«

»Oder dich streckt eine Silberkugel nieder«, flüsterte Carola, »die einer abgefeuert hat, der nie gesündigt hat, außer vielleicht in seinen Gedanken. Oder, wenn du sehr, sehr alt bist, versagt dein Herz nach einer Umwandlung.«

»Sei nicht makaber«, befahl Mammi. »Der arme Junge macht genug durch, da mußt du's ihm nicht noch schwerer machen. Bring ihm lieber eine gute Tasse Tee. Und wenn du dabei bist, mix uns doch einen starken Saft. Und nicht zuviel von der Null-Gruppe.«

Sie saßen um den künstlichen Kamin herum, mit dem Tee und dem guten Stoff. Drei erteilten Ratschläge, der andere nahm sie an. George fühlte sich recht behaglich.

»Alle Ms sollten sich von Kirchen, Pfarrern und Pfadfindern fernhalten.« Dieser Rat kam von Vater.

»Meide das Kreuz und flieh vor dem Priester«, zitierte Mammi.

»Zwei können besser rennen als einer«, warf Carola schüchtern ein.

Am nächsten Tag teilte George seiner Mutter mit, daß er ausziehen werde, um ein eigenes Heim zu gründen. Mrs. Hardcastle sträubte sich nicht so heftig dagegen, wie sie es noch vor einigen Wochen getan hätte. Nach den rätselhaften Ereignissen der letzten Zeit hatte sie das bestimmte Gefühl, daß der George, der so finster und bleichgesichtig in der Küchentür stand, nicht der Junge war, den sie zur Welt gebracht hatte. Sie sagte: »Nun dann. Ich meine, es wird Zeit«, und half beim Packen.

Vater, der jemanden aus dem Baugeschäft kannte, fand ein Vierzimmer-Häuschen am Rande eines Kirchhofs, das sie mit ausrangierten Möbeln von der Verwandtschaft einrichteten. Das Ergebnis war ein ebenso elegantes oder oberflächliches Heim wie das seiner Schwiegereltern, aber es war eine Zuflucht, wenn George von seinen Mitternachtsausflügen nach Hause kam.

Er stellte fest, daß die alten Legenden übertrieben, denn er verspürte keinen Zwang, etwas zu zerreißen oder zu beißen. Warum sollte er auch. Er war wohlgenährt, und im Reich der Tiere jagte man nur aus Hunger. Es reichte ihm, zu laufen, zu springen und im Mondlicht seinem Schwanz nachzujagen. Gelegentlich stieß er ein langgezogenes Geheul aus vor lauter Lebensfreude. Und es war wundervoll, wie diese Freude von Tag zu Tag wuchs.

Aus naheliegenden Gründen fand die Hochzeit nur standesamtlich statt, und es schien, als wären die Götter der Dämmerung mit ihnen, denn es herrschte dichter Nebel. Die Feier war schlicht. Für jene, die essen konnten, gab es eine Hochzeitstorte: dreistöckig mit rosa Zukkerguß und, wie George hoffte, echten glasierten Kirschen. Sie hatten natürlich über den engsten Familienkreis hinaus niemanden eingeladen, denn ein Außenstehender wäre vielleicht doch verunsichert worden.

Da waren drei Ghule in gestärkten weißen Leichentüchern, die an etwas nagten, was hier lieber unerwähnt bleiben soll. Die Braut und ihre Eltern schlürften ein Getränk aus roten Sektgläsern. Und als der Brautvater gebeten wurde, das Salz zu reichen, knurrte er. Dann war da noch Onkel Deitmark, ein Vampir alter Schule, der ein echtes Opfer verlangte, dem er seine Nahrung frisch vom Nacken weg saugen konnte.

Endlich kam der Moment, an dem das Brautpaar sich zurückziehen durfte. Mammi und Vater weinten, als die traditionellen Sargnägel gestreut wurden.

»Es war spitze«, lobte Vater, als er sich die Augen wischte. »Der beste Blut-Rausch, den ich seit langem erlebt habe.«

»Ich wollte den Kindern einen guten Start geben«, meinte Mammi. »Jetzt müssen sie ihre eigenen Venen anzapfen, wie man so sagt.«

Carola und George sahen Hand in Hand den Mond über der Kirche aufgehen, was etwas riskant war, denn er verstärkte den Schein des

Kreuzes. Doch in dieser Nacht hätten sie es auch mit dem Papst in Rom aufgenommen.

»Wir sind nicht länger einsam«, flüsterte Carola. »Wir lieben und werden geliebt, und das hat uns aus Monstern in Götter verwandelt.«

»Wenn Glück ein baufälliges Häuschen in ein Paradies verwandeln kann«, antwortete George und ließ seine Finger durch ihr Haar gleiten, »dann sind wir wohl Götter.«

Aber er vergaß, daß jedes Paradies seine Schlange hat, und die ihre erschien in der rundlichen Gestalt von Reverend John Cole. Der Kirchenmann hatte eine gute Nase für den Geruch des Bösen, und es dauerte nicht lange, bis er über die Bewohner des Häuschens beim Kirchhof zu grübeln begann.

Als George nicht daheim war, besuchte er Carola und lud sie zu einer Frauengruppe ein, die sich um den Altarschmuck kümmerte. Sie lief grau an und bat, sie zu entschuldigen. Daraufhin schlug er den Bibelkreis vor, und Carola zuckte bei diesem Gedanken zurück, wie ein Kaninchen beim Anblick einer Kobra. Als er sein Kruzifix auf ihren Schoß fallen ließ, stieß sie einen furchtbaren Schmerzenslaut aus und sank ohnmächtig auf den Boden. Und der heilige Diener verließ ihr Haus mit der Befriedigung des Sadisten, der angeblich nur seine Pflicht getan hat.

Am folgenden Tag traf George den Reverend, der zum Totenbett einer sündigen Frau eilte, und legte ihm nicht gerade zart seine Hand auf die Schulter.

»Ich hörte, Sie haben meine Frau erschreckt, als ich nicht da war.«

Der Kirchenmann entblößte seine Zähne, und obwohl George die ihm bei seiner Geburt verliehene Gestalt hatte, glichen sie doch zwei Hunden, die miteinander raufen wollten.

»Ich frage mich«, bohrte Reverend Cole, »was das für eine Frau sein muß, die vor der Bibel zurückschreckt und schreit, wenn das Kreuz sie berührt.«

»Nun, das ist so«, George verstärkte den Druck seiner Finger. »Wir beide sind allergisch gegen Bibeln, Kreuze und neugierige Pfaffen. Ich bin imstande, die erstere zu verbrennen, das zweite zu zerbrechen und das dritte in Stücke zu reißen. Habe ich mich klar ausgedrückt?«

»Und ich habe meine Pflicht gegenüber Gott und der Menschheit«, antwortete Reverend Cole, »und die verlangt von mir, alles Böse auszurotten, wo immer es auftaucht. Und, möchte ich hinzufügen, mit jedem Mittel, das sich anbietet.«

Sie trennten sich in tiefem Haß. In seiner Naivität beschloß George, Furcht als Waffe einzusetzen, wobei er nicht bedachte, daß ihre Wunden oft nur den Widerstandsgeist stärken, statt ihn zu brechen.

Eines Nachts bei Vollmond, der Friedhof schien sich in ein gothisches Wunderland verwandelt zu haben, hatte der Reverend eine Begegnung, die ihm für nahezu zwölf Stunden die Sprache raubte. Die Gestalt ging auf krummen Hinterläufen, hatte zwei lange Arme, deren Krallen nach der kirchlichen Kehle zu dürsten schienen, und ein schauriges Gesicht, dessen Hauptmerkmal eine lange, geifernde Schnauze war.

Zur selben Zeit versuchte Mrs. Cole, eine furchtsame Dame, die noch nichts von der schützenden Kraft zweier Holzstückchen wußte, krampfhaft, nicht zu schreien, als eine weißgesichtige junge Frau durch das Schlafzimmer auf sie zukam. Die unterschiedlichen Reaktionen der Eheleute waren typisch für ihre Charaktere. Der Reverend rannte so lange, bis er sich mit einem Kreuz in der Hand hinter der Kirchentür verbarrikadiert hatte. Mrs. Cole, die keinen Schrei über die Lippen brachte, fiel in Ohnmacht und erlitt Schlimmeres als ihr flinker Gatte. John Cole war nach seinem Lauf ein bißchen außer Atem. Mary Cole war beim Erwachen ein bißchen blutarm.

Mr. Cole war ein unberechenbarer Mann, der mit seinen Predigten den Gemeindemitgliedern ganz schön einheizte, wie man so sagt, doch sie nahmen das auf sich. Die Tirade, die am Sonntag nach Mrs. Coles Blutverlust und Mr. Coles Panik über die Gemeinde erging, weckte drei schlummernde Kirchgänger auf und war schuld, daß ein Chorjunge seinen Kaugummi verschluckte.

»Der Teufel hat seine Gesandten mitten unter uns«, verkündete der Prediger von der Kanzel. »Ja, sie haben ihre Behausung im Bezirk der Gemeinde und erscheinen uns Gottesfürchtigen in ihrer bestialischen Gestalt.«

Der seines Kaugummis beraubte Junge

kicherte, und Mr. Coles Predigt bekam einen vorwurfsvollen Unterton.

»Lache nicht. Ich sage dir, Kleingläubiger, lache nicht. Wenn ich ihnen nicht von Angesicht zu Angesicht begegnet wäre, oh, aber nur einen Steinwurf von deinem Sitz entfernt lauert der Furchtbare mit sabbernder Schnauze. Er ist da und läßt mir das Blut in den Adern gefrieren. Ich habe ihn gesehen, der nicht seinesgleichen hat in Satans Gefolgschaft – den einen – den einzigen – den schwarzen Engel der Hölle – den fürchterlichen Werwolf.«

Zu guter Letzt glaubten zehn Personen der Gemeinde, daß ihr Prediger am Rande des Wahnsinns wäre. Zwanzig weitere verstanden nicht, worüber er sprach, und eine alte Dame war überzeugt, eine hervorragende Interpretation der Verkündigung, Kapitel XII, Vers 1 bis 3 zu hören. Der Rest hatte gar nicht aufgepaßt, sondern registrierte nur, daß der Vikar gut in Fahrt war.

»Meine liebe Gefährtin – meine Stütze seit mehr als zwanzig Jahren – wurde in ihrem Gemach von einer Frau aufgesucht, die zur Gattung ...« Mr. Cole nickte verbittert. »Ein Vampir, ein unkeusches Ding, das aus seiner Gruft gekrochen ist und meiner Frau raubte, was sie zum Leben braucht ...«

Ignoranz, Unaufmerksamkeit. Mr. Coles Worte fielen auf einen steinernen Acker, und keiner glaubte ihm. Guter Willi Mitchum. Willi glaubte an Vampire, Werwölfe und akzeptierte die Existenz von Dämonen, Totenfeen, Poltergeistern und was es sonst noch an Monstern gab. Da Willi erst zwölf war, steigerte er sich in seinen Glauben hinein und hatte sich zu einem Experten der Dämonologie entwickelt. Zur heimlichen Ergötzung seines Vaters und zum offensichtlichen Entsetzen seiner Mutter war sein ganzes Bücherregal mit einschlägiger Literatur vollgestopft. Zum Beispiel wußte er, daß die einzige Möglichkeit, sich einer Totenfee zu entledigen, darin bestand, dreimal in ein offenes Grab zu spucken, sich dreimal vor dem Mond zu verbeugen und dann laut zu singen:

*Geh zum Norden, geh zum Süden,*
*Geh zum Teufel, gebrauch keine Lügen,*
*Schrei nicht bei Tag, heul nicht bei Nacht,*
*Aber spotte, wenn dir das Kerzenlicht lacht.*

Auch wußte er, die Tatsachen waren schließlich gedruckt und von Fernsehen und Kino eingehend dargestellt worden, daß die einzige Möglichkeit, einen Vampir umzubringen, darin bestand, einen zugespitzten Gegenstand zwischen Sonnenuntergang und Sonnenaufgang durch sein Herz zu bohren.

Er konnte sich auch an der Wirkung von Silberkugeln in der pelzigen Brust eines Werwolfs begeistern. Deshalb war es allein Willi, der dem Reverend mit Begeisterung und Verständnis lauschte. Oh, wie gerne hätte er die Beschwörungen, die Art und Weise der Rituale in all ihrer herrlichen Vielfalt herausgeschrien. Aber seine Mutter stieß ihn in die Seite und ermahnte ihn, nicht so herumzuzappeln. So blieb er also sitzen und kochte vor Ungeduld.

An einem strahlenden Morgen Anfang März bekam das kleine Häuschen am Friedhof einen neuen Bewohner. Die Sonne blinzelte durch die Vorhänge der Fenster und blickte aufmerksam auf, wie wir hoffen wollen, den ersten Baby-Wervamp. Er war wie alle Neugeborenen – klein, verschrumpelt, furchtbar häßlich und glich eher seiner Mutter, weil er zwei gewaltige Eckzähne aufwies. Statt zu schreien, gab er einen rauhen, zischenden Ton von sich, der gut zu einem Kobra-Baby gepaßt hätte, und war bereits fähig, alles Bewegliche zu beißen.

»Ist er nicht süß?« Carola seufzte und winkte ihrem Sprößling zu, der prompt die Oberlippe zurückzog und leise knurrte. »Ja, du bist Muttis süßer, kleiner Schnackelbum.«

»Ich glaube, er wird unglaublich schlau«, stellte George nach einer Weile fest. »Bei dieser breiten Stirn und den dunklen Augen muß er einfach sehr intelligent sein. Er hat deinen Mund, Liebste.«

»Noch nicht«, erwiderte Carola, »aber bald wird er so aussehen, da mach' ich mir keine Sorgen. Ich glaube, er befindet sich in seiner Humvamp-Phase, aber bei Vollmond wird er süße, kleine, behaarte Krallen haben und ein winziges Winke-Schwänzchen.«

Die kommenden Ereignisse gaben ihr völlig recht.

Reverend John Cole ließ mehrere Wochen verstreichen, ehe er den jungen Eltern einen offiziellen Besuch abstattete. Während dieser Zeit gewann er neuen Mut, suchte Rat bei seinen Vorgesetzten, die nicht immer hilfreich waren, und versuchte jeden von der Bedrohung mitten unter ihnen zu überzeugen. Seine Gemeinde schrumpfte. Kam er in Sicht, wechselten die Leute auf die andere Straßenseite. Und ein kümmerlicher kleiner Junge belästigte ihn andauernd mit seinen ekelhaften Informationen.

Aber schließlich war der Prediger zu der Begegnung bereit, und mit einem Kruzifix und einer Flasche Whisky bewaffnet zog er in die Schlacht. Von seinem Schlafzimmerfenster aus konnte Willi Mitchum beobachten, wie die schwarze Gestalt die Straße entlang wanderte. Er riß das Fenster auf und brüllte: »Sie dummer Narr. Wir haben Vollmond!«

Niemand reagierte auf Mr. Coles stürmisches Pochen an der Haustür. Das war kein Wunder, da Carola Mrs. Cole einen weiteren Besuch abstattete und George ein verstörtes Schaf durchs Moor hetzte. Baby hatte noch nicht das Alter erreicht, in dem man zur Tür gehen kann. So öffnete der Kirchenmann sie selbst, nachdem er sich mehrmals heftig bekreuzigt hatte, und trat ein.

Er befand sich im Wohnzimmer, einem behaglichen Plätzchen mit weißgetünchten Wänden, zwei altmodischen Sesseln, einem Klapptisch und ein paar sehr hübschen Brükken auf dem Fußboden. Im Kamin war Holz gestapelt, und an der Decke hing eine alte Öllampe, die George geschickt für den elektrischen Anschluß umgerüstet hatte. Mr. Cole rief: »Ist hier jemand?« Als darauf keine Antwort erfolgte, ließ er sich in einen der Sessel fallen und schlief alsbald in der gemütlich warmen Stube ein.

Mr. Cole war gegen seinen Willen eingenickt, und während er schlief, entfaltete er ein gewisses Maß an Würde. Aber er erwachte mit einem Schrei und begann, recht würdelos um sich zu schlagen. Er fühlte einen bohrenden Schmerz in seinem rechten Fußgelenk, und als er ihn wegziehen wollte, kullerte etwas Weiches, Schweres über seinen rechten Fuß und stieß ein zischendes Geräusch aus. Der Pfarrer kreischte und trat mit aller Kraft nach dem Ding, das sich an seinen Knöchel klammerte, und es flog durch das Zimmer und landete unsanft auf einem Teppich am Fenster. Zischend und jaulend rappelte sich das kleine Ding auf und begann von neuem, auf den Kirchenmann zuzukrabbeln. Der Geschwächte wollte die Augen schließen, aber sie starrten weit geöffnet auf das unbekannte Etwas, das man mit einer gehörigen Portion Humor als Baby bezeichnen konnte.

Ein winziges, weißes Gesichtchen – so schrecklich weiß – mit zwei kleinen Reißzähnen, die über die Unterlippe reichten. Der Rest war ziemlich haarig, hatte zarte Krallen und ein stolz aufgerichtetes Schwänzchen, das in diesem Moment verärgert hin und her wedelte. Mit seinen kleinen Hinterläufen konnte es erstaunlich schnell vorwärtsspringen. Um seinen Mund klebte eine Spur von Mr. Coles Blut. Seine Augen blickten auf den Kirchenmann, als habe dieser den köstlichsten Saft, den es je gekostet hatte, und als wolle es sich diese Nahrungsquelle nicht entgehen lassen.

Mr. Cole stieß drei langgezogene Schreie aus, dann besann er sich auf Sinn und Zweck seiner Beine und stürzte zur Tür. Es war schon ehrfurchteinflößend, den gewichtigen Kirchenmann, der nicht mehr der Jüngste war, zwischen Gräbern laufen und über Grabsteine springen zu sehen. Baby-Wervamp hockte indessen mit dem sehnsüchtigen Gesichtsausdruck auf seinen Hinterpfoten und sah dem flüchtenden Kleriker nach. Sein Kummer war begreiflich. Hatte es doch ein wohlgefülltes Fläschchen soeben zur Tür hinaus laufen sehen.

Willi Mitchum hatte sein Ziel erreicht. Einem der dummen, blinden, engstirnigen Erwachsenen war endlich ein Licht aufgegangen. Als Willi den Reverend fand, der in einem Dornbusch hängengeblieben war, stieß er bei ihm auf einen Mann, der bereit war, jeden Rat anzunehmen. Sein seelisches Gleichgewicht hatte gelitten, und er war bereit, sich jeder Anordnung zu beugen.

»Ich hab' ihn gesehen.« Willi war in diesem Augenblick der glücklichste Junge der Welt. »Ich sah ihn mit seinen schrecklichen Beißern, wie er zum Moor hetzte.«

»Ah«, machte Mr. Cole und begann, seine Finger zu zählen.

»Hab' sie auch gesehen, wie sie zu Ihrem Haus huschte und durchs Schlafzimmerfenster stieg. Wie im Film *Das Mal des Vampirs*.«

»Zerstöret das Böse«, sprach der Reverend. »Packt es bei den Wurzeln. Zerschlagt ...«

»Sein Herz«, hauchte Willi. »Einen Vampir tötet man mit einem Pfahl, der ihm durch das Herz gebohrt wird. Und den Werwolf erledigt man mit einer Silberkugel, die von IHM, der über die Sünde richtet, abgefeuert werden muß.«

»Von welcher Autorität beziehst du deine Informationen?«

»Meine Horror-Comics. Sie geben mir alle Beschreibungen, und hätten Sie ›*Den Vampir von Ackney Wick*‹ gesehen, wo der Pfaffe dem Vampir den Kopf abschlägt und ihm 'ne Knoblauchzehe in den Mund steckt ...« Willi lächelte überlegen.

»Wo befinden sich diese Unterlagen?« erkundigte sich der Kleriker.

Mr. und Mrs. Mitchum staunten nicht schlecht, als ihr kleiner Junge den Pfarrer durch die Küchentür zerrte und nach einer kurzen Begrüßung erklärte: »Alles klar, Mutsch, der Pfarrer will meine Horror-Comics sehen.« Dann führte er den frostig dreinschauenden Kirchenmann die Stiege zur Mansarde hinauf.

Dort oben bildete sich der Reverend weiter. Aus Sprechblasen und grellen Bildern erfuhr er alles über die Gewohnheiten von Vampiren, Werwölfen und anderen atmenden oder nicht atmenden Geschöpfen, die alle die gleiche Ausbildung hatten.

»Wie machen wir es ...?«

»Ein Zeltpflock und Muttis Kohlenhammer wären prima.«

»Aber die Silberkugeln ...«, der Pfarrer schüttelte den Kopf.

»Zwei von Großvaters silbernen Kragenknöpfen mit einem Lötkolben zusammengeschmolzen und in einer Patrone aus Pas 22er Gewehr drin. Mr. Cole, bitte, sagen Sie, daß wir's tun. Ich verspreche, nie wieder die Sonntagsschule zu schwänzen, wenn Sie es tun.«

Reverend Cole überlegte nicht lange. Der Biß eines Baby-Wervamps vergrößert die Entschlußfreudigkeit ungemein.

»Ja«, nickte er, »wir sind auserwählt. Laßt uns unsere Lenden gürten, die Seelen für den Kampf stärken und ausziehen, das Böse zu zerstören.«

»Hui!« Willi war ganz aufgeregt. »Das viele Blut. Kann ich ihr den Kopf abschneiden?«

Falls irgend jemand am nächsten Morgen um zwei frische Luft geschnappt hätte, wäre er Zeuge eines seltsamen Geschehens geworden. Ein hochgewachsener Geistlicher kroch mit einem Kruzifix und einem Kohlenhammer bewaffnet über den Kirchhof. Ihm folgte ein kleiner Junge mit einem Zeltpflock in der einen und einem Jagdgewehr in der anderen Hand.

Sie erreichten das Haus, und nachdem er angeklopft hatte, öffnete der Pfarrer die Haustür, das Kruzifix vor sich haltend. Das Zimmer war warm und gemütlich, im Kamin züngelten die Flammen, und eine Messinglampe funkelte wie ein ausgedienter Stern. Es war wie ein behagliches Nest inmitten der Finsternis. Wie ein Racheengel stürmte John Cole in den Raum und rief, das Kruzifix hochhaltend: »Ich bin gekommen, das Übel zu vertreiben und die Sünde auszubrennen. Denn also spricht der

Herr, verdammt seist du, der du nach der Finsternis dürstest.«

Ein Seufzen, ein Wimmern – mag sein ein zischendes Wimmern – kam aus der Ecke, wo Carola zusammengekauert saß. Ihr Gesicht war weißer als der Schnee im Mondlicht, ihre Augen waren zwei dunkle Teiche des Entsetzens, und ihre Lippen waren von einem so tiefen Rot, als hätten Millionen blutiger Küsse sie zum Leben erweckt. Ihre Hände flatterten wie zwei weiße Geister. Aber gegen die Mauern der Intoleranz waren sie machtlos. Der Pfarrer senkte sein Kreuz, und das Wimmern schwoll zu einem Verzweiflungsschrei an.

»Warum?«

»Wo ist das widerliche Baby, das mich in den Knöchel gebissen hat?«

Carolas Augen ließen das über ihr schwebende Kruzifix nicht los.

»Ich brachte ihn … brachte ihn … zu seiner Großmutter.«

»Es gibt noch mehr von eurer Sorte? Seid ihr ein Vortrupp? Hat der Teufel euch ausgebrütet?«

»Wir sind im Begriff auszusterben.«

Die Seele des Reverend hüpfte vor Freude, als er das nackte Entsetzen in den schönen Augen sah, und er genoß die Früchte wahren Glücks, als sie aufschrie. Mit zitternden Fingern packte er sie vorne am Kleid, zerrte sie hoch und warf sie dann auf den Tisch. Sie gab einen zischenden Laut von sich. Instinktiv entblößte sie für einen Moment höhnisch ihre elfenbeinfarbenen Eckzähne und schnappte nach der Hand des Klerikers, aber das war alles. Es gab keinen wütenden Kampf ums Überleben, keine finsteren Götter wurden angerufen. Nur ein schwacher Widerstand, ein bißchen Blutvergießen, dann ergab sie sich. Sie legte sich zurück, ihre schwarzen Haare berührten den Fußboden. Es schien, als wäre dies die einzige Lösung, die man ihr schon viel zu lange verwehrt hatte. Der Pfarrer setzte den Zelt-Pflock über ihrem Herzen an, nahm vom überglücklichen Willi den Kohlenhammer entgegen und sprach die überlieferten Worte.

»Fahre zur Hölle. Schmore dort auf ewig und für einen Tag. Mögen Schakale deine Überreste fressen und streunende Hunde dein Blut trinken.«

Der erste Schlag bohrte den Zeltpflock einige Zentimeter tief in den Körper, und als das Krachen einer Rippe an sein Ohr drang, wandte der Geistliche angewidert seinen Kopf zur Seite. Dann, als fürchtete er, schwach zu werden, schlug er nochmals kräftig zu, und eine rote Blutfontäne spritzte hoch. Eine Kaskade roter Rubine spritzte durchs Zimmer, von denen jeder den warmen Lampenschein und den Mann mit dem erhobenen Kohlenhammer widerspiegelte. Wieder fiel der Hammer wie der Arm des Schicksals, und der rote Quell sank in sich zusammen. Carola hauchte ihr Leben mit einem langgezogenen Seufzer aus und lag dann da, eine leblose Studie in Schwarz-Weiß.

»Sie müssen den Kopf abschneiden!« schrie Willi. »Nichts ist in Ordnung, wenn Sie ihr nicht den Kopf abschlagen und ihr 'ne Knoblauchzehe ins Maul stecken.«

Aber Mr. Cole hatte genug von dem Blut. Es klebte in seinen Haaren und seinen Augen, lag süß auf seinen Lippen, durchtränkte seine Kleider und verwandelte seine Hände in rote Klauen.

Willi fummelte in seiner Jackentasche.

»Ich hab' hier irgendwo Muttis Brotmesser. Das müßte eigentlich reichen.«

Der Reverend wischte sich den roten Film von den Augen und winkte mit dem Zeigefinger.

»Wahrlich, es steht geschrieben, ein Kind soll euch führen. Verstünde ich mehr vom Geschäft Gottes, hätte ich einen Fuchsschwanz mitgenommen.«

Er war erst halbwegs mit seiner Aufgabe fertig, als die Tür aufflog und George hereinstürmte. Er war mitten im Wechsel von oder zu ›Etwas‹. Seine Gestalt hob sich gegen das Mondlicht ab. Er wurde ruhig. Eine schwarze Bedrohung, die nicht mehr so gefährlich schien, als sie bewegungslos dastand. Dann lief er durch den Raum um den Tisch herum, und der Reverend wich vor ihm zurück.

George starrte auf die Überreste der Geliebten und hob den gequälten Blick.

»Wir liebten einander – sie und ich. Sicherlich wurde uns dadurch vieles vergeben. Wir hätten den Tod begrüßt – denn was ist der Tod anderes als eine Belohnung nach diesem aufgezwungenen Leben. Aber das …«

Er zeigte auf den herausragenden Zeltpflock,

den halb abgeschnittenen Kopf und sah den Geistlichen fragend an. Daraufhin nahm der Reverend sein Kreuz, hielt es vor sich und rief mit einer Stimme, die der Staub von Jahrhunderten rauh gemacht hatte:

»Ich bin Alpha und Omega, spricht der Herr, und du sollst verbannt werden in die Finsternis, die außerhalb aller Zeit ist. Denn du und deinesgleichen, ihr seid ein verdorbenes Gezücht, und was immer euch Böses geschieht, ist gut in meiner Sicht.«

George Hardcastles Gesicht glich einem steinernen Bildnis. Dann verschwamm es. Der struppige Pelz erschien, die Augen traten tief in die Höhlen zurück, und er bekam eine lange Schnauze. Der Werwolf ließ den entstellten Leichnam seiner Gefährtin fallen und ging auf ihren Mörder zu.

»Weiche, Satan!«

Reverend Cole stieß sein Kreuz wie eine Waffe vorwärts, mit dem Erfolg, daß es ihm entwunden und von haarigen Händen zerbrochen wurde. Dann sprang der Werwolf mit einem gewaltigen Geheul vor und grub seine Fänge in die Schulter des Geistlichen. Die verschlungenen Gestalten, von denen die eine das Gute und die andere das Böse verkörperte, schwankten hin und her. In ihren haßerfüllten Schädeln war kein Platz für einen kleinen Jungen mit einem Gewehr. Das kleine, krachende Geräusch war bei dem Schnaufen und Knurren kaum zu hören, aber das Ergebnis wurde schnell ersichtlich.

Der Werwolf schrie auf, ehe er herumfuhr

und mit einem dumpfen Vorwurf den vorwitzigen Willi anstarrte. Dann fiel er um. Als der Reverend sich genug erholt hatte, um auf den Fußboden zu schauen, blickte er in das Gesicht des toten George Hardcastle. Wie der Geistliche so vor seinen Opfern stand, hätte man durchaus Zweifel an seiner geistigen Gesundheit haben können, soweit man nicht über die näheren Umstände informiert war.

»Schneiden Sie ihr nun endlich den Kopf ab?« drängte Willi.

Sie brachten den Reverend in ein ruhiges Haus inmitten eines zauberhaften Gartens. Willi Mitchum wurde in ein Heim gesteckt, weil sie meinten, daß er sorgfältiger betreut werden müßte. Die Überreste von George und Carola wurden im Kirchhof bestattet, und man sprach ein paar schöne Worte an ihren Gräbern.

Es war schade, daß sie nicht auf Willi gehört hatten, denn eines Abends bei Vollmond öffneten zwei Angestellte des Hauses mit dem hübschen Garten die Tür, hinter der das, was von John Cole übriggeblieben war, hauste, um mit dem Ex-Geistlichen zu reden. Sie kamen nicht dazu. Der eine fiel von Grauen gepackt tot um. Der andere wurde in einem Grad wahnsinnig, den noch keiner seiner Patienten erreicht hatte.

Reverend John Cole war von einem Baby-Wervamp gebissen, von einem weiblichen Vampir angesaugt und von einem alten, leidenschaftlichen Werwolf zerfleischt worden.

Nur der gütige Herr im Himmel und der böse in der Tiefe wußten, was aus ihm geworden war.

## Erstes Zwischenspiel

Ein langes, gedankenverlorenes Schweigen folgte Manfreds Erzählung. Donald konnte nur staunen, daß sich solche außergewöhnlichen Schicksale hinter den nichtssagenden Fassaden des banalen Alltags verbergen konnten. Tatsächlich hätte er an ihrem Wahrheitsgehalt gezweifelt, wäre da nicht die furchteinflößende Erscheinung des Wervamps gewesen, der sich gerade mit einem schwarzen Taschentuch über die Augen wischte.

»Ich sagte ja, daß es eine traurige Geschichte ist«, stellte Eramus mit grimmiger Genugtuung fest. »Und sie wird noch niederschmetternder, weil sie wahr ist. Wenn die Leute wüßten, was sich vor ihren Augen abspielt, würde wohl keiner mehr das Licht ausmachen.«

Dem mußte Donald zustimmen und schwor, sich von nun an von Wäldern und einsamen Plätzen fernzuhalten. Eramus grinste, und sogar der Wervamp gestattete sich ein bleiches Lächeln.

»Ehrlich, Mann, glauben Sie, im Gedränge wären Sie sicher? Ist Ihnen noch nie aufgefallen, daß bestimmt vier Monster in jedem vollen Bus stecken?«

»Ich kann nicht glauben ...«, begann Donald, aber Eramus nickte bedächtig, als wäre er entschlossen, ein düsteres Geheimnis preiszugeben.

»Genau vier in jedem vollen Bus. Und die U-Bahn! Halt dich fest! Zur Rush-hour sind die

Züge vollgestopft damit. So wie da zwischen fünf und sieben gebissen, geschluckt und gesaugt wird, ist es ein Wunder, daß jeder in einem Stück ankommt.«

Donald erschauerte und hauchte leise, daß dies dann ein weiterer Ort wäre, den er in Zukunft meiden würde. Der Wervamp bemerkte seine Unruhe und versuchte, ihn etwas aufzumuntern.

»Lassen Sie sich nicht von dem, was Sie hier hören, ins Bockshorn jagen. Die Luft ist voller gefährlicher Bazillen, die sie als selbstverständlich hinnehmen. Und bedenken Sie, wir verbergen unsere besonderen Talente. Wenn Sie mir in meinem vermenschlichten Zustand als Humvamp begegneten, würden Sie nur einen Mann mit einem sehr bleichen Gesicht vor sich sehen, der etwas gegen den Sonnenschein hat. Diejenigen von uns, die abstoßend wirken, gehen nur in nebligen Nächten aus und tarnen sich mit breitkrempigen Hüten und dunklen Brillen. Vergessen Sie nicht, wir haben Sie mehr zu fürchten als Sie uns.«

»Das mag sein.« Donald versuchte, seinen Standpunkt so taktvoll wie möglich darzulegen. »Aber all dieses Beißen, Saugen und so weiter.«

»Die Spender merken kaum etwas.« Eramus schmunzelte selbstgefällig. »Eine leichte Schwäche, ein paar Tage Bettruhe, und alles ist vergessen. Manchmal berichten die Zeitungen von einer harmlosen Grippewelle. Das ist alles.«

»Aber was ist mit denen, die ...«

»In unsere Reihen aufgenommen werden?« Eramus grinste und rieb sich fröhlich die Hände. »Dann zieht der Wiederbelebungs-Trupp los. Pickt sie auf und bringt sie in Gang.«

»Mich hat man rausgeholt«, ließ sich plötzlich eine Stimme vernehmen.

Ein kleiner Mann mit einem blassen, von spitzen Ohren eingerahmten Gesicht und einem Paar weißer Hörner, die aus einem wirren Haarschopf herausragten, hatte sich unbemerkt zu ihnen an den Tisch gesetzt und starrte Donald drohend an.

Doch dessen unerschütterliche Liebenswürdigkeit brachte auch für diese Monströsität nur Mitleid auf.

»Das muß gräßlich für Sie gewesen sein.«

»Nein, das war es nicht.« Der düstere Mann schüttelte heftig den Kopf. »Das Beste, was mir je passiert ist. Ich hab' nie wirklich gelebt, bis man mich beerdigt und wieder ausgegraben hat. Sie sollten es auch probieren. Wenn Sie eine wirklich aufregende Geschichte hören wollen, will ich Ihnen meine erzählen. Traurig ist sie auch.«

»Nein, bloß nicht«, jammerte Eramus. »Nicht schon wieder. Wir haben alle unsere Probleme, alter Junge, aber damit fallen wir unseren Mit-Monstern nicht auf den Wecker. Außerdem habe ich deine Story mindestens ein dutzendmal gehört.«

»Und ich bestimmt schon zwei dutzendmal«, setzte der Wervamp scharf hinzu. »Gib endlich Ruhe.«

»Aber euer Gast kennt sie noch nicht«,

trumpfte der kleine Mann auf. »Ich bin sicher, sie interessiert ihn.«

Ein erwartungsvolles Schweigen folgte, und Donald erkannte, daß er eine Entscheidung treffen mußte.

»Ich würde Ihre Geschichte liebend gern hören«, behauptete er, mehr aus Höflichkeit als der Wahrheit entsprechend.

»Fabelhaft!« Der kleine Mann lächelte und schaute fragend in die Runde. »Meint ihr …?«

Eramus seufzte und winkte dem Kellner. »Zwei Null-Bs und zwei Bloody Mary.«

»Ich bin ein Mock«, bekannte der kleine Mann, nachdem die Erfrischungen serviert worden waren.

Donald sagte: »Wie nett.« Aber er mußte sich gehörig zusammennehmen. Er lächelte und versuchte, wissend auszusehen. Der kleine Mann schien für einen Moment seinen Gedanken nachzuhängen, dann seufzte er.

»Mutter hätte es mir sagen müssen. Ich war achtzehn, als ich es herausfand.«

»Zum Teufel, mach schon!« drängte Eramus. »Wir haben nicht die ganze Nacht Zeit. Und mach's kurz.«

Der kleine Mann warf ihm einen gehässigen Blick zu. Aber nachdem er sein Glas geleert hatte, begann er mit der Geschichte vom …

# Der Mock

»Warum willst du mich nicht heiraten?« fragte ich.

Sheila war blond, schön und eine Intellektuelle. Sie hielt es für das beste, immer die Wahrheit zu sagen, der Blick durch rosarote Brillen war für sie Augenwischerei. Ihr Wahlspruch war: »Ich bin zu hart, um freundlich zu sein.«

»Willst du das wirklich wissen?«

»Ja«, antwortete ich.

»Nun denn. Du bist so häßlich.«

»Oh!« machte ich.

»Ich glaube, du bist viel zu intelligent, um der Wahrheit auszuweichen. Bitte, unterbrich mich, wenn ich deine Gefühle verletze.«

»Bitte, sprich weiter.«

»Nun, der Ausdruck häßlich trifft es nicht ganz. Manche häßlichen Männer sind äußerst attraktiv. Du bist von einer abstoßenden Häßlichkeit.«

Ich machte wieder »Oh«. Was hätte ich auch sagen sollen? Sheila blickte mich besorgt an.

»Bitte, versteh doch. Ich möchte nicht unfreundlich sein. Ich sage dir das zu deinem Besten. Wenn du weiterhin Mädchen nachstellst, die – ich muß so deutlich werden – so hübsch sind wie ich, wirst du nur enttäuscht werden. Es könnte einigen am nötigen Takt fehlen.«

»Ich bin dir sehr … dankbar.«

»Ich weiß nicht, was dich so abstoßend macht. Vielleicht liegt es an deinen Ohren. Du mußt zugeben, sie sind riesig. Erinnern mich irgendwie an Jumbo, den Elefanten. Dann hast du so ein scheußliches weißes, fast wabberndes Gesicht. Ich habe damals nichts gesagt, als du mich unterm Mistelzweig geküßt hast – du entsinnst dich, letzte Weihnachten. Im Badezimmer wurde mir schlecht. Auch ist deine Berührung so kalt und feucht ... Was ist? Du wirst doch nicht albern werden?«

Aber wie ein verwundetes Tier lief ich davon. Ich brauchte eine Zuflucht. Ich mußte mich verkriechen, eine Höhle suchen. Ich ging nach Hause.

»Mutter«, fragte ich, »warum?«

»Was meinst du mit – warum?« Sie arbeitete an einer Stickerei. So wie einst die jungen viktorianischen Damen es taten, die ihre Werke später rahmten. Sie war erst zur Hälfte fertig, aber der ganze Text war mit einem roten Stift vorgezeichnet. Er lautete:

*Ich bin schlecht zu mancher Zeit,*
*doch böse zu jeder Zeit.*
*Aber ich heuchle Gutes einen Teil der Zeit*
*und Freundlichkeit zu jeder Zeit.*
*Aber ich muß weder gut noch freundlich sein*
*zu irgendeiner Zeit.*

»Du mußt dir wirklich abgewöhnen, immer zu fragen.« Sie fädelte rotes Wollgarn in eine große Nadel. »Fragen verlangen Antworten, und die sind meistens so, daß wir sie nicht mögen.«

»Aber Mutter, warum bin ich so häßlich? So sehr häßlich?«

Sie zerbiß den Faden mit ihren kräftigen weißen Zähnen und lächelte dann.

»Du bist so, wie deine Ahnen es erwarten ließen. Es ist möglich, daß jemand wie sie dich recht hübsch fänden.«

»Wer sind sie?«

»Jene, die im Mondlicht tanzen, bei Nacht heulen und die Unschuld bei Kerzenlicht schänden.«

»Du sprichst in Rätseln«, warf ich ein.

»Das ist die einzig gute Art zu reden«, antwortete sie.

Wir saßen beisammen und beobachteten das funkensprühende Feuer im alten Eiskamin. Ich wagte, die verbotene Frage zu stellen. »Wer war mein Vater?«

Mutter stickte das ›ö‹ in ›böse‹ zu Ende, ehe sie antwortete.

»Ein weiser Mann weiß weder wer noch was sein Vater war oder ist.«

»Du willst es mir also nicht sagen?«

Sie blickte zur Kaminuhr hinauf und lächelte wieder.

»Es ist Zeit für den Tee. Geh und setz den Kessel auf.«

Solange ich mich erinnern kann, hatten wir nie Besuch. Keiner meiner Freunde – wenn man sie so nennen darf – wurde eingeladen. Unser Haus war düster. Es lag inmitten eines ungepflegten Gartens, und seine Fenster glichen den Augen eines Toten. Ihre schwarzen Scheiben blickten leer und öde. Das Tageslicht schien das Hausinnere zu meiden, und es herrschte eine bedrohliche, dumpfe, eisige Atmosphäre darin, die sich mit zunehmender Dunkelheit noch verstärkte. Mutter weigerte sich, elektrische Leitungen legen zu lassen. Eine Petroleumlampe spendete künstliches Licht. Die gespenstischen Lichtkringel malten geheimnisvolle Muster auf Wände und Zimmerdecke. Es war seltsam, wie dort ein gewisses Gesicht Gestalt annehmen konnte.

Ich kann nicht älter als fünf gewesen sein, als ich das bärtige Gesicht eines Mannes im Spiegel des Schminktisches entdeckte. Ich denke, ich war zu jung, um mich zu ängstigen. Als ich aus dem Bett kletterte und auf den Spiegel zulief, war ich lediglich aufgeregt vor lauter Neugierde. Schwarze Locken bedeckten das Antlitz und ließen nur die Partie um die Augen frei, die blau, klein und schimmernd waren. Eines schloß und öffnete sich zu einem obszönen Blinzeln. Ein Loch wurde in dem Gestrüpp sichtbar, und ein zahnloser Gaumen entblößte sich zu einem scheußlichen Grinsen. Dann verschwand das Gesicht, und ich stieg wieder ins Bett und vergaß das Erlebnis für lange Zeit.

Ich war ungefähr zehn, als ich dasselbe Gesicht im Badewasser flimmern sah. Als ich den Fuß ins Wasser setzte, dehnte sich die Fratze aus und erreichte die Länge der gesamten Wanne, wobei ihr Grinsen zu einem langen, ovalen Spalt wurde. Ich bekam Angst und lief fort zu Mutter. Sie lächelte nur und meinte: »Warum sollte man dich beobachten. Hast du etwas zu verbergen?«

Auf diese Frage gab es keine befriedigende Antwort. Zukünftig behielt ich es für mich, wann immer ich das Gesicht sah, ob in der Fensterscheibe, im Spiegel, auf vom Mond beschienenen Wänden oder als Gebilde aus Nebel, der durchs Zimmer wallte. Es wurde ein Teil meiner Jugend, und ich hatte oft den Verdacht, es beobachte mich von Plätzen aus, an die ich nie gedacht hätte. Ich erinnere mich, es einmal in einem Eimer Wasser gesehen zu haben.

Es war eine überraschende Feststellung für mich, daß außer mir niemand Gesichter im Bad oder im Spiegel sah, denn ich hielt diese Erscheinungen für normal. Einmal gab ich dem inneren Drang nach, mich einem Menschen anzuvertrauen. Ich erzählte einem Schulkameraden von der Sache, woraufhin er mich mit einem Ausdruck anstarrte, der zwischen Furcht und Erstaunen schwankte.

»Du bist blöde«, stellte er fest. »Häßlich wie die Sünde und blöde.«

Ich kämpfte gegen die Isolation an, die mich von der Umwelt abschnitt, indem ich den Stimmungswechsel ignorierte, den ich auslöste, kaum daß ich zu einer Gruppe Menschen ins Zimmer trat. Ich besaß sogar den Mut, mich zu verlieben. Was dabei herausgekommen ist, habe ich bereits erzählt. Von da ab beschäftigte ich mich in geradezu krankhafter Weise mit meinem Äußeren.

Ein rundes Gesicht, das so weiß war wie Schweineschmalz. Ein Paar riesiger, rot-geäderter Ohren, die aussahen, als wollten sie ständig herunterklappen. Blaue Schweinsäuglein und eine platte Nase, dazu ein scheußlich fliehendes Kinn und weiße, spitze Zähne. Ansonsten war ich dünn und mickrig, so als könnte mich ein starker Windstoß jeden Moment umpusten. Und die Hände waren so winzig – wie kleine, weiße Klauen. Mein schwarzes Haar wollte nie glatt liegen oder länger wachsen. Es stand widerspenstig von meinem schmalen Schädel ab, der dadurch wie eine billige Scheuerbürste wirkte. Nach eingehender Betrachtung mußte ich zugeben, daß ich einen wahrhaft unappetitlichen Anblick bot.

Wieder wandte ich mich an meine Mutter.

»Mutter, Sheila Benson hat völlig recht. Ich bin abstoßend häßlich.«

Sie hatte die vierte Zeile ihrer Stickerei vervollständigt.

»Laß erst mal deine Hörner durchkommen.« Sie kicherte.

»Hörner?«

»Hörner, sagte ich, und Hörner meinte ich. Zwei kleine, weiße Hörner. Du wirst sie verstecken müssen. Die Leute reagieren so unvernünftig auf alles Ungewohnte.«

»Mutter, du machst bloß Spaß.«

»Ich scherze nie über das Lächerliche. Warum solltest du dich an ein paar Hörnern stoßen? Stiere haben welche, Widder und Ziegen auch. Nicht zu vergessen die betrogenen Ehemänner. Du mußt nicht so empfindlich sein.«

»Mutter, was bin ich?«

»Ein Mock.«

»Ein Mock? Mutter – was ist ein Mock?«

»Ein höfliches Wort für Bastard.«

»Mutter, das verstehe ich nicht. Bitte, erkläre es mir.«

Sie beendete den Buchstaben ›e‹ in ›Zeit‹ und biß dann den Faden ab.

»Es ist Zeit für den Tee. Geh und setze den Kessel auf.«

Eine Woche später wuchsen zwei Beulen an meinen Schläfen, und dank der Vorwarnung meiner Mutter wußte ich, was ich zu erwarten hatte. Es war so ähnlich, als würde einem ein Weisheitszahn gezogen. Die Beulen wölbten sich immer höher, was sehr schmerzhaft war, und ich bekam leichtes Fieber. Mutter bereitete mir einen schwarzen Trank und strich einen Brei aus Brotteig auf meine entzündeten Hökker, wobei sie mich besorgt anlächelte.

»Das ist bloß Hornfieber. Also absolut kein Grund zur Panik.«

»Aber Mutter, ich will keine Hörner!«

»Quatsch. Du wirst sie recht nützlich finden, um Löcher in Milchdosen zu stoßen.«

Zwei Tage später kamen zwei knöcherne, weiße Spitzen schüchtern durch die zerfetzte Haut. Als ich sie im Badezimmerspiegel begutachtete, gelangte ich zu der Überzeugung, daß sie mein Aussehen nicht gerade verbesserten.

»Das Schlimmste ist vorbei.« Mutter tat ihr Bestes, um mich zu trösten, obwohl sie das Ganze ziemlich gelassen aufnahm. »Sie werden ungefähr eine Länge von acht Zentimetern erreichen. Du hast wirklich Glück. Sie scheinen hübsch und gesund zu sein, so daß du keinen Ärger damit haben wirst. Ich kann mich daran erinnern, daß einer deiner Vettern mehrere Füllungen bekommen mußte.«

Das war das erste Mal, daß sie meine Verwandtschaft erwähnte. Eifrig griff ich dieses Bröckchen Information auf.

»Wenn ich einen Vetter habe, muß dieser das Kind eines Onkels sein.«

Mutter nickte seufzend. »Das ist eine logische Schlußfolgerung.«

»War dieser Onkel dein Bruder oder der meines Vaters?«

»Ich glaube, wir können unbesorgt sagen, er war der Sohn seines Vaters und der Neffe seines Onkels.«

»Mutter, warum willst du mir nichts sagen?«

Sie hatte inzwischen ihre Stickerei fast beendet. Nur das ›e‹ und ›n‹ in ›irgendeiner‹ war lediglich mit Rotstift gezeichnet.

»Weil die Zeit noch nicht reif ist. Stoß dir erstmal die Hörner ab. Dein Vater wird seine Pflicht erfüllen und dir die Geheimnisse des Lebens erklären.«

»Mein Vater! Aber ...«

»Keine weiteren Fragen. Wenn du noch länger quengelst, lauf' ich nach oben und setz' den Kessel auf.«

Meine Hörner wuchsen rasch. Weiß, schimmernd und spitz standen sie wie zwei deplazierte Stoßzähne von meinem Kopf ab. Mutter lehrte mich, meine Haare geschickt um sie herum zu kämmen. Dadurch glich ich einem Mann, der rückwärts durch eine Hecke gekrochen ist und seinen Kamm verloren hat. In den folgenden Tagen entdeckte ich bei meiner Mutter eine gewisse Aufmerksamkeit mir gegenüber, die mir früher so schmerzlich gefehlt hatte. Einmal küßte sie meine Hörner und murmelte: »Mein Böckchen wird erwachsen. Er sollte stolz sein.«

Ich nahm an, daß mit ›er‹ mein mir bislang unbekannter Vater gemeint war. Als die Nächte länger wurden und der Frost seine kalten Bilder auf die Fensterscheiben malte, schien Mutter jünger zu werden. Sie wirkte wie ein junges Mädchen, das seinen Liebhaber erwartet. Eines Tages Ende November rief sie mich in ihr Zimmer und übergab mir ein Blatt Papier.

»Da du jetzt alt genug bist, möchte ich, daß du die Besorgungen erledigst. Echte Besorgungen. Keine Lebensmittel und all den Kram, sondern die wirklich wichtigen Dinge.«

Ich antwortete: »Jawohl, Mutter. Danke für das Vertrauen.« Vergeblich versuchte ich, das Gekritzel auf dem Zettel zu entziffern, das so unleserlich war wie ein ärztliches Rezept. Mutter wünschte, daß ich das Blatt zusammengefaltet in die Brusttasche steckte.

»Nun paß genau auf«, mahnte sie. »Ich möchte, daß du die Schubkarre aus dem Wagenschuppen holst und in die Stadt schiebst. Geh am Kirchhof vorbei, nimm die erste Abbiegung auf der linken Seite und klopfe an die erste Tür rechts. Du kannst sie nicht verfehlen. Sie ist rot angestrichen. Alles klar?«

Ich nickte, und Mutter tätschelte meine Hörner.

»Gut. Ein kleiner Mann wird an die Tür kommen, und du mußt ihm mit deutlicher Stimme sagen: ›Morgen ist meines Vaters Auferstehungstag‹, und ihm diese Liste übergeben. Er wird sich um alles Notwendige kümmern.«

Ich war ziemlich außer Atem, als ich das Haus mit der roten Tür erreichte, denn die Schubkarre war sehr schwer, und hinter dem Kirchhof hatte ich einen steilen Hügel erklimmen müssen.

Der kleine Mann, der die Tür öffnete, war genauso häßlich wie ich. Gut, seine Ohren waren nicht so riesig, aber dafür war seine Nase ungewöhnlich geformt und seine Zunge für seinen Mund viel zu lang. Deshalb spuckte er beim Sprechen.

»Wasch soll dasch? Ich kaufe nischts.«

Die Anweisungen meiner Mutter befolgend, sprach ich laut und klar:

»Morgen ist meines Vaters Auferstehungstag.«

Seine kleinen Augen verengten sich und starrten mich mit einem Ausdruck wachsender Verwunderung an. Dann schüttelte er den Kopf und heuchelte Ungläubigkeit. »Ein Mock! So wahr isch lebe! Dann ischt dein Vati ein Shaddy?«

Ich antwortete: »Bitte, Sir, ich weiß nicht, wovon Sie reden. Mutter sagte mir, daß morgen Vaters Auferstehungstag ist und ich Ihnen diese Liste geben soll.«

Der kleine Mann nahm das Blatt, faltete es

auseinander und las das Geschriebene mit sichtlicher Befriedigung.

»Ekschperte«, schnaubte er. »Dasch war ein Ekschperte. Lauf nach hinten, und ich werde dir die Waren herauschgeben.«

Ich brauchte eine Weile, um die Karre zu beladen. Meine Fracht bestand aus sechs großen versiegelten Behältern, zwei Plastiksäcken, zwei langen, schmalen Kästen, in denen etwas klapperte, und einer Büchse mit der Aufschrift *Gerinnungsmittel*. Hinzu kam noch ein langer Holzlöffel. Ich unterzeichnete die Rechnung mit einem roten Kugelschreiber und wurde nach einem Tätscheln meiner Hörner von dem kleinen Mann auf den Weg geschickt.

»Scho hübsche Hörner hab' isch schon lange nischt mehr gesehen. Fröhliche Auferstehung!«

Zu Hause erwartete mich meine Mutter schon. Ich mußte alle Sachen im Badezimmer aufstapeln. Mühsam unterdrückte ich die Flut von Fragen, die durch meinen Kopf schwirrten. Zum erstenmal, soweit ich zurückdenken konnte, küßte Mutter mich auf die Wange.

»Morgen«, seufzte sie glücklich. »Morgen ist es soweit.«

Den restlichen Tag arbeiteten wir tüchtig. Wir putzten das Haus, klopften die Teppiche aus, bohnerten den Boden, wischten den Staub vieler Jahre fort und schmückten zum Schluß das Eßzimmer mit grünen Papiergirlanden. Mutter hatte sie aus einem alten Koffer hervorgeholt: lange, grüne, selbstgemachte Girlanden aus schmalen, zusammengeklebten Papierstreifen. Wir hingen sie quer durch den Raum auf und dekorierten auch die Wände damit, so daß unser Haus nach einer Weile richtig lustig aussah – auf eine unheimliche Art.

Dann wurde Mutter ernst und zog mich an der Hand zu einem kleinen Zimmer an der Rückseite des Hauses.

Es war mit einem Tisch, einem Walnußschrank, zwei Sesseln und einer kupfernen Petroleumlampe ausgestattet. Mutter schloß die Tür, geleitete mich zu einem Sessel und öffnete den Schrank mit einem Schlüssel, den sie an ihrer Halskette trug.

»Zünde die Lampe an. Es wird Zeit, daß ich dich mit gewissen Dingen vertraut mache, damit du morgen nicht dumm schaust, wenn ich Auferstehungsvorbereitungen treffe.«

Ich tat wie geheißen, und Mutter breitete eine Pergamentrolle, die sie aus dem Schrank geholt hatte, auf dem Tisch aus. Sie wurde an allen vier Ecken mit Knochen beschwert, die am gleichen Ort wie das Dokument aufbewahrt worden waren. Dann setzte sie sich neben mich und begann zu sprechen:

»Zunächst mußt du verstehen, daß du für die Welt ein Monster bist. Ein kleineres Monster, könnte man sagen. Etwas zusammengemixt, aber doch mit einem Anspruch auf diesen Titel. Um genau zu sein, bist du, wie ich ja schon erzählte, ein Mock. Dein Vater ist ein Shaddy, und ich bin eine Maddy. Kannst du mir folgen?«

»Nein.«

Mutter stöhnte. »Du bist gewiß nicht der

Gescheiteste. Studiere jetzt diese alte Tafel, die dein Großvater mütterlicherseits aufgezeichnet hat. Vielleicht geht dir dann ein kleines Licht auf.«

Ich wandte meine Aufmerksamkeit dem Pergament zu, auf dem ein Stammbaum aufgemalt war.

Nachdem ich diese Tafel mit gemischten Gefühlen studiert hatte, sah ich zu meiner Mutter auf und nahm zum erstenmal von ihrem langen weißen Gesicht und der schwarzen Haarfranse, die ihr spitzes Kinn zierte, bewußt Notiz.

»Dann stamme ich von einem Vampir, einem Werwolf und einem Ghul ab?«

»Deine Verbindungen reichen bis zur Spitze«, stimmte Mutter zu. »Natürlich gibt dieser Stammbaum nicht alle Zweige der Spezies Monster wider. Zum Beispiel wird der Batman nicht erwähnt, eine Nebenlinie der Vampire. Oder die Wespenfrauen, der Flucht-Dämon, die Schattenwesen und viele andere. Aber du weißt jetzt wenigstens etwas über deine Herkunft.«

»Aber mein Vater – wo ist er?«

»Rings um dich herum.« Mutter rollte das Pergament auf. »Ich will es erklären. Diese Kreuzungen haben seltsame Randerscheinungen. Besonders beim männlichen Shaddy. Im Alter von zwanzig Jahren sah er genauso aus wie du. Vielleicht waren seine Ohren etwas länger. Die hatte er von seinem Großvater mütterlicherseits. Aber im House of Commons haben schlimmere Gestalten gesessen. Nach seinem einundzwanzigsten Geburtstag forderten die widersprüchlichen Elemente in seinem Blut ihr Recht. Er wurde dünner, behielt aber seine Größe. Seine Knochen verflüssigten sich, die Zähne fielen ihm aus, sein Fleisch wurde durchsichtig, und er begann zu glibbern, wenn man am Tisch rüttelte. Dann brach er eines Tages im Bad zusammen und flutschte durch den Abfluß. Daraufhin fragte ich unsere Weisen um Rat.«

Mutter wischte eine Träne aus ihrem linken Augenwinkel und fuhr fort:

»Sie sagten mir, daß er für die nächsten achtzehn Jahre nur als Spiegelbild auf dem Wasser oder einem anderen schimmernden Hintergrund zu sehen wäre. Aber am achtzehnten Jahrestag seiner Auflösung würde er wiederauferstehen. Dann sollte ich in dem Bad, wo das Unglück anfing, einen Körper für ihn herrichten. Dadurch könnte er wiederkehren und für weitere einundzwanzig Jahre bei uns bleiben.«

»Diese Behälter und Säcke ...« Ich sprach den Satz nicht zu Ende.

»Enthalten die wesentlichen Zutaten, um deinen Vater neu zu verkörpern. Nur ...«

»Nur ...?«

»Er wird keine Zähne haben. So wird er nur noch schlecken können. Und *wie* er das tun wird!«

Ich schüttelte den Kopf und dachte über die Schwierigkeiten nach, die es mit sich bringt, wenn man nur schlecken kann. Dann fiel mir etwas ein, und ich schauderte.

»Mutter ...«

»Ja, mein Sohn.«

»Ich bin ein ... Mock?«

»Das bist du.«

»Nun, es hieß, Mocks blasen.«

Sie küßte mich auf die Stirn. Schon wieder ein ungewohnter Gefühlausbruch.

»Das kommt noch, mein Sohn. Nach deiner Beisetzung.«

»Beisetzung?«

»Setz den Kessel auf und mach deiner Mutter eine gute Tasse Tee!«

Am nächsten Morgen standen wir früh auf, denn Mutter hatte viel zu erledigen und konnte vor Aufregung nicht schlafen. Sie zog ihr bestes schwarzes Kleid an, und ich mußte den fast neuen Cordanzug tragen. Nach einem prüfenden Blick in den Spiegel nahm Mutter mich fest beim Arm, und wir stiegen gemeinsam die Treppe zum Badezimmer hinauf. Dort waren die Kanister und Säcke noch so, wie ich sie aufgestapelt hatte. Nur war das Bad inzwischen gründlich gesäubert worden.

»Zieh das an«, befahl Mutter und hielt mir eine Metzger-Schürze hin. »Du willst dich doch nicht schmutzig machen.«

Ich band die Schürze fest um meine Taille und wartete auf weitere Anweisungen.

»Öffne die Dosen und schütte den Inhalt in die Wanne.«

Ich zog den ersten Deckel hoch und fand in dem Behälter ein rotes Pulver. Fragend blickte ich meine Mutter an.

»Trocken-Blut. Was hast du denn gedacht? Scheuersand etwa?« Nachdem ich alle sechs Blechdosen geleert hatte, war die Wanne bereits halbvoll, und Mutter nickte befriedigt. »Wird 'ne hübsche Mischung geben, vor allem wenn die festen Teile drin sind. Nun gieß noch sechs Kannen Wasser zu dem Blutpulver und rühre es mit dem hölzernen Löffel um.«

Ich gehorchte. Das Resultat war eine prächtige schäumende Flüssigkeit, die ab und zu Blasen warf.

»Der Schaum muß sich erst setzen«, flüsterte Mutter. »Bleib ruhig und du wirst die ersten Anzeichen deines Vaters sehen.«

Wir warteten. Das Blubbern erstarb. Der Schaum verdunstete. Wie ein rotglänzender Onyx lag die dunkelrote, glatte Oberfläche vor uns. Plötzlich kräuselte sie sich leicht, und das Gesicht, das mir so oft erschienen war, leuchtete auf. Es glich einem Spiegelbild, so als schwebe jemand über der Badewanne, und seine Gesichtszüge drückten große Erleichterung aus. Die kleinen Augen leuchteten, der bärtige Mund verzog sich zu einem zahnlosen Grinsen, und ich bildete mir eine gewisse Ähnlichkeit mit meinem abstoßenden Gesicht ein. Meine Mutter summte vergnügt.

»Hallo, mein Schatz.« Sie nickte und lächelte dem sich spiegelnden Kopf zu. »Bald ist's geschafft. Unser Kleiner wird die festen Teile hineinrühren, so daß eine gelungene Mischung entsteht. Dann wirst du auferstehen, und alles wird gut sein. Ja, das wird es.«

Das Lächeln auf dem Gesicht wurde heller,

und ein Auge zwinkerte Mutter zu, die sich aufgeregt zu mir umdrehte.

»Schnell, öffne die Säcke. Den größten zuerst.«

Ich riß den ersten Plastiksack auf und fand darin rosige und weiße Fleischstückchen.

»Was, was ist denn das?« erkundigte ich mich.

»Stell keine blöden Fragen! Kipp das Zeug in die Wanne und beeil dich. Mein armer Liebling hat lange genug gewartet.«

Ich leerte die beiden Säcke mit Hackfleisch, während Mutter sich an dem Kasten zu schaffen machte, in dem es geklappert hatte. Das schien eine Ansammlung von Knochen zu sein. Aus dem zweiten Sack kullerte ein Schädel in die Wanne, und ich erschauerte. Mutter knurrte ungeduldig.

»Sei nicht so dumm. Dein Vater muß doch einen Schädel haben. Wirklich, ich habe kein Verständnis für deinen mimosenhaften Magen. Wirf die Haare hinein und beginne dann mit dem Rühren.«

»Haare!«

»Ja, das hier.« Mutter kippte den letzten Sack aus, der ziemlich leicht gewesen war. Heraus fiel eine wirre schwarze Masse von Haaren, die sich auf der glänzenden Oberfläche ausnahm wie die quellende Füllung eines verrotteten Sofas.

»Fang an zu rühren.« Mutter drängte zur Eile. »Leg dich ins Zeug. Dein Vater wird schon ungeduldig.«

Tatsächlich schien sich das Zerrbild eines

Gesichts unter all den Haaren und Einzelteilen zu einem Ausdruck größter Gereiztheit zu verziehen. Ich langte nach dem großen Holzlöffel und legte meine ganze Kraft hinein, als ich die Mischung durcheinandermengte. Die breiige Masse nahm allmählich eine unheimliche Gestalt an. Das Gesicht dehnte, verbreiterte und drehte sich, und möglicherweise würde eine Mißgeburt herauskommen, die nach allen Seiten auseinanderfloß.

»Nun kommt das Gerinnungsmittel.« Mutter öffnete die kleine Büchse. »Laß den Löffel stekken und geh beiseite. Jetzt kommt der schwierigste Teil.«

Das Gemisch war inzwischen schon so steif, daß der Löffel darin stehenblieb. Mir fehlte der Mut, hinabzuschauen und zu sehen, welche Gestalt es angenommen hatte. Mutter hielt die geöffnete Dose hoch über der Wanne, schloß die Augen, und begann folgende Worte zu singen:

*Erhebe dich, mein lieber Shaddy,*
*Denn dein Sohn braucht einen Daddy,*
*Nimmt das Warten denn kein Ende?*
*Mammi zittern schon die Hände.*
*Und sie sagt den alten Spruch.*
*Shaddies schlürfen, Reddies sabbern,*
*Shadmocks pfeifen, und Mocks blasen,*
*Blut und Fleisch mit Knochen bestückt,*
*ergeben einen Körper, gut zusammengeflickt.*
*Steh nun auf, begrüß deine Maddy,*
*Sei ein guter, braver Shaddy.*

Sie goß den Inhalt der Dose in die Wanne. Die unmittelbare Wirkung war umwerfend. Das Gebräu schäumte, zitterte, kochte und gab ein brodelndes Geräusch von sich, wobei ein stinkender schwarzer Nebel emporstieg und das Badezimmer einhüllte. »Der zweite Teil.« Mutter schrie es heraus. »Steh nicht rum wie ein Affe beim Vampirpicknick. Rühre!«

*Quirl es durch und stampf es klein,*
*Mach einen Pudding, hübsch und fein,*
*Klopfe es rund und nicht zu krumm,*
*Warte ab und frag nicht warum!*

Es war eine scheußliche Arbeit. Die Masse war schon so fest, daß ich mich wunderte, weshalb der Löffel nicht abbrach. Der Nebel war so dicht, daß ich nichts sehen konnte. Dann bemerkte ich eine Bewegung, die nichts mit meiner Rührerei zu tun hatte. Mutter zog mich weg und gab ein triumphierendes Knurren von sich.

»Er kommt! Gepriesen sei Luzifer und all seine Engel – er kommt.«

Wir warteten. Es gab ein klatschendes Geräusch, als ob sich ein nasser Hund schüttelte. Darauf folgte ein knarrendes Brummen. Eine schwarze Gestalt tauchte im Nebel auf, und ich konnte das bärtige Gesicht meines Shaddy-Daddy erkennen. Ich kann nicht behaupten, daß mein Herz voll kindlicher Liebe war. Um die Wahrheit zu sagen, hätte ich am liebsten meine Beine in die Hand genommen und wäre geflüchtet. Mein Vater, der da aus der Wanne stieg, war alles andere als hübsch. Er war noch häßlicher als ich und flößte mir Angst ein. Versuchen Sie sich einen eckigen Körper vorzustellen, der rot-weiß gescheckt war, als ob das ganze Hackfleisch an den verkehrten Stellen zusammengesetzt worden wäre. Er war mit filzigem, schwarzem Haar bedeckt, das bei jeder Bewegung zu dampfen schien. Er hatte schrecklich lange Arme, die in plumpen, kurzen Fingern endeten. Ich überlegte schon, ob ich doch nicht so gut gerührt hatte, wie es notwendig gewesen wäre.

Mutter akzeptierte ihn natürlich. Samt seinem scheckigen Fleisch, den dampfenden Haaren und den kurzen Fingern. Sie schloß die groteske Gestalt in ihre Arme. Sie besabberte ihn und weinte, flüsterte seltsame Laute in sein Ohr und küßte ihn sogar, was mich mit Ekel erfüllte. Umgekehrt grunzte Shaddy-Daddy, wimmerte, geiferte und leckte sie schließlich ab. So machen es Hunde, wenn sie ihren Gefühlen nachgeben. Katzen tun es, wenn sie ihre Pfoten säubern. Menschenkinder auch, wenn sie Eis schlecken. Shaddies tun es, denn das ist ihre Natur. Es geschieht auch beim Kampf oder aus Angst. Ich verspürte keine Neigung zu blasen. Aber gewiß würde ich es eines Tages tun.

Nachdem die ersten Gefühlsausbrüche verebbt waren, wandten sie sich mir zu. Vati entblößte seinen zahnlosen Gaumen zu einem, wie er wohl dachte, herzlichen Lächeln. Dann kam er auf mich zu. Ich halte mir zugute, daß ich nicht zurückwich, sondern ruhig dastand. Auch wollte ich keine verräterische Grimasse schneiden oder zusammenzucken, wenn er mich berührte. Schließlich mußte ich auf Mutters Gefühle Rücksicht nehmen.

Seine Hände waren kalt, ließen sich aber ertragen. Ich glaube, das Gerinnungsmittel hatte etwas damit zu tun. Vielleicht stimmte auch mit seinem Stoffwechsel etwas nicht. Ehrlich, ich weiß es nicht. Es gibt viele Fragen, auf die ich nie eine Antwort erhielt. Alles, woran ich mich erinnere, ist, daß er zufrieden seufzte und mit einer tiefen, heiseren Stimme sagte:

»Mein kleiner Mock. Er ist ein hübscher Bengel und kommt nach seiner Großmutter, die einer der schönsten Werguls war, der jemals einen Kirchhof beehrte.«

Mutter nickte, und ihre Augen glänzten vor Stolz.

»Ich habe ihm immer gesagt, daß es jemanden gibt, der ihn hübsch fände.«

»Du bist bald für die Beisetzung reif«, befand Vater, befühlte meine Armmuskulatur und starrte mir eindringlich in die Augen.

»Ach ja, du bist gerade rechtzeitig auferstanden.« Mutter mußte ihm beipflichten. »Laßt uns den Kessel aufsetzen.«

Mit Daddy gab es noch ein paar Schwierigkeiten. Mutter holte einige Kleider vom Dachboden, die ihm gut standen, wenn sie auch ziemlich altmodisch und abgetragen waren. Als wir gemeinsam spazierengingen, machten die anderen Passanten einen großen Bogen um uns oder starrten uns fassungslos an. Shaddy streckte seine Zunge nach dem einen oder anderen aus, und da sie immerhin vierzig Zentimeter lang war, suchten die Leute das Weite.

Da ich endlich mit meinem Vater sprechen konnte, stellte ich auch gewisse Fragen, und er war wesentlich redefreudiger als Mutter.

»Daddy, wenn Mutter ein Mufti ist, dann ist sie deine Cousine ersten Grades.«

Shaddy-Daddy nickte. »Stimmt, Junge. Wir beide sind Monster der dritten Generation.«

»Wie kommt es dann, daß sie nicht in den Abfluß gefallen ist?«

»Eine Frage der Gene, Junge. Auflösung kommt bei der weiblichen Linie nicht vor. Es könnte sein, daß sie ihr Geschlecht wechselt, wenn sie in die Wechseljahre kommt. Das ist dann eine andere Sache. Aber wir müssen das Beste hoffen. Sind schon lustig, diese Kreuzungen. Man weiß nie, was dabei herauskommt.«

Dann stellte ich die Frage, die mir am meisten auf dem Herzen lag.

»Vati, was meinte Mutter, als sie sagte, ich würde bald beigesetzt werden?«

Shaddy-Daddy führte mich zu einer Parkbank, und eine alte Dame, die die Vögel fütterte, trat eilig den Rückzug an.

»Nun, Junge, das ist so. Ursprünglich kommen wir alle aus dem Grab, und der Drang, dorthin zurückzukehren, ist übermächtig. Das ist bei jedem unterschiedlich, aber der Mock – also du, mein Sohn – besitzt ein besonderes Blutgemisch und starke Instinkte, die ihn früher oder später zwingen, in den Untergrund zu gehen. So wie wir Shaddies uns auflösen müssen. Mit einemmal wirst du sehr schläfrig werden und Löcher im Garten graben, oder anderswo auf freiem Feld. Eines Tages wirst du dich in eine deiner Gruben fallen lassen, und für uns ist dann die Zeit gekommen, dich zu beerdigen.«

»Dann ... dann werde ich tot sein.«

Shaddy-Daddy brach in ein dröhnendes Gelächter aus und schüttelte sein zottiges Haupt.

»Kein bißchen, Junge, kein bißchen. Beim ersten Vollmond wirst du ausbrechen wollen, und wir stehen bereit, dich auszugraben. Dann wird sich einiges verändert haben. Was sage ich! Du wirst wie ein Schmetterling sein, der aus seinem Kokon schlüpft. Kleine Krallen an deinen Füßen, kleine Reißzähne im Mund, ein fünf Zentimeter langes Schwänzchen, und du wirst nach Herzenslust blasen können.«

»Blasen!« Ich machte eine Pause. Es war eine schreckliche Frage, und ich hatte Angst vor der Antwort. Aber ich mußte es wissen. »Warum blasen Mocks?«

Shaddy-Daddy tätschelte meinen Arm. »Schau, das ist so. Warum saugen Vampire, reißen Ghuls oder jagen Werwölfe? Die einfache Antwort lautet: Das ist ihre Natur. Aus diesem Grund wirst du blasen.«

»Aber Shaddies schlecken ...«, protestierte ich und sah Daddy heftig mit dem Kopf nicken.

»Nur zu wahr, mein Sohn. Wenn ich ernsthaft schlecke, dann verputze ich einen Arm bis auf die Knochen. Mag sein, daß wir Monster manchmal lächerlich gemacht werden, aber spaßig sind wir nicht.«

»Aber blasen ... ich sehe nicht ...«

Vati stand auf und gähnte, wobei ihm sechs Kornblumen in den geöffneten Mund flogen. Laut schnappten seine Kiefer zu. »Du wirst schon verstehen, Junge. Nun laß uns heimgehen. Mutter wird schon den Kessel aufgesetzt haben.«

Die Müdigkeit überkam mich nach und nach. Zuerst weigerte ich mich, morgens aufzuwachen. Später döste ich den ganzen Tag lang. Im letzten Stadium machte mir eine köstliche Mattigkeit die Glieder schwer, und ich sehnte mich nach völliger Ruhe, wobei mich ein Mantel aus schwarzer Erde einhüllen sollte.

Erde. Sie wurde für mich immer mehr etwas Ähnliches wie eine Frau, die ich mit meinem ganzen Körper umfassen wollte. Ihre warme Fülle sollte mir Augen und Ohren verstopfen, mein Mund wollte ihr Wesen trinken, mit und in ihr wollte ich schlafen und nur alle hundert Jahre geweckt werden, um mich dann umzudrehen und wieder einzuschlafen.

Manchmal kamen Mutter und Shaddy-Daddy zu mir herunter und holten mich aus einer Kuhle, die ich in den festen Lehmboden gescharrt hatte, während ich tief schlief. Sie murmelten beruhigende Worte und führten mich zu meinem Bett zurück, wo Mutter mich auf die Stirn küßte und Vater mir die Hand leckte.

Die Schlafphasen wurden länger. Die Besuche im Garten nahmen zu. Die Welt, wie ich sie bis dahin gekannt hatte, schwand langsam dahin.

Stimmen drangen undeutlich an die Grenzen meines Bewußtseins, dann verhallten sie in weiter Ferne. Einmal schaute das bärtige Gesicht von Shaddy-Daddy zu mir herunter und strahlte ein unerschütterliches Selbstvertrauen aus. Dann verschwand es und gestattete der unsichtbaren Welt, über mich hereinzubrechen.

Ich spürte die Feuchtigkeit um mich, das Gefühl, eingeschlossen zu sein, das herrliche, satte Aroma frischer Erde und diesen großartigen, wundervollen Frieden. In mir erwachte der Sinn für die Erde. Ich befühlte sie auf allen Seiten mit unsichtbaren Fingern und freute mich an ihrer kühlen Umarmung. Dann versank auch dieses Gefühl im Dunkel, und ich spürte nichts mehr.

Eine Hand tätschelte meine Wangen, eine Zunge leckte meine Hand, und eine Stimme streichelte mein Ohr. »Wach auf, der Tag der Auferstehung ist da. Erhebe dich, kleiner Mock. Der Himmel ist bewölkt, der Regen fällt, und die Toten halten auf ihren Plätzen Wacht.«

Die Vorhänge waren vorgezogen, das Licht gedämpft, aber ich konnte alles erkennen, jede Regung auf den beiden mich beobachtenden

Gesichtern, als ob der Raum in Flutlicht getaucht wäre. Mein Körper fühlte sich leicht und ruhig an. Ich spürte keinen Herzschlag, kein klopfendes Blut in den Ohren, kein hörbares Atmen. Ich glich einer Kreatur aus Luft und Wasser, die in einen toten Körper geschlüpft war.«

»Steh auf«, befahl Shaddy-Daddy, »und begutachte dich.«

Ich stand vor dem Spiegel des Kleiderschrankes und prüfte mein neues Ich. Sie hatten die Erdspuren abgewaschen, aber mein Fleisch war jetzt dunkelbraun. Ich war magerer, vielleicht etwas kleiner als vorher, gefiel mir aber viel besser. Nichts war mehr gegen meine spitzen Ohren einzuwenden, gegen die langen Hörner, die gewaltigen Eckzähne, den Stummelschwanz, die Füße mit den Krallen und das dichte Haarkleid, das mich von Kopf bis Fuß bedeckte. Ich war nicht mehr abstoßend häßlich. Ich war abschreckend hübsch.

»Komm runter und hol dir was Nahrhaftes«, rief Daddy von der Treppe. »Du mußt wieder zu Kräften kommen.«

Mutter half mir beim Ankleiden und seufzte, als sich herausstellte, daß mir meine alten Sachen viel zu groß waren. Aber mit einer Kordel um den Hosenbund und einigen Sicherheitsnadeln schaffte sie es, mich modisch auszustaffieren. Dann liefen wir die Treppe hinunter, und ich ging sofort ins Eßzimmer. Dort starrte ich enttäuscht auf den ungedeckten Tisch und stellte fest, daß nichts Eßbares zu sehen oder zu riechen war. Shaddy-Daddy lachte schallend, und Mutter lächelte amüsiert. Dann sagte sie zu mir: »Komm in die Küche.«

Mit ungewohnter Höflichkeit bat man mich an den Küchentisch. Mutter stellte eine silberne, zugedeckte Schale vor mich hin. Sie holte tief Luft und hob dann mit einer flinken Bewegung den Deckel hoch. Mit weit geöffneten Augen starrte ich auf mein Auferstehungsfrühstück. Eine lange, fleischige, gesprenkelte Schlange streckte langsam ihren bis dahin zusammengeringelten Körper, erhob ihren Kopf mit lautem Zischen, und ein innerer Instinkt sagte mir, was ich zu tun hatte, noch bevor Vater das einzige Wort ausgesprochen hatte.

*»Blas!«*

Ein kratziges Rasseln kam aus meinen Lungen, dann mit einem Dröhnen, das die Fensterscheiben erzittern ließ – blies ich. Die Schlange bebte und wurde dann steif wie der Schwanz eines Hühnerhundes, ehe sie auf den Tisch klatschte. Und ich blies immer noch. Die Plastiktischdecke wurde braun, eine Papierserviette kräuselte sich und begann zu schwelen, die Schlangenhaut begann zu zerplatzen, wie Kastanien auf der heißen Herdplatte, und das rosige Fleisch darunter zischte. Mein erstes Blasen dauerte dreieinhalb Minuten nach der Küchenuhr (Mutter hat es stolz vermerkt), und als ich endlich meinen Mund schloß, hatte ich die Schlange mit einem Happs verschluckt.

Meine Eltern applaudierten, und Mutter meinte: »Blase kräftig, blase sanft. Koche, töte oder laß es verdorren.«

Wir beschlossen, daß Vater und ich eine Auferstehungsparty geben würden, und die Einladungen gingen an alle weit verstreuten Familienmitglieder. Darin eingeschlossen waren die Vampire, gleich welcher Herkunft, Werwölfe, ob sie nun Jagdsaison hatten oder nicht, Ghuls, soweit ihre nächtlichen Verpflichtungen es zuließen, und all die unzähligen Mischlinge, die meistens in Hochhäusern lebten. Einer nachträglichen Eingebung folgend, schickte ich eine Einladung an Sheila Benson, von der ich wußte, daß sie ihr schon aus lauter Neugierde folgen würde. Schließlich hatte nie zuvor jemand unser Haus von innen gesehen.

Um peinliche Überraschungen zu vermeiden, sollten sich alle verkleiden. Damit konnten Reißzähne oder Krallen geschickt getarnt werden, und die Aristokraten konnten sich unter die neuen vulgären Monstergattungen mischen, ohne das Gesicht zu verlieren. Mutter war sehr aufgeregt, denn seit Vaters Auflösung hatte sie völlig zurückgezogen gelebt. Für sie war diese Party eine Gelegenheit, in das gesellschaftliche Leben zurückzukehren. Ich wurde wieder zu dem Haus mit der roten Tür geschickt und kehrte mit einem großen Stapel Besorgungen zurück. Darunter befanden sich etliche Dosen Blut für die Teilnehmer, verschiedene Spezialitäten, die den Hunger der Ghuls stillen würden, ein halbes Dutzend eingesperrter Scheußlichkeiten für die Werwölfe, die gerade Saison hatten und so ihre Jagdlust befriedigen konnten, und schließlich einen Korb mit gemischten Reptilien, schön dekoriert, für junge Mocks wie mich.

Die großen Räume wurden wieder mit grünen Papiergirlanden geschmückt, die Möbel poliert, die Teppiche ausgeklopft, die Fenster geputzt, und zum Schluß holten wir das vierteilige, weiß-blaue chinesische Eßservice aus dem Keller. Shaddy-Daddy und ich unterzogen uns einer gründlichen Haarwäsche, und Mutter rasierte sich (für eine Maddy eigentlich verboten). Dann kam der große Tag, und wir bereiteten uns auf den Empfang unserer Gäste vor.

Ich wählte ein rotes Teufelskostüm, denn das hatte eine Kapuze mit zwei Zipfeln für meine Hörner und verbarg meine Ohren. Ein passendes Halstuch tarnte meine untere Gesichtshälfte. Sheila Benson sollte nicht zu sehr durch meine Erscheinung verschreckt werden – jedenfalls nicht sofort.

Die Band, die wir vom Monster-Club gemietet hatten, traf als erste ein. Ich plazierte sie im Erker und sorgte dafür, daß eine reichliche Auswahl an Erfrischungen für Vampire in ihrer Reichweite stand. Dann fuhr der Minibus mit den Kellnern vor, und Mutter war sehr nervös, daß sie bloß nicht merken sollten, wie wenig wir an Personal gewöhnt waren. Die meisten schienen Vampire niedriger Abstammung zu sein, mit ein oder zwei Wervamps und Vamguls darunter. Ich führte sie in die Küche und erklärte ihnen ihre Aufgabe, so gut ich konnte. Das war eigentlich Mutters Angelegenheit, aber sie fürchtete, die ersten Gäste könnten kommen, wenn sie noch in der Küche wäre, und überließ mir die Organisation.

Sie hätte nicht so besorgt sein müssen, denn als die ersten Gäste kamen, entpuppten sie sich als Kleingeister, denen es egal war, ob man sie willkommen hieß oder nicht. Es war ein Vamgulpaar aus Hounslow, die Mutters ›*Erfreut, daß Sie kommen konnten*‹, einfach ignorierten und geradewegs zum Tisch mit den Erfrischungen eilten. Ihnen folgten einige prächtige Wervamps, die wenigstens einen Hauch von guter Erziehung zeigten und mir einen glücklichen Auferstehungstag und viele Blaserfolge wünschten.

Danach strömten sie herein, und die Band spielte den ersten Walzer. Shaddies tanzten mit Maddies, Reddies schäkerten mit Werguls, Vamguls tuschelten mit Shadmocks, Vampire umarmten Ghuls, Werwölfe und Maddies kreierten einen neuen Tanz, und überall unterhielt und amüsierte man sich miteinander. Mutter befürchtete schon, daß es zu irgendwelchen Unschicklichkeiten kommen könnte.

Es war nach acht Uhr, als mich ein Kellner anstieß und mir, nachdem er sich den Geifer vom Mund gewischt hatte, zuflüsterte:

»Verzeihung, Sir, aber ein Menschenwesen ist draußen.«

Ich runzelte die Stirn: »Ein was?«

»Ein weibliches Wesen. Eine Spenderin.«

Ich eilte in die Diele. Sheila Benson wartete dort und sah in ihrem Regencykostüm, das ihre Schultern und Arme nackt ließ, sehr hübsch aus. Ich mußte den Drang, hier und da zu blasen, unterdrücken. Sie begrüßte mich kühl.

»Ich kann nicht lange bleiben. Seitdem du die Stirn hattest, mich einzuladen, habe ich lange darüber nachgedacht, ob es nicht unhöflich, ja unfreundlich wäre, abzusagen. Aber ...« Sie schaute sich in der Diele um, der ein bißchen Schmuck keineswegs geschadet hätte. »Aber das hier ist kaum mein Fall. Ich will nicht unfreundlich sein. Niemand kann etwas für seine Herkunft.«

Ich schlug vor: »Wo du einmal hier bist, komm und lerne meine Eltern kennen.«

Glücklicherweise hatte Shaddy-Daddy ein Affenkostüm gewählt, aber Sheile Benson begrüßte ihn trotzdem mit einem gewissen Widerwillen. Mutter, die als Elizabeth I. ausstaffiert war, konnte sich seit ihrer Rasur einigermaßen sehen lassen, aber ihre Augen glitzerten und sie sagte viel zu herzlich: »Ich *bin* froh, Sie kennenzulernen.«

Mir blieb nichts anderes übrig, als das Mädchen um einen Tanz zu bitten, und sie willigte widerstrebend ein. Wir kreisten durch den Raum, während Sheila die anderen Gäste unverhohlen anstarrte. Mit einer sehr lauten Stimme fragte sie mich: »Sehen sie wirklich so aus, oder ist das Make-up?«

»Sheila«, sagte ich sanft, »die Leute können nichts für ihre Gesichter.«

»Nein, vielleicht nicht. Aber sie könnten zu Hause bleiben.«

Ich weiß nicht, wie es sich herumsprach, denn Sheilas gutes Aussehen war nicht der alleinige Grund. Viele weibliche Vampire waren ausgesprochen attraktiv. Aber als ich mich umsah, fiel mein Blick auf schimmernde Reißzähne und geifernde Münder. Dann platzte ein großer, ungehobelter Vampir aus Chorleywood heraus: »Wie aufmerksam. Aber sind Sie sicher, daß es für alle reicht?« Ich warf ihm einen strafenden Blick zu, denn dieses Benehmen zeugte von ungezügelter Gier und einer schlechten Kinderstube.

Doch natürlich mußte ich sie anderen überlassen. Als Sohn des Hauses wäre es unhöflich von mir gewesen, einem Gast das Abklatschen zum nächsten Tanz zu verwehren. So übergab ich Sheila einem anderen, nachdem ich klargestellt hatte, daß ich mich nicht weiter als zwei Meter von ihnen entfernen würde. Er sah nicht schlecht aus, wenn man die vorspringenden Reißzähne übersah. Groß, mit blondgelocktem Haar, beugte er sich verliebt über Sheila, wie sie es wohl mochte. Da hörte ich sie sagen: »Ich hoffe, es macht Ihnen nichts aus, aber ich finde, Sie sollten mit diesen Zähnen zum Arzt gehen.« Ich wartete auf einen Ausbruch, denn ein blaublütiger Vampir ist da sehr empfindlich. Doch glücklicherweise kam ein Wervamp aus Thames Ditton dazwischen, und sie ließ ihren Tanzpartner mitten im Raum stehen. Er sah aus, als hätte ihn ein Stahlträger mit lauter Kruzifixen getroffen.

Sie hatte sechs Partner kurz hintereinander und hielt sich wohl für die Ballkönigin. In gewisser Hinsicht war sie das auch. Unvermittelt fragte ein hochgewachsener, fetter Vampir, der aus der Gegend von Kensington zu uns gereist war: »Hätten Sie Lust, auf der Terrasse etwas frische Luft zu schnappen?« Ich fühlte mich wie ein Hermelin, der sein Junges beschützt.

Ehe sie protestieren konnte, schleppte ich sie fort. Ihr Gesichtsausdruck kündigte einen Wutausbruch an. In der Diele versuchte sie, etwas zu sagen, aber ehe sie zu Wort kommen konnte, zerrte ich sie in ein kleines Nebenzimmer und schlug die Tür zu. Dann brach ein Donnerwetter über mich herein.

»Noch nie hat man mich so gedemütigt. Diese scheußlichen Kreaturen mit ihren furchtbaren Zähnen und den feuchten Händen. Ich hätte es besser wissen müssen und niemals meinem Mitgefühl für die Unterprivilegierten nachgeben dürfen. Mein gesunder Menschenverstand hätte mir sagen müssen, daß jemand, der so häßlich ist wie du, zwangsläufig abstoßende Verwandte haben muß. Wage nicht, mich anzufassen.« Protestierend hatte ich meine Hand ausgestreckt. »Ich fühle mich beschmutzt, und du ekelst mich an!«

»Sheila«, sagte ich, »hör bitte zu.« Aber da sie weiterhin herumschrie und ihr hübsches Gesicht haßerfüllt zu einer häßlichen Grimasse verzog, erhob ich meine Stimme und brüllte: »Ich sagte – *zuhören*!« Sie wurde ruhig und betrachtete mein maskiertes Gesicht mit wachsender Verblüffung. Leiser fuhr ich fort: »Häßlichkeit kann sich in Schönheit verwandeln, wenn sich jemand die Mühe macht, sie von einer anderen Warte aus zu sehen. Aber die Person muß Liebe und Mitleid fühlen und die Fähigkeit besitzen, sich selbst zu vergessen. Ich liebte dich, aber du hast mich mit grausamen Worten zurückgestoßen. Noch einmal wende ich mich an dich. Sicherlich gibt es tief versteckt in mir ein Fünkchen Schönheit, das verdient, sich zu einer unauslöschlichen Flamme zu entwickeln.«

Sie lachte. Ein kalter silbriger Laut, der an ein Glockengeläut über einem weiten, gefrorenen See erinnerte. »Jemand, der so häßlich ist, sollte sich von seinen Gefühlen nicht zu Unverschämtheiten hinreißen lassen.« Dann hob sie langsam ihre Hand und schlug mir wohlüberlegt ins Gesicht.

Das war der Moment, wo ich mein Erbe richtig antrat. Kalte Wut kroch in mir hoch und schwemmte alle Barmherzigkeit und Zärtlichkeit hinweg, die mich noch an die menschliche Rasse ketteten. Vor mir sah ich nichts weiter als eine hübsche Porzellanpuppe, die es gewagt hatte, die Hand gegen einen Mock zu erheben. Einen Erben jener Fürsten der Finsternis zu schlagen, die die Erde regierten, ehe das Christentum den Geist der Menschen verwirrt hat. Ich pumpte Luft in meine Lungen, hörte das unheilvolle Rasseln in meiner Kehle und riß mit einer wilden Bewegung das geschmackvolle Halstuch von meinem Gesicht sowie die Kapuze von meinen Hörnern. Sheila Benson genoß das Privileg, einen frisch auferstandenen Mock in seiner furchtbaren Herrlichkeit zu sehen.

Ein Monster nähert sich der vor Angst erstarrten Schönheit. Klauenartige Hände krallten sich in weißes Fleisch, und das leise Wimmern wird zu sanfter Musik. – Ich zog sie an mich heran und blies ihr zart ins Gesicht, und die Schönheit verwelkte wie eine Blume im eisigen Wind. Ich hauchte in ihre kleinen Ohren, ließ ihr goldenes Haar wehen, zerriß ihr Kleid, zerstörte den Schimmer ihrer weißen Haut und die Wohlgeformtheit ihrer Brüste.

Ich arbeitete langsam und sorgfältig. Nachdem ich fertig war, ließ ich sie auf dem Boden liegen, wo sie sich alles überlegen konnte. Sie würde nicht sterben, nicht in hundert Jahren.

Als ich zur Gesellschaft zurückkehrte, stritt man sich gerade, wie es häufig vorkommt, wenn Reinrassige mit Bastarden zusammen feiern. Shaddy-Daddy hatte sich vor dem fetten Vampir aufgebaut. Ich hörte das Ende seiner Beschwerde.

»Teilen und miteinander teilen war immer der Wahlspruch des Monstertums. Aber was geschieht? Dein Sohn stellt uns einen A-Spender vor, läßt uns das Wasser im Mund zusammenlaufen und entwischt dann mit ihm, um sich selbst einen guten Tropfen zu gönnen. Auch wenn ich nicht ganz verstehe, was ein Mock mit einem Spender anfangen kann. Ich verlange, daß man ihn zurückbringt, damit die besseren Kreise was zu saugen haben.«

Shaddy-Daddy grollte und schüttelte den Kopf. »In meinem Haus werden keine Forderungen gestellt. Mein Sohn hat die Spenderin als Gast eingeladen. Und Gäste sind keine Nahrungsmittel. Sie gehen nur den Gastgeber etwas an.«

Der Vampir wurde ganz grau im Gesicht und entblößte die Zähne.

»Wird der Spender nun ausgeliefert oder nicht?«

Shaddy-Daddy grinste. »Da fragen Sie besser meinen Sohn.«

Alle Augen richteten sich auf mich, und ich schüttelte den Kopf.

»Das verbliebene Blut ist verschmort.«

Der fette Vampir wandte sich meinem Vater zu und schnaubte zitternd vor Wut:

»Ich verlange Genugtuung.«

Das genügte, damit die anderen zurückwichen und den Streithähnen Platz für den Kampf machten. Durch die Zuschauerreihen ging ein befriedigtes Raunen, denn die Party war inzwischen recht langweilig geworden, und eine Schlägerei ist immer belebend. Der Vampir legte seinen Mantel ab, aber Vater tat nichts dergleichen, denn er kämpfte ja nicht mit den Fäusten. Der Vampir zwar auch nicht, aber er wollte wohl zeigen, daß er was vom Geschäft verstand.

Sie umkreisten einander. Der Vampir mit entblößten Zähnen, Schuft-Pa mit geöffnetem Mund. Dann brüllte der Vampir, stürzte vorwärts und zuckte gleich wieder zurück, denn von seiner Wange aus verlief eine fünfzehn Zentimeter lange Wunde, die bis auf den Knochen ging. Vater schluckte und öffnete dann seinen Mund zum nächsten Angriff. Die Geschwindigkeit seiner Zunge faszinierte mich. Ich hatte nur einen langen, dunklen, pfeilschnellen Strahl aus seinem Mund kommen sehen. Dann hörte ich bereits den Vampir aufheulen.

Beim nächstenmal versuchte es der Bluttrinker mit gesenktem Kopf. Zweifelsohne wollte er seine Zähne in ein Bein graben und seinen Gegner zu Boden werfen, ehe die tödliche Zunge in Aktion treten konnte. Der Schufti wartete, bis der Kopf etwa fünfzehn Zentimeter von seinem Magen entfernt war. Dann gab es eine kaum sichtbare Bewegung, und der Vampir krümmte sich auf dem Boden. Eine tiefe Furche lief von seinem Schädel bis hinunter in den Nacken. Vater kaute teilnahmsvoll.

Der Kampf war vorüber. Um die Wahrheit zu sagen, die adeligen und bürgerlichen Vampire sind zu sehr verweichlicht. Sie jagen nicht mehr und sind mit dem Blut aus der Dose zufrieden. Sie überfallen die Blutbank, aber keine Nacken mehr. Dafür müssen sie zahlen. Die Freunde des Vampirs trugen ihn fort, und kurz darauf wurde das Fest abgebrochen. Ich spürte, daß etwas in der Luft lag, und überlegte, ob dieser Zwischenfall zu einem Monsterkrieg führen könnte. Nachdem der letzte Gast gegangen war, kam Vater zu mir und lächelte schüchtern.

»Du junger Hund, was hast du mit ihr gemacht?«

Ich zuckte die Schultern. »Auf sie geblasen. Sie hat mich beleidigt.«

Shaddy-Daddy nickte. »Das war zu erwarten. Das war dein erstes Blasen aus Zorn. Aber behalte sie nicht ganz für dich. Denke an deine Eltern.«

Mutter küßte mich und meinte: »Ich hoffe, es war nett für dich. Laß alles so stehen, wir räumen morgen auf.«

Nachdem sie hinaufgegangen waren und ihre Schlafzimmertüren hinter sich geschlossen hatten, ging ich in den kleinen Raum und starrte auf das, was da gegen die Wand lehnte. Ihr Hirn hatte ich nicht ausgeblasen. Sie war bei Bewußtsein und litt keine Schmerzen. Ich hatte gut geblasen. Ich trat zu ihr.

»Ich fürchte, ich kann dich nicht heiraten. Möchtest du wissen, weshalb?«

Sie versuchte, einen Laut von sich zu geben, wußte aber noch nicht wie.

»Nun, wenn du darauf bestehst. Du bist so häßlich. Ich bin sicher, du bist viel zu intelligent, um der Wahrheit auszuweichen. Bitte, unterbrich mich, wenn ich deine Gefühle verletze.«

Sie machte ein kleines Geräusch. Nicht laut, aber sie versuchte es.

»Häßlichkeit alleine wäre noch nicht so schlimm. Einige häßliche Frauen sind sehr anziehend. Aber du bist abstoßend häßlich.«

Sie krächzte. Ein lustiges krächzendes Geräusch wie eine Kröte.

»Ich weiß nicht, was dich so abstoßend macht. Vielleicht sind es deine Ohren. Sie erinnern mich an den Tod – abgestorbener Rosenkohl. Dann dieses scheußliche, gelbe schrumpelige Gesicht. Ich möchte nicht brutal sein, aber ich weiß nicht, wohin ich dich küssen sollte. Mir würde schlecht werden. Ehrlich. Dann deine Haare. Was ist davon übrig. Ein scheußliches, grünes Gekräusel. Ich bin doch nicht zu weit gegangen, oder?«

Sheila machte Fortschritte. Sie gab einen gedämpften Schrei von sich.

»Prima. Denn ich erzähle dir das nur zu deinem Besten. Ich könnte sagen, daß deine Beine wie verwesender Sellerie aussehen, aber ich tue es nicht. Ich könnte hinzufügen, daß deine Brüste wie alte Apfelschalen herunterhängen, aber das wäre nicht nett. Entschuldige ... Ist irgend etwas falsch daran?«

Sie drehte ihren Kopf herum und verzog die verwelkten Lippen, als sie versuchte, etwas zu sagen. Endlich wurde sie belohnt. Ein winziger Schrei drang aus ihrer Kehle und schwoll zu einem langgezogenen Pfeifen an.

Ich überwand meinen Ekel gegenüber ihrer Häßlichkeit. Verzieh ihr die Verbrechen und zog in meine Arme, wo sie sich an der Hitze meines unsterblichen Hasses wärmte. Ich lachte leise.

»Ich muß dich mit einem Shadmock vermählen. Denn Shaddies können schlecken und Mocks blasen, aber du kannst – glücklicherweise – nur pfeifen.«

## Zweites Zwischenspiel

Als der Mock seine Geschichte beendet hatte, stand eine große Zuhörerschar um seinen Tisch herum, die Donald etwas beunruhigte. Einige der Hinzugekommenen schenkten ihm nämlich weniger eine höfliche als eine hungrige Aufmerksamkeit. Eramus, den die schon so oft gehörte Geschichte gelangweilt hatte, schlief bereits. Der Wervamp schien angeekelt zu sein, aber Donald war nicht ganz sicher, ob dieser Ekel echt war.

»Von Mal zu Mal«, erklärte der Wervamp, »finde ich diese Geschichte geschmackloser. Richtig – ich bin ein Monster, wir alle hier, aber es gibt Grenzen. Nach meiner Ansicht hast du die ganze Schweinerei angerichtet, weil sie die Wahrheit gesagt hat. Denn du bist verflucht häßlich.«

Der Mock verzog böse das Gesicht, und ein unheilvolles Rasseln drang aus seiner Kehle. »Ihr Halbblüter haltet euch für allmächtig, weil ihr je zur Hälfte von oben abstammt. Ich bin ein Mock – und stolz darauf. Deshalb blase ich. Und dieses Miststück hatte es verdient. Aber wenn du noch was willst, nur raus mit der Sprache.«

Ein ehrwürdiger Ghul, der dem Streit aufmerksam zugehört hatte, griff eilends ein.

»Bitte, meine Herren. Es besteht wirklich kein Anlaß – wenn ich so sagen darf –, unser Blut zu erhitzen. Es ist ohnehin so wenig davon da. Wir alle wandeln auf dem Pfad, den uns der Schwarze Herr gewiesen hat. Es schadet nur jedem Clubmitglied, ein anderes zu kritisieren. Ich möchte Sie an die unwiderrufliche Clubregel erinnern. – Alle Monster sind gleich.«

»Hört, hört.«

Die beiden Streithähne waren über den lauten Tumult bestürzt. Der Mock bemühte sich als erster, seinen Widersacher zu besänftigen.

»Tut mir leid, Alter. Hab' die Beherrschung verloren. Nehme alles zurück.«

Der Wervamp wollte hinter so viel Großmut nicht zurückstehen und streckte seinem Gegner die Hand in einer Geste der Freundschaft entgegen.

»Vergiß es, lieber Freund. Ausschließlich mein Fehler. Verdammt noch mal, wenn Sie blasen müssen, dann blasen Sie eben. Und, wenn ich hinzufügen darf, die Welt wäre ein schönerer Ort, würden einige sterbliche Frauen regelmäßig weggeblasen.«

Um sie herum klatschten alle, als Wervamp und Mock einander die Hände schüttelten, und der Ghul gönnte sich ein kleines, triumphierendes Lächeln: »Ich finde, das ist eine Gelegenheit, unsere Hymne zu singen. Das *Monster Anthem*.«

Ein bellender, schreiender, singender Chor ließ den Club erzittern. Nach dem Refrain fielen sich alle Monster in die Arme, und der Ghul wischte sich eine Träne aus dem rechten Augenwinkel.

*Ob's regnet, stürmt oder die Sonne lacht,*
*wir Monster geben aufeinander acht.*

Er wiederholte die letzten Zeilen noch einmal. Dann verkündete er überwältigt: »Seit dem großartigen Friedhofsfest der Ghuls im Jahre '54 bin ich nicht mehr so gerührt gewesen. Damals hielt ich eine Rede und sagte: ›Laßt sie kommen mit aufgerollten Regenschirmen und gespitzten Pfählen, laßt sie nur kommen mit Knoblauchzwiebeln oder brennenden Kreuzen, wir werden sie schlagen.‹«

Eramus, der mittlerweile vom Lärm wach geworden war, gähnte, und einige andere Monster sahen gelangweilt aus. Man war sich darüber einig, daß der Ghul zu dick auftrug.

»Nachdem ich der interessanten Erzählung unseres Freundes gelauscht habe«, fuhr der Alte rücksichtslos fort, »möchte ich Ihnen die Geschichte eines entfernten Verwandten nicht vorenthalten. Und ich glaube, Sie werden entzückt sein, wenn ich Ihnen meine, wie meine liebe Gattin zu sagen pflegt, schauspielerischen Fähigkeiten darbiete. Kurz, ich darf Ihnen die Geschichte, die ich in weiser Voraussicht zu Papier gebracht habe, vortragen.«

Ohne abzuwarten, griff der Ghul in sein Leichengewand und förderte ein ziemlich schmutziges Manuskript zutage.

»Allmächtiger Satan!« Eramus schäumte. »Nicht noch so einen Seelen-Striptease!«

»Als Vorsitzender sowohl des Wein- wie auch des Blut-Ausschusses ist es meine Pflicht«, stellte der Ghul, ohne Eramus zu beachten, fest, »dafür zu sorgen, daß alle Lippen feucht und alle Kehlen naß sind. Kurz, Drinks für alle.«

Die Gesichter belebten sich, Zungen leckten über die Lippen, und Eramus gab nach.

Nachdem alle die gewünschten Erfrischungen erhalten hatten, öffnete der Ghul das Manuskript, setzte eine randlose Brille auf seine Nase und begann mit langsamer wohltönender Stimme die Erzählung:

# Der Homghul

Gerald Mansfield hatte sich verirrt. Kein ungewöhnlicher Vorfall, da er überhaupt keinen Ortssinn besaß. Er wußte, er war irgendwo in Hampshire, und Porthsmouth mußte etwa dreißig Meilen südlich liegen. Er suchte sich seinen Weg auf schmalen Nebenstraßen, nachdem er die Hauptstraße in der trügerischen Annahme verlassen hatte, so den Weg abzukürzen.

Plötzlich sah er das Schild. Darauf stand in großen schwarzen Lettern *Luhgville*. Gerald dachte an eine Tankstelle oder ein Restaurant, vor allem aber an einen intelligenten Menschen, der ihm den kürzesten Weg nach Portsmouth zeigen könnte.

Auf den ersten Blick sah Luhgville vielversprechend aus. Eine schmale Hauptstraße, die an beiden Seiten von Häusern mit Vorgärten gesäumt war. Am Ende der Straße schien ein Gasthaus zu warten. Aber bei genauerer Betrachtung stellte Gerald fest, daß der Ort alt und ungepflegt war. An den Häusern blätterte der Anstrich ab, und in den Vorgärten wucherte das Unkraut. Wären nicht die rauchenden Schornsteine und die dreckigen Vorhänge an den Fenstern gewesen, hätte er angenommen, daß niemand mehr dort wohnte. Als sein Auto langsam die Straße entlangfuhr, hätte er schwören können, daß sich einige Vorhänge bewegten. Und es war offensichtlich, daß sich eine Tür einen Spaltbreit öffnete und jemand um die Ecke lugte.

Gerald bog auf den kleinen Hof vor dem Gasthaus ein, das man für ein normales Häuschen hätte halten können, wäre nicht das Schild mit der Inschrift *THE LUHG INN* gewesen. Gerald stieg aus und ging nach einigem Zögern zur grünen Eingangstür hinüber.

Er betrat einen langen, übelriechenden Raum und schaute sich überrascht um. Eine einfache hölzerne Theke verlief quer durch den Raum bis zu einer Treppe, die nach oben führte. An einem Ende stand ein riesiges Bierfaß, und auf der Theke befand sich eine Ansammlung von Steinkrügen. Zwei Eichenstühle flankierten einen altmodischen Kamin, und an jeder Seite des Raums war eine Bank ohne Rückenlehne aufgestellt. Der Raum war gänzlich schmucklos und enthielt nur das Notwendigste.

Gerald ging zur Theke hinüber und klopfte vorsichtig gegen das Holz, da niemand zu sehen war. Er wartete eine Minute und klopfte abermals, wobei er in Richtung des verblichenen Vorhangs schaute, der eine Öffnung in der Wandverkleidung verdeckte.

Kurz darauf wurde der schmutzige Stoff von einer langgliedrigen, schmuddeligen Hand beiseite gezogen, und ein großer, gebeugter Mann erschien. Er schlurfte zum Tresen und starrte den Besucher mit offenem Mund verblüfft an. Gerald entschied, daß ihm ein Individuum gegenüberstand, dem er nicht im Dunkeln begegnen mochte.

Das Gesicht des Wirtes war ungewöhnlich lang und schmal. Seine Lider hingen wie vertrocknete Hautlappen über seinen wäßrigen

Augen. Unnatürlich lange Ohren standen zu beiden Seiten seines kahlen Schädels ab, und eine Höckernase ragte über einem geöffneten Mund vor, der einen aufschlußreichen Blick auf gelbe, spitze Zähne freigab. Angezogen war er – wenn man in diesem Zusammenhang überhaupt von angezogen sprechen kann – mit einem schmierigen, gestreiften Ding, das Gerald an einen Pyjama erinnerte. Der junge Mann versuchte, seine Abscheu hinter einem nervösen Lächeln und einer höflichen Stimme zu verbergen.

»Könnten Sie mir vielleicht helfen? Ich scheine mich verirrt zu haben. Ich war auf dem Weg nach Portsmouth und ...«

»Sie sind mit dem Automobil?«

Die Frage wurde in einer kratzigen, undeutlichen Stimme gestellt, so als ob ihr Besitzer etwas an den Stimmbändern oder mit den Bronchien hätte. Gleichzeitig glomm so etwas wie freudige Überraschung in den wäßrigen Augen auf.

»Sie sind mit dem Auto...mobil gekommen ... von weit her?«

Gerald runzelte die Stirn und hielt sich den Rückweg zur Tür offen. »Ja, ich komme aus London und wollte vor Anbruch der Dunkelheit in Portsmouth sein. Aber, wie gesagt, ich scheine mich verfahren zu haben und hoffte, Sie könnten sagen, wie ich zur Hauptstraße zurückfinde.«

Der Mann nickte und schlurfte dann plötzlich hinter den Vorhang zurück. Gerald hörte ihn einige Worte murmeln, und unvermittelt erschien ein Kind aus dem Raum, in dem er verschwunden war. Es schaute den Gast mit dem gleichen erstaunten Ausdruck an wie der Wirt.

Gerald konnte nicht ausmachen, ob es ein Junge oder ein Mädchen war, aber die dünne Gestalt in den Überresten eines Kindernachthemds hatte nichts Weibliches an sich. Sein langer, schmaler Schädel wurde von einem zottigen, schwarzen Haarschopf bedeckt. Der Wirt knurrte etwas, und das Kind verschwand durch die Eingangstür, die Gerald vorsorglich offengelassen hatte.

»Holt jemanden«, erklärte der Mann. »Jemand, der den Weg kennt.«

»Sehr freundlich«, murmelte Gerald und fügte hinzu: »Aber ich möchte Ihnen keine Umstände machen. Ich werde die Hauptstraße schon irgendwie finden.«

»Wird jemand zeigen«, erwiderte der Mann. »Ein Bier?«

»Ja, das ist eine gute Idee. Ein kleines, bitte.«

Mit den langsamen Bewegungen, die alle seine Handlungen kennzeichneten, nahm der Wirt einen Steinkrug und schlurfte damit zum Bierfaß. Als Gerald das Getränk kostete, empfand er es als bitter und stark.

»Welche Brauerei?«

»Wir machen es selbst«, erklärte der Mann.

»Dann sind Sie unabhängig?«

Die Frage schien den Wirt zu verwirren, denn er bekam wieder diesen erstaunten Gesichtsausdruck und antwortete nicht. Gerald leerte den Krug und schaute ungeduldig auf seine Uhr.

»Ich denke, ich warte nicht länger auf ihren Freund. Ich ziehe los und verlaß mich auf meinen Pfadfinder-Instinkt.«

»Sie kommen jetzt«, sagte der Mann.

Und tatsächlich strömten plötzlich die Leute herein und bildeten einen Halbkreis um die Theke. Als letztes kam das Kind, schlug hinter sich die Tür zu und gesellte sich zu den Erwachsenen, die den Fremden unverwandt anstarrten.

Sie alle hatten eine beängstigende Ähnlichkeit mit dem Wirt, nur daß einige einen wirren, schmierigen Haarschopf trugen. Sie schienen alle wegen des Fremden aus ihren schmuddeligen, widerwärtigen Betten gekrochen zu sein. Dreckige und zerfetzte Pyjamas und Flanellnachthemden waren offenbar groß in Mode. Nur eine hochgewachsene, schmächtige Gestalt war in etwas Fleckiges gehüllt, das einem Bettlaken glich.

»Dieser Herr ... verirrt«, verkündete der Wirt.

»Ah!« gab der große Schmächtige von sich, und sein Adamsapfel hüpfte aufgeregt auf und nieder.

»Kam mit dem Auto...mobil«, fügte der Gastwirt hinzu, und sofort schlurften einige zur Tür.

»Wo wollte er hin?« erkundigte sich ein kurzes Persönchen in einem gefleckten Nachthemd.

»Ports...mouth«, antwortete der Wirt.

Gerald fühlte sich wie in einem Alptraum, als er die nickenden Köpfe betrachtete. Es war ein bedächtiges Nicken, als ob ein ganz einfaches Problem zu lösen wäre.

»Ich schätze, es ist noch 'n gutes Stück bis da«, erklärte einer in einem grünen Pyjama.

»Schätze, diese Nacht wird das nichts mehr«, stellte ein Mann mit einem ehemals weißen Hemd fest.

»Oder morgen«, fügte der Wirt hinzu.

Alle kicherten. Ein tiefes gurgelndes Geräusch, das an eine Schar böser Kinder erinnerte, die einen unerfreulichen Streich ausgeheckt hatten. In diesem Moment kamen diejenigen, die hinausgegangen waren, wieder zur Tür herein. Gerald nahm allen Mut zusammen und wandte sich an die Umstehenden.

»Ihnen allen vielen Dank für Ihr freundliches Interesse, aber ich muß jetzt los. Keine Sorge, ich finde schon den Weg.«

»Der will gehen«, sagte der große Schmächtige voller Verblüffung.

»Gehen?« erkundigte sich der Gastwirt.

»Nun«, Gerald bemühte sich zu lächeln. »Bin schon unterwegs. Nochmals danke.«

Er schritt entschlossen zur Tür, und der Halbkreis öffnete sich und ließ ihn durch. Er erreichte die Tür und fühlte sich wie ein entlassener Sträfling, als er hinaustrat. Er lief zu seinem Auto, als wäre es eine Bastion gegen das Böse. Aber als er sicher darin saß, den Schlüssel im Zündschloß, sah er sie vor dem Wirtshaus stehen und ihn amüsiert betrachten. Ehe Gerald den Selbststarter drückte, winkte er sogar noch einmal. Keiner bemühte sich zurückzuwinken. Und der Selbststarter reagierte nicht auf seinen verzweifelten Fußdruck. Kein Motorengeräusch durchbrach die unheilvolle Stille. Mit einem Seitenblick stellte er fest, daß die seltsamen Gestalten langsam näher kamen. In ihren Augen stand jetzt ein bösartiges Funkeln, und das Kind tanzte in erwartungsvoller Freude um sie herum.

Gerald blieb nichts weiter übrig, als auszusteigen und die Motorhaube zu öffnen. Der Verteiler war zerbrochen und die Drähte herausgerissen worden. Seine Unsicherheit wurde von jäh aufsteigendem Zorn verdrängt.

»Wer hat das getan?« brüllte er die abwartende Schar an.

»Isses kaputt?« fragte der Wirt.

»Natürlich ist es hin. Wer war es?«

Ein weißes Gesicht sah das andere in gespielter Hilflosigkeit an. Der große Schmächtige äußerte sich:

»Sicher Ungeziefer.«

Ein Ding in einem grünen Pyjama nickte beipflichtend. »Echte Monster. Nichts ist sicher.«

Geralds Zorn wich einer wachsenden Furcht. Hoffnungsvoll blickte er die Straße entlang. Dann stellte er eine ihm selbst dumm erscheinende Frage:

»Kann mir irgend jemand das nächste Telefon zeigen?«

»Kein Tele...fooon ... kein Tele...foon.«

Die gemarterten Worte machten die Runde, bis sie schließlich von dem Kind aufgefangen wurden.

»KEIN TELE...FOON.«

»Wie weit ist es bis zur nächsten Werkstatt?«

Fragend blickten die weißen Gesichter einander an, und der Gastwirt, der ein gewisses

Ansehen zu haben schien, murmelte: »Werk-…statt! Keine Werk…statt!«

»Du lieber Himmel. Was kann ich tun?« Gerald blickte sich ängstlich um.

»HIERBLEIBEN.«

»Bald ist es dunkel«, meinte einer.

»Gefährlich im Dunkeln«, sagte ein anderer.

»Ist gemütlich in der Kneipe«, stellte in dritter fest.

Halb gezogen, halb geführt wurde Gerald ins LUHG INN zurückgebracht.

Er erhielt ein Zimmer mit einem wundervollen Blick auf den Kirchhof.

Das Gastzimmer war genauso kärglich ausgestattet wie der Schankraum. Auf einem schmalen Holzbett lag zusammengeknüllte Bettwäsche, daneben stand ein ›Stummer Diener‹ für die Kleidung. Ein Holzstuhl vervollständigte das Mobiliar. Gerald hatte gerade entschieden, daß er sich nicht mit dem Bett anfreunden würde, sondern die Nacht lieber auf dem Stuhl verbrächte, da öffnete sich die Tür, und ein Mädchen trat ein.

Sie wirkte wie ein Diamant unter Kieseln. Oder – vielleicht passender – wie ein Lamm unter Wölfen.

Ihr Gesicht war lang, aber nicht übermäßig, die großen Augen waren von einem dunklen Kornblumenblau, das sehr gut mit ihrem schwarzen Haar harmonierte. Sie trug ein verhältnismäßig weißes Nachthemd und erweckte den Eindruck, sie habe sich abends gewaschen. Gerald starrte die Schönheit an, die so unerwartet in dieser unwirklichen Szenerie erschienen war, und beobachtete, wie sie eine Schüssel ans Bettende stellte. Ihre Stimme war ebenso heiser wie die der anderen Dorfbewohner, ließ aber erfreulicherweise den schrecklichen gurgelnden Unterton vermissen.

»Papa sagt, Sie essen das.«

Er betrachtete den braunen Eintopf, aus dem Fleischklumpen wie Felsen in der Brandung herausragten, und fragte sich, ob sein Magen wohl irgend etwas annehmen würde, das in diesem dreckigen Haus gekocht worden war.

»Was ist das?«

Sie lächelte und entblößte ihre weißen, ebenmäßigen Zähne.

»Kaninchenstew. Selbst gemacht.«

Er beäugte es kritisch, schnüffelte und probierte es schließlich. »Es ist nicht schlecht.« Er ging mit seinem Magen zu Rate und entschloß sich, das Stew zu essen. Das Mädchen beobachtete ihn dabei. Nachdem er die Schüssel geleert hatte, streckte es zaghaft seine Hand nach Geralds weichem Kamelhaaranzug aus und befühlte den feinen Stoff.

»Schön. Tragen alle Leute draußen so was?«

»Draußen!« Für einen Augenblick dachte er, sie machte einen düsteren Scherz, doch dann sah er die Verwunderung in ihren Augen, und seine Furcht kehrte zurück.

»Schauen Sie, die Hauptstraße ist nur wenige Meilen entfernt. Eine Stunde Fahrt mit dem Auto, und wir wären in einer großen Stadt. Hier ist nicht der Nordpol.«

Sie schüttelte den Kopf. »Vor langer Zeit errichteten die Ahnen einen Graben zwischen ihnen und uns. Nur einmal nach vielen Mahlzeiten kam ein Fremder hierher. Keiner außer den Ältesten geht hinaus.«

In Geralds Hirn entstand eine Erklärung, die allem bisher Erlebten einen Sinn gab. Eine kleine Gemeinde, die seit Generationen Inzucht betrieben hatte, und nun aus lauter Halbidioten bestand, die den Bezug zur Umwelt verloren hatten. Das mußte die Lösung des Rätsels sein! Und dieses Mädchen war etwas zurückgeblieben und glaubte an die Märchen und Vorurteile, die verwirrte Gehirne ausgebrütet hatten. Mitleid durchzuckte ihn.

»Alle Leute ...« Er machte eine Pause und versuchte es erneut. »Alle Leute draußen tragen Kleider wie ich. Mädchen haben noch hübschere. Sie sollten auch so etwas anziehen. Sagen Sie, weshalb tragen hier alle Nachtgewänder? Sicher ist das im Winter sehr kalt.«

»In den Kisten sind nur solche Kleider«, lautete die einfache Antwort. »Keine Kleider wie Ihre. Nur das«, sie wies auf ihr Nachthemd, »und andere wie Papas.«

»Kisten!« Gerald runzelte die Stirn und versuchte zu begreifen. »Sie meinen, ihr habt Kisten mit Nachthemden und Pyjamas gefunden?«

Sie schüttelte den Kopf. »Nein, ein Kleid in jeder Kiste. Alles ist aus den Kisten. Dickon hat auch die Einrichtung hier daraus gezimmert. Das Bett hier und den Stuhl.«

»Wo haben Ihre Leute die Kisten gefunden?«

Sie nickte zum Fenster. »Auf dem Feld. Als wir uns nachts versammelten. Alles kommt aus den Kisten. Kleider, Holz – Essen für einen großen Festschmaus.«

Gegen seinen Willen sah der junge Mann zum Fenster hinaus und schaute auf den Kirchhof. Da stand die Kirche, grau und verlassen, mit zerbrochenen Fensterscheiben und geborstener Tür. Grabsteine lagen verwüstet herum, und anstelle der Gräber reihten sich Erdhaufen und gähnende Löcher aneinander. Hinter ihm erklang die Stimme des Mädchens.

»Jetzt sind keine Kisten mehr übrig. Alles weg.«

Gerald drehte sich um und schaute einen Herzschlag lang in das weiße, wunderschöne Gesicht. Dann endlich begriff er und rannte los. Mit drei Sätzen erreichte er die Tür.

Der Gastwirt beobachtete seine Flucht mit dem üblichen Erstaunen. Drei an die Wand gelehnte Gestalten in Schlafanzügen hoben interessiert die Köpfe, als er atemlos auf dem Hof stehenblieb und sich ängstlich umsah. Sein Auto war verschwunden. Verzweiflung packte ihn. Ihm blieb nur ein Ausweg. Laufen, so schnell ihn die Füße trugen.

Er lief die Straße, die um die Kirche herumführte, entlang. Er rannte, bis ihm das Herz zu zerspringen schien, und er sich nichts Schöneres vorstellen konnte, als sich ins hohe Gras fallen zu lassen und seine Seele einem kühlen Lufthauch anzuvertrauen. Vorsichtshalber blieb er stehen und schaute sich um. Entweder waren sie außerstande oder hatten keine Lust, ihn zu verfolgen. Bei dem Gedanken an die langsamen Bewegungen dieser Verrückten fühlte er sich gleich wesentlich besser. Wenn er sich ganz auf seinen Orientierungssinn verließ, würde er schon die Hauptstraße oder zumindest ein Telefon finden.

Über eine Stunde lang lief er die Straße entlang, dann fand er sich im Dorf wieder. Er überwand die aufsteigende Panik und beschloß, statt der heimtückischen Straße den Weg über die offenen Felder zu nehmen. Er hastete zwischen Gestrüpp und Bäumen hindurch und kam bald auf freies Gelände, das geradewegs zu einem entfernten Hügel führte. Als er so dahinmarschierte, hatte Gerald das unsinnige Gefühl, daß er sich im Nichts befand. Ihm war – noch unsinniger –, als bewege sich der Boden unter ihm, als träte er auf der Stelle. Dieser Eindruck war nicht unbegründet. Als er nämlich den Abhang hinaufstieg, sah er weiter unten den entweihten Kirchhof und die Doppelreihe der verlotterten Häuser liegen.

Gerald wanderte weiter. Der Sonne entgegen und von ihr fort. Über Hecken und Pfützen sprang er und überquerte mehrmals die Straße. Aber immer führte ihn sein Weg ins Dorf zurück. Die Sonne ging unter, als er zum letztenmal in die Hauptstraße – die einzige Straße – taumelte, wo sie ihn schon erwarteten.

»War's ein hübscher Spaziergang?« erkundigte sich der lange Schmächtige.

»Ne ganz schöne Entfernung, was?« fragte das Etwas im grünen Pyjama.

»Essenszeit«, erklärte die Gestalt in dem Bettlaken.

»Gibt Kaninchenstew«, versprach der Gastwirt.

Sie geleiteten ihn in das scheußliche Schlafzimmer zurück. Die Tür wurde geschlossen und verriegelt. Es kehrte Frieden ein nach der totalen Niederlage. Gerald warf sich aufs Bett, vermied es aber, unter die Laken zu schlüpfen. Er hatte den Verdacht, daß es sich um benutzte Leichentücher handelte.

Es war dunkel, als sich die Tür öffnete und das Mädchen mit einer Kerze in der einen und einer anderen Schüssel in der anderen Hand hereinkam. Gerald setzte sich auf und blinzelte. Er hatte keine Ahnung, wie lange er geschlafen haben mochte, aber er fühlte sich erfrischt, wenn auch etwas steif, und wieder klar im Kopf. Mit der Erinnerung kehrten das Entsetzen und die Angst zurück, aber er versuchte sie zu unterdrücken, so gut er konnte. Angst würde nur seinen Verstand lähmen und jede Hoffnung zerstören, das junge Ding zu seiner Komplizin zu machen.

»Wieder Rabbitstew?« erkundigte er sich.

Sie zuckte die Achseln. »Die Kisten sind leer. Da bleibt uns ja nichts anderes übrig.«

Er schauderte. Dennoch wollte er nicht glauben, daß mittelalterliche Mythen Wirklichkeit werden könnten. Es mußte eine andere Erklärung geben. Das Mädchen setzte sich auf den Stuhl und beobachtete ihn beim Essen. Die Neugierde ließ ihn nicht los.

»Sie sind anders als die anderen. Wissen Sie warum?«

»Meine Mutter war von draußen. Als ich geboren war … kam sie in die Kiste. Dann gruben wir sie aus fürs große Fressen. Alle waren sehr glücklich.«

Gerald stellte die halbleere Schüssel weg und wunderte sich nicht über die aufsteigende Übelkeit. Er begann, hastig zu sprechen. Seine Stimme überschlug sich bei dem vergeblichen Versuch, das Entsetzen zu vertreiben und bei Verstand zu bleiben.

»Das ist eine Art Spiel, nicht wahr? Wenn Sie meinen, daß ich das glauben soll, dann wäre der Alltag nichts als eine leuchtend schöne Tarnkappe für die Ausgeburten der Hölle.«

»Versteh' ich nicht.« Sie schüttelte den Kopf. »Manchmal kommen die Ältesten zum Tag des großen Fressens, und wir tanzen ums Feuer. Sie bringen Kisten mit.«

Ein kleiner Hoffnungsfunke glomm in ihm auf. »Wann kommt jemand? Denk nach!« Vor lauter Aufregung ging er zum vertraulichen ›Du‹ über. Das junge Mädchen schien sich nicht daran zu stören. »Bitte, sag mir, wann ist der Tag des – großen Fressens?«

Ziellos schaute sie aus dem Fenster, und Gerald fragte sich, ob er das junge Ding verängstigt habe. Mit leiser Stimme antwortete sie: »Wenn das Nachtlicht ein großer Ball ist.«

»Großer Ball … Nachtlicht?« Sein Verstand spielte die Möglichkeiten der Worte durch und gelangte zu einem einfachen Ergebnis. »Vollmond! Wenn der Vollmond dort über der Kirche steht! Sag mir … wie heißt du?«

»Heißen?« Sie runzelte die Stirn und wurde plötzlich ganz unruhig. Gerald wußte, daß er sie nicht länger hinhalten konnte. »Sie meinen, wie ich genannt werde? Luna.«

»Also, Luna, kannst du dich erinnern, wie diese Ältesten kommen? Sind sie zu Fuß?«

Sie kicherte. Es war das erste mädchenhafte Benehmen, das sie zeigte, und es schien ihm, als wären sie sich dadurch irgendwie menschlich nähergekommen. »Nein, die Ältesten kommen mit dem Automobil. Großes Automobil.«

Er lehnte sich zu ihr hinüber, und sie rückte nicht beiseite. »Noch etwas, Luna. Eine letzte Frage. Du sagtest, deine Mutter war eine Außenstehende? Eine Außenseiterin? Wie kam sie hierher? Mit den ... Ältesten?«

Wieder das kindliche Kopfschütteln. »Nein, Papa sagt, sie ging in die Falle. Wie Kaninchen. Wie du und das Automobil. Die Falle fing nicht viele. Seit – zehn großen Fressen.«

»Luna, was werden sie mit mir machen?«

»Sie sagten, ich solle nicht viel mit dir reden.«

Sie stand auf, um zur Tür zu gehen. Da verlor er die Nerven, packte sie am Arm und brüllte sie von Entsetzen gepackt an. »Luna, sag mir ... aus Barmherzigkeit ... sag mir, was werden sie mit mir machen?«

Sie wand sich in seinen Armen, versuchte, sich freizukämpfen. Auch ihre Augen waren jetzt vor Entsetzen weit aufgerissen.

»Ich erzähle nichts ... Papa schlägt mich.«

»Er wird es nie erfahren. Ich verspreche es. Aber ich muß es wissen. Bitte, sage es mir, und du kannst gehen.«

Luna beruhigte sich, beugte sich zu ihm und flüsterte, als ob die Wände Ohren hätten:

»Sie tragen ein Hemd wie meins, werden dann in eine Kiste gesteckt und beim großen Haus eingegraben ... Und wenn das Nachtlicht rund ist, holen sie Sie raus ... und dann gibt's ein großes Reißen und Fressen.«

Gerald ließ sie los, und sie schlüpfte zur Tür hinaus. Sie vergaß nicht, den Riegel vorzuschieben.

Verzweifelt blieb Gerald zurück. In seinem Kopf hämmerten die Worte: »Und dann gibt's ein großes Reißen und Fressen.«

Er ging zum Fenster und sah hinunter. Ein Sprung und er würde sechs Meter tief fallen. Aber die Bettlaken! Daraus könnte er sich eine Art Strick machen. Wenn er sich dann richtig anstrengte, würde er schon die Hauptstraße finden.

Jetzt fiel ihm wieder die Straßenkarte in seiner Jackentasche ein. Er studierte sie gründlich und versuchte, seinen Standort zu finden.

»Wo, zum Teufel, ist Luhgville?«

Vielleicht hatte man es verkehrt geschrieben. Er probierte verschiedene Buchstabenkombinationen durch. Zuletzt kam er auf das Anagramm. Das Ergebnis war *Ghul*. Luhgville gleich Ghulville. Ort der Ghule.

Wäre die Situation nicht so ernst gewesen, hätte Gerald aus vollem Herzen über den makabren Scherz gelacht und überlegt, was sich aus anderen Ortsnamen alles herauslesen ließ. Jetzt blieb ihm das Lachen im Hals stekken. Er mußte das Undenkbare akzeptieren. Er befand sich in den Klauen von Ghulen!

Die Bettlaken – oder Leichentücher – waren

aus robustem Linnen. Hätte er nicht sein scharfes Taschenmesser gehabt, wäre ihm nie gelungen, den Stoff in Streifen zu teilen. Ein Ende des improvisierten Seils befestigte er am Bettgestell, das er zum Fenster geschoben hatte. Dann hangelte er sich an den Laken hinaus. Er hatte sein Gewicht unterschätzt. Das Fußende des Bettes durchbrach krachend den Fensterrahmen und blieb darin hängen. Er zappelte in der Luft wie ein Fisch auf dem Trockenen. Vorsichtig kletterte er hinunter, erreichte den Boden und setzte zum Hundertmeterlauf an. Da erkannte er, daß seine Arbeit völlig umsonst war.

Sie kamen von beiden Seiten. Pyjamas, Nachthemden und Leichentücher mit in der Dämmerung schwach leuchtenden Gesichtern. Mindestens zwei Dutzend Gestalten schlurften auf ihn zu.

»Das war ein hübscher Trick«, stellte der Schmächtige fest.

»War ein toller Abgang durchs Fenster«, kommentierte der grüne Pyjama.

»Schätze, er will wieder spazierengehen«, überlegte das Bettlaken.

»Habt ihr eine Idee, was wir mit ihm machen könnten?« erkundigte sich der Wirt.

»EINSARGEN!« schrillte eine Stimme in Hüfthöhe.

Der Vorschlag fand allgemeine Zustimmung. Das bißchen Courage, was Gerald noch geblieben war, schwand dahin, als ihn kalte, anscheinend knochenlose Hände griffen, ihn an Armen und Beinen packten und ins Gasthaus zurücktrugen. Seine Schreie lösten ein tiefes, kehliges Gelächter aus, und das Kind, das er mehr fürchtete als die übrigen, nützte seine Hilflosigkeit gemein aus. Es knuffte ihn in die Rippen, brüllte in sein Ohr und biß ihn fest in den Zeigefinger.

Sie hoben ihn über die Theke und brachten ihn nach einem letzten Handgemenge in den kleinen Raum hinter dem Vorhang. Alles war vorbereitet. Der alte Sarg war wohl schon häufiger benutzt worden. Er war brüchig und lehmverkrustet. Vorsichtig zogen sie Gerald aus. Seine kostbare Kleidung würde irgendeinen Pyjama, ein Nachtgewand oder ein Leichentuch ersetzen. Als er nackt war, versammelten sich alle um ihn herum und leckten sich die Lippen. Er war ihr ungeschmortes Bratenstück, mit Pellkartoffeln und Butterbohnen, der Plumpudding oder der Apfelkuchen – und sie hatten wirklich großen Hunger. Schon streckten sie ihre Klauen aus, bleckten ihre Zähne, da schrie Luna die rettenden Worte: *»Nicht reißen … er ist noch nicht tot.«*

Wie der Sarg hatte auch das Nachthemd schon bessere Tage gesehen. Fleckig und zerfetzt, aber es paßte. Sie fesselten ihn und legten ihn dann mit erstaunlicher Behutsamkeit in den Sarg. Das Essen war für den kalten Ofen vorbereitet.

Ehe sich der Sargdeckel schloß, blickte er noch einmal in die geifernden Gesichter, auf die gierigen Hände. Jemand fehlte. Wenn es noch Hoffnung gab, dann lag sie in zwei kornblumenblauen Augen, aus denen jetzt dicke

Tränen auf weiße Wangen kullerten. Dann wurde es dunkel.

Zeit ist etwas Seltsames. Manchmal bringt sie Häßlichkeiten mit sich wie den abgeschabten, halb verfaulten Sarg. Aber die Zeit kann auch freundlich gesonnen sein und ein Gefängnis verrotten lassen. Durch Risse im morschen Holz des Sarges konnte Gerald atmen und – unglücklicherweise – auch hören.

»Beerdigen wir ihn gleich?«

»Ja, dann isser reif fürs große Fressen.«

»Ich steh' auf Schenkel. Mager und saftig.«

»Ah, aber so 'n Arm ist auch lecker.«

Die Stimme des Gastwirtes wurde energisch. »Grabt ihn erst mal ein. Wenn dann das Nachtlicht groß ist, fressen und reißen wir.«

Gerald spürte, wie er hinausgetragen wurde. Der Sarg schrammte gegen die Haustür. Sie trugen ihn zum Kirchhof. Es gab keine Beerdigungszeremonie. Welche Hausfrau spricht ein Gebet, wenn sie die Steaks in die Pfanne gibt? Als die Ungeheuer eilig die Erde auf den Sarg schaufelten, war Gerald es, der das Beten lernte.

Er versuchte, sich mit seinem Schicksal abzufinden, aber er war zu jung zum Sterben. Er zog seine Knie an und stieß gegen den Sargdeckel. Das verrottete Holz gab nach. Niemand hatte das Splittern der alten Bretter bemerkt. Sie schaufelten immer noch. Dann wurde es ruhig. Die Beerdigung hatte mehr symbolischen Charakter. Schließlich wollten die, die ihn unter die Erde gebracht hatten, ihn bald wieder herausholen. Im übrigen waren die

Ghule nicht so harte Arbeit gewöhnt. So fiel es Gerald nicht schwer, sich zu befreien. Verdreckt, schwitzend und mit zerkratztem Gesicht stieg Gerald Mansfield aus seinem Grab und schaute sich ängstlich im Kirchhof um. Der Mond, der bald eine runde Scheibe sein würde, beleuchtete die gotische Szene, die graue Kirche, die verwüsteten Grabsteine und die leeren Gräber. Wie durch ein Wunder war er dem Sarg entkommen, aber seine Lage blieb hoffnungslos.

Nachdem er sich mühsam aus dem Grab hochgewühlt hatte, ließ er sich seitlich auf den Boden rollen. Den Körper an die feuchte Erde gepreßt, sah er sich genauer um und entdeckte entsetzt eine weiße Gestalt, die aus Richtung der Grabsteine auf ihn zukam. Einer von ihnen kehrte zurück, um nach dem Grab zu schauen. Vielleicht hatten sie doch das Holz splittern gehört. Gerald begann in seiner Verzweiflung zu weinen.

Immer näher kamen die leichten Schritte. Kurz vor seinem zitternden Kopf machten sie halt. Eine leise Stimme sagte: »Da bist du ja schon. Fürchtete, du schaffst es nicht.«

Gerald wagte kaum, einen Blick nach oben zu werfen. Als er es doch tat, konnte er sein Glück kaum fassen. Neben ihm stand Luna, ein funkelndes Messer in der einen und einen Spaten in der anderen Hand. Als sie sich mit dem Messer über ihn beugte, zuckte er mit einem kleinen Schrei zurück. Ängstlich schaute sie sich um. »Keinen Lärm. Ich schneide dich los.«

Geschickt schnitt sie die Fesseln durch. Als

der letzte Strick gefallen war, wagte Gerald nicht, sich zu erheben. Mit weit geöffneten Augen starrte er sie an. Luna hockte sich neben ihn und sah traurig ins Grab.

»Ich konnte sie das nicht tun lassen. Nicht mit dir. Diese fetten, alten Kerle, die wie Kaninchen quieken, ja. Aber du bist anders. Um dich tut es mir leid.«

Gerald setzte sich auf und empfand Mitleid mit diesem schönen Geschöpf, das weder zu den Monstern noch zu den Menschen gehörte. Aber die Furcht, der Wille zur Selbsterhaltung ließ keinen Raum für zärtliche Gefühle. Er konnte nur die einzig wichtige Frage stellen:

»Wo kann ich mich verstecken?«

Luna wies auf die mondbeschienene Kirche. »Im großen Haus. Sie gehen nicht 'rein, weil ihnen sonst übel wird. Sie fallen um, wenn sie hineingehen.«

Das alte graue Gemäuer war auf einmal zur Zuflucht der Verfolgten, zum Mekka der Gejagten geworden. Hier könnte neue Hoffnung entstehen. Er legte dem Mädchen seine Hand auf den Arm, und es sprang auf, als wäre sie ein Brandeisen.

»Kannst du hineingehen?«

Sie nickte. »Ja, ich bin anders. Papa sagt, ich bin ein Homghul. Ich habe Mutters Blut.«

»Wie lange muß ich dort bleiben?« wollte er wissen.

»Keine Ahnung. Ich bring was zu essen, wenn die anderen nicht aufpassen. Aber wir müssen vorsichtig sein.« Sie erschauerte und schaute furchtsam zum Gasthof hinüber. »Sie dürfen es nicht wissen. Sonst bekomme ich schrecklichen Ärger.«

»Ich werde jetzt in die Kirche gehen«, sagte er. »Und vielen Dank. Danke.«

Der Gedanke, sich mit einem kleinen Kuß für ihre Tapferkeit zu revanchieren, blitzte kurz bei ihm auf, verflüchtigte sich aber gleich wieder bei der Vorstellung all der Scheußlichkeiten, die über ihre Lippen gegangen sein mochten. So warf er ihr nur einen letzten Blick zu und ließ die verlorene weiße Gestalt wie einen Geist zwischen den umgestoßenen Grabsteinen stehen.

Die Zeit hatte eine dicke Staubdecke über Kirchenbänke, Fußboden und Altar gelegt. Riesige Spinnweben hingen vom Gebälk und den zerbrochenen Fenstern herab. Gerald erschrak bei dem Gezwitscher eines aufwachenden Vogels, der sein Nest irgendwo zwischen den Dachbalken hatte. Vorsichtig setzte er seine nackten Füße auf den staubigen Boden, immer ein neues Entsetzen befürchtend. Er begab sich in die Sakristei. Und dort wartete das Grauen mit einem neuen Gesicht.

Durch ein schlichtes Glasfenster, das wundersamerweise noch heil war, fiel das fahle Licht des Mondes auf einen schmalen Eichentisch und einen hohen Lehnsessel. Bekleidet mit einer schwarzen, staubigen Soutane saß dort ein grinsendes Skelett. Schrumpelige Hautfetzen hingen stellenweise an ihm herunter, und ein kümmerliches weißes Haarbüschel bedeckte seinen Schädel. Eine knochige Hand lag auf dem Tisch neben einem verstaubten Buch und einer altmodischen Schreibfeder.

Nachdem er sich von seinem Schock erholt hatte, gab Gerald sich einen Stoß und durchquerte die Sakristei, wobei er – ohne recht zu wissen weshalb – beim Tisch stehenblieb und das Buch an sich zog. Das Skelett schien zu nikken und rutschte dann, erschüttert von der kleinen Bewegung, zur Seite, um mit ekelhaftem Geklapper auf dem staubigen Boden zu landen.

In einem unverschlossenen Schrank fand Gerald einige Kerzen, eine Schachtel Schwefelhölzer und etliche Soutanen. Er zündete die Kerzen an. Ein mottenzerfressenes Priestergewand wärmte seinen verfrorenen Körper. Er setzte sich an den Tisch und begann in dem Kirchenbuch zu lesen. Neben Taufen, Hochzeiten und Beerdigungen fand er schließlich, was er unbewußt gesucht hatte. Die Eintragung datierte vom 21. Juni 1872. Sie lautete:

*Sogar wenn ich jetzt schreibe, kann ich ihr Heulen hören. Allmächtiger Gott, wenn Du noch lebst, gib Deinem armen Diener die Kraft, das unvorstellbare Böse, dessen Zeuge ich bin, zu vernichten. Obschon es unwahrscheinlich ist, daß je andere Augen als die meinen diese Worte lesen werden. Kein Weg scheint hinaus- oder hineinzuführen. Ich habe versucht, das Dorf zu verlassen. Ich muß glauben, daß wir von Gott und den Menschen vergessen sind, und unsere Körper und Seelen dem Bösen ausgeliefert wurden.*

*Herr, erbarme Dich unser, denn wir haben gesündigt und Seine Wege verlassen. Amen.*

*Meine Herde war klein, nur fünfundfünfzig Seelen. Nun sind sie gegangen, und ich alter Mann lebe noch dank der Kraft dieses heiligen Gemäuers. Wir hätten den ersten vernichten, verbrennen und seine Asche in den Wind streuen sollen. Aber ich – es sei mir vergeben – hatte Mitleid mit der Kreatur, die auf einem Grabstein kauerte und unverständlich plapperte, weil sie dem Menschen so ähnlich war. Ich nahm sie in mein Haus, wusch und kleidete sie. Ich gewährte ihr ein weiches Lager. So lehrt die Heilige Schrift. Wo habe ich gefehlt, barmherziger Gott? Denn sollen wir nicht Gutes für Böses tun?*

*Dann, eines Nachts bei Vollmond, sah ich das Ungeheuer – im Kirchhof fressen. Moder an den Händen, saß es auf einem Erdhaufen und nagte …*

*Wir verjagten es und riefen den Wachtmeister. Doch er glaubte uns nicht. Für das Verjagte kehrten zwölf zurück und tanzten um den Dorfwall. Seitdem kommt keine sterbliche Seele mehr hinein oder hinaus.*

*Sollte jemand ihnen entkommen und dies lesen, sei er auf der Hut. Nimm das Kruzifix vom Altar – sie fürchten es –, und wenn der Vollmond einen Silberstreifen zwischen der dritten Bankreihe von der Kanzel und dem Seitenschiff malt, schreite hinaus. Halte das Kruzifix hoch und renne. Wenn Dir Deine Seele lieb ist, renne. Und wenn Gott will, kannst Du die Barriere überwinden.*

*Das Heulen kommt näher … O Herr …*

Gerald stand auf und lief zum Seitenschiff. Der Silberstreifen hatte die zweite Bank erreicht. Morgen nacht – wenn der alte Pfarrer recht hatte –, morgen nacht würde seine letzte Chance kommen.

Trotz des grausigen Ortes fiel Gerald in einen

traumlosen Schlaf. Er wurde von Sonnenstrahlen und Vogelgezwitscher geweckt.

Gerald fühlte sich steif, kalt und schrecklich hungrig. Er kletterte auf eine Bank und lugte aus einem leeren Fensterrahmen. Wann Luna wohl etwas zu essen brächte? In seinem Blickfeld lag der größte Teil des Kirchhofs und eine Seite des ›LUHG INN‹. Es stärkte nicht gerade seine Moral, sein frisches Grab zu sehen. Er schätzte die Ghule nicht gerade als besonders intelligent ein, aber auch der Dümmste mußte erkennen, daß der Braten verschwunden war.

Wie zur Bestätigung rannte plötzlich ein Kind aus dem Wirtshaus und lief über den Kirchhof. Es erreichte Geralds Einweggrab und tanzte vergnügt herum. Plötzlich hielt es inne und ließ sich auf allen vieren nieder. Es glich so einem bösartigen Hund, der den wohlbegründeten Verdacht hegt, sein saftiger Knochen sei gestohlen worden. Diese Vorstellung wurde noch verstärkt, als das Kind aufgeregt mit beiden Tatzen begann, die Erde vom Grab zu buddeln. Ein fleißiger Biber hätte keine bessere Arbeit leisten können. Gerald beobachtete, wie der Erdhaufen immer höher wurde und die Schultern des Kindes sich immer tiefer beugten, bis nur noch sein kleiner Hintern und die wackeligen Beine zu sehen waren. Unvermittelt sprang es auf, stieß ein langgezogenes Geheul aus und rannte über den Kirchhof zum Gasthaus.

Gerald mußte nicht lange warten. In Windeseile sammelte sich eine Gruppe wild gestikulierender, aufgebrachter Gestalten um sein Grab.

Der Wirt konnte es gar nicht glauben. Er ließ sich in die verlassene Ruhestätte fallen und stocherte in der lockeren Erde herum. Als das Kind aufgeregt zur Kirche zeigte, kam Leben in die obskure Gesellschaft. Für Gerald wurde es Zeit. Er floh in die Sakristei, verriegelte die Tür und betete. Es blieb still in der Kirche. Sein Gebet war offenbar erhört worden. Er öffnete die Tür und ging in die Kirche zurück und warf einen Blick hinaus auf die sonnenbeschienene Straße.

Ohne Zweifel hatten die Ghule eine unüberwindliche Furcht vor der Kirche in ihrer unmittelbaren Nähe. Sie drückten sich an der Wand des Gasthauses, und niemand traute sich heran, als ihr Festmahl in der Kirchentür stand. Das brachte Gerald auf eine Idee. Beim Altar fand er ein riesiges Prozessionskreuz, von dem er rasch den Staub entfernte. Dann hielt er es in die Höhe und marschierte mit der gebotenen Feierlichkeit zum Portal. Sein erneutes Erscheinen wurde mit einem langgezogenen Heulen begrüßt. Hastig bedeckten die Ghule ihre Gesichter und eilten in ihr Wirtshaus zurück. Gerald, dessen einzige Beziehung zum Kreuz bislang in seinen Besuchen von Billy Kreuz' Pinte bestand, entschied, dieses Kreuz hier würde nicht mehr von seiner Seite weichen.

Etwa eine Stunde später hörte er Geschrei, und als er hinausschaute, sah er Luna mit einer eisernen Bratpfanne und einem Löffel bewaffnet aus dem Gasthaus kommen. Sie lief zur Kirche, verfolgt von ihrem Vater, der wütend einen Stock schwang. Die übrigen Ghule feuerten ihren Anführer von der Theke her an.

Gerald erhob sein Kreuz und schwenkte es heftig hin und her. Der Verfolgten zum Nutzen, dem Verfolger zum Schaden. Der Wirt taumelte und litt plötzlich offenbar große Qualen. Er schrie auf, als Gerald das Kreuz drohend hochhielt. Luna betrat die Kirche, während ihr Vater zu den Ghuls zurückkehrte.

Sie stellte die Pfanne auf die erste Kirchenbank und setzte sich. Mit verweinten Augen schaute sie Gerald an, der sich mehr für das dampfende Stew interessierte.

»Papa hat mich geschlagen, weil sie sagten, daß ich dich losgeschnitten hätte. Da schnappte ich mir das Stew und kam her. Ich geh' nicht zurück.«

»Du Arme.« Sehnsüchtig schaute Gerald auf die Pfanne. »Tut mir leid, daß ich dir Schwierigkeiten bereite. Ist das wieder – Kaninchenstew?«

»Nein. Kleingetier und Vögel.«

»Oh!«

»Es wird großen Ärger geben, weil ich es genommen habe.«

»Ja, bestimmt.« Der Hunger besiegte den Ekel. »Wir dürfen es nicht kalt werden lassen. Hast du Hunger?«

Luna schüttelte den Kopf. »Ich habe heute morgen gegessen. Für dich.«

Gerald nahm den Löffel und, statt zärtliche Dankbarkeit für ihre aufopfernde Hingabe zu empfinden, ärgerte sich, daß sie nichts zu Trinken mitgebracht hatte. Als sein Hunger gestillt war, betrachtete er Luna besorgt.

»Hat er dich … geschlagen?«

Tränen rannen über ihr schönes Gesicht, und Gerald wunderte sich, daß – was war sie noch? – Homghule wie normale Menschen weinen konnten.

»Du brauchst dich deshalb nicht zu sorgen, ob Schläge oder nicht. Ich bin nur ein Tier, das Fesseln zerschneidet und Essen bringt. Du gehst, und Luna bleibt hier. Egal, was passiert.«

Das kam der Wahrheit sehr nahe. Sein Gewissen regte sich, und freundlich meinte Gerald: »Du kommst mit. Ein hübsches Mädchen wie du gehört nicht hierher. Du solltest hübsche Kleider von Marks & Spencer tragen und niedliche Schuhe, Fernsehen, ins Kino gehen, und was es sonst alles gibt.«

In kindlicher Freude hüpfte sie auf und ab. Gerald fragte sich sarkastisch, wie die hiesigen Monster im Vergleich zu denen abschnitten, die sie draußen kennenlernen würde.

»Sie nehmen mich wirklich mit? Ich mache, was Sie wollen. Auch U-Bahn fahren?«

»Du liebe Zeit, was weißt du davon?«

»Die Ältesten sagen, da gibt's viel zu essen, in der U-Bahn.«

Gerald konnte sich über diese Bemerkung keine weiteren Gedanken machen, denn ein Stein flog durch die offene Tür und zerschmetterte das Holz einer Kirchenbank. Ein weiterer zerschlug eine Fensterscheibe. Gebückt kroch Gerald mit Luna, die er um die Taille gefaßt hatte, in die Sakristei und riegelte hinter sich zu. Dann schaute er Luna an.

»Wie lange wird das dauern?«

»Nicht lange. Sie mögen keine Anstrengungen und sind bald müde. Sie warten auf die Ältesten zum großen Fressen. Die Ältesten mögen uns nicht. Sie sind sehr weise. Die Ältesten lassen uns nicht fliehen. Sie töten mit dem großen Donner.«

»Fabelhaft.« Gerald grinste böse. »Das fehlt mir noch. Ghule mit Gewehren. Nun, das Steinwerfen ist wohl vorüber. Laß uns etwas schlafen, damit wir Kräfte für das große Rennen sammeln können.«

Sie kicherte und sah ihn unter ihren langen Wimpern schüchtern an.

»Du redest so komisch. Viele Worte verstehe ich nicht. Aber ich tue alles. Du sagst schlafen – Luna schläft. Du sagst rennen – Luna rennt.«

»Braves Mädchen. Irgendwie werden wir schon rauskommen.«

Ihre Hingabe, ihr Glaube an ihn, ihre Gehorsamkeit waren irgendwie rührend. Kaum hatte sie sich in eine staubige Ecke gekauert, da fiel sie schon in einen tiefen Schlaf. Gerald betrachtete sie eine Weile und fragte sich, wie sie wohl in seiner alltäglichen Welt zurechtkäme, wo die einzigen Ghule, die er kannte, Grundstücksspekulanten waren. Ein Stein flog polternd durch die Kirche und erinnerte ihn daran, daß nur die unmittelbare Zukunft zählte.

Langsam verging der Tag, und ein neues Problem tauchte auf. Was, wenn diese Nacht kein Mond schien und sie den geeigneten Zeitpunkt zur Flucht verpassen würden? Besorgt schaute Gerald aus dem kleinen Sakristeifenster. Soweit er sehen konnte, war keine Wolke am Himmel, aber bis zu dem Augenblick, wo der Lichtstrahl zwischen die dritte Kirchenreihe beim Seitenschiff fiel, waren noch fast neun Stunden. Und die Ghule. Würden sie ihr Festessen einfach so entkommen lassen? Wie schnell konnten sie laufen, wenn es darauf ankam? Ein wohlgezielter Steinhagel konnte seiner Flucht ein schnelles Ende bereiten. Er würde sehr schnell sein müssen. Und das mit einem schwachen Mädchen. Schon überlegte er, ob er sie nicht doch zurücklassen sollte. Doch dann erinnerte er sich an ihre Hilfe, ohne die er jetzt gar nicht seine Fluchtchancen hätte kalkulieren können. Koste es, was es wolle, sie würden zusammen weglaufen.

Bald schlief auch er ein. Als er erwachte, war es dunkel. Auf einer Seite des Kirchhofs loderte ein riesiges Feuer.

Immer wieder wurden trockene Holzscheite ins Feuer geworfen. Eine bunte Ansammlung von Tischen und Stühlen war um die züngelnden Flammen herumgestellt worden. So entstand eine Festtafel unter freiem Himmel – Gerald machte sich nichts vor –, die bedeutsam für die kommenden Ereignisse sein würde.

Beunruhigt sah er zum Himmel hinauf. Dicke Wolkenbänke streiften den Mond wie Geisterhände, so daß sein silbriger Schein ab und zu wie weggewischt schien. Dann nahm das Freudenfeuer einen intensiveren unheilvollen Schein an, und die herumhuschenden Gestalten warfen lange, tanzende Schatten auf die Grabsteine. Gerald stieg von der Bank herunter und rüttelte Luna sanft an der Schulter. »Luna, wach auf. Es wird Zeit zum Aufbruch.«

Wie ein junges Tier erwachte sie sofort und sah zu ihm auf. Im Halbdunkel war ihr Gesicht nur ein weißer verschwommener Fleck. »Laufen wir jetzt?«

Die Frage kam in dem gewohnt heiseren Ton ohne eine Spur von Zweifel oder Furcht. Wieder fühlte er sich irritiert durch ihren festen Glauben an seine Fähigkeit, sie beide aus dieser teuflischen Gefahr zu befreien. Hinzu kam ein wenig Mitleid, als er sie an ihren ausgestreckten Händen emporzog.

»Ich denke ja. Schau, sie haben ein großes Feuer entfacht, und ich habe viele Stühle und Tische gesehen. Hast du eine Ahnung, wie lange es noch dauert, bis etwas passiert?«

Luna kletterte auf die Bank und warf einen Blick hinaus. Wie jung sie aussah! Sie kam wieder herunter und sah ihn mit schräg gehaltenem Kopf an.

»Noch nicht. Sie müssen sich erst im Fluß waschen und neue Sachen anziehen. Die Ältesten wollen uns sauber sehen.«

Gerald nickte zustimmend und entschied, daß die Ältesten zwar Monster sein mochten, aber immerhin penible Monster.

»Wir müssen in die Kirche gehen – großes Haus«, erklärte er. »Wenn dann die Zeit reif ist, laufen wir hinaus.«

Sie nickte und wartete, bis er die Tür zum Kirchenschiff geöffnet hatte, das zu Geralds Entsetzen in totaler Finsternis lag.

»Wenn der Mond – das große Nachtlicht – durch das Fenster dorthin fällt«, er wies auf die dritte Bankreihe, »dann müssen wir rennen. Aber die Wolken verdecken den Mond.«

»Dann gehen wir jetzt.«

»Nein, wenn der Weg noch nicht offen ist, werden sie uns abfangen. Aber wenn der Mond nicht bald herauskommt, muß ich die Zeit abschätzen und das Beste hoffen.«

Sie warteten und lauschten dem heulenden Chor, der zum Fest zu gehören schien. Ein Stein flog durch die Kirchentür, war aber wohl mehr aus Übermut als aus Feindseligkeit geworfen worden.

»Ich fürchte mich nicht.« Luna versuchte, ihn zu trösten. »Wir rennen schnell und kommen durch.«

Er unterdrückte seine Zweifel und klopfte ihr aufmunternd auf die Schulter. »Das ist die richtige Einstellung. Du mußt an das Schöne denken, das wir erleben werden, wenn wir hier raus sind.«

In diesem Moment tauchte der Mond hinter einer ziehenden Wolke auf. Sein Schein glitt über die Kanzel, berührte die Stufe und hielt bei der dritten Reihe an.

»Das nenne ich ein Wunder. Wo ist das verdammte Kreuz?«

Er tapste im Halbdunkel herum und stolperte schließlich über das geweihte Holz. Er hob es auf und flüsterte seine letzten Anweisungen.

»Bleib nah bei mir. Du darfst nicht zurückbleiben. Kannst du schnell laufen?«

»Wie Kaninchen, wenn Papa sie jagt«, erklärte sie, und Gerald stöhnte.

»Ich hoffentlich auch. Fertig?«

»Du sagst rennen – ich renne.«

Sie gingen zum Portal. Die Ghule hatten nicht versäumt, vier Posten beim Wirtshaus gegenüber der Kirche zurückzulassen. Gerald erhob sein Kreuz und schrie: »Renn!«

Sie liefen ins Mondlicht hinaus. Die Wachen schlugen Alarm. Gerald und das Mädchen rannten am LUGH INN vorbei, durch die Straße mit den bedrohlich wirkenden Häusern hinüber zu den mit Gestrüpp bewachsenen Wiesen, die zu den sanften Hügeln führten. Sie liefen Schulter an Schulter, als müßten sie alles niederrennen, was sich ihnen in den Weg stellte. Plötzlich traf ihn ein Stein an der rechten Schulter. Der Schmerz war qualvoll, aber erträglich und von einer gnädigen Empfindungslosigkeit seines rechten Armes begleitet. Das Prozessionskreuz entglitt seiner Hand. Ein triumphierendes Geheul kündete die Siegesfreude der Meute an. Gerald war fast völlig erschöpft. Sich zu ergeben erschien ihm sinnvoller, als sich weiter mit schmerzenden Lungen, ausgedörrter Kehle und blutigen nackten Füßen zu quälen. Aber Luna faßte ihn am Arm.

»Nicht haltmachen. Wir sind da. Sehen Sie.«

Noch ehe sie es ausgesprochen hatte, sah er die andere Straße. Neben der gewundenen Straße, die wieder zum Dorf zurückführte, schimmerte eine breitere Landstraße durch den Nebel. Die Begriffe *Fremdsuggestion* und *Hypnose* kamen ihm in den Sinn. Mit frischer Kraft hetzte er zu der Brücke. Nur wenn der Vollmond eine bestimmte Position einnimmt, kann man sie für kurze Zeit sehen.

Die Brücke war fast erreicht, als das Rudel jagender Ghule erneut Steine nach ihrer flüchtenden Beute warf. Ein Geschoß traf sein Ziel. Gerald hörte einen dumpfen Schlag und fühlte, wie Lunas Hand aus der seinen glitt, als das Mädchen zu Boden stürzte. Sein Instinkt sagte ihm, daß er sie liegenlassen und weiterlaufen müsse, solange er hinter dem im Mondlicht wallenden Nebel sicher war. Aber ein ihm beider unbekanntes Gefühl ließ ihn innehalten. Er zerrte sie durch die silbrigen Nebelschwaden zu der Straße, die seine Freiheit bedeutete. Sie unterschied sich in keiner Weise von Millionen anderer Straßen in England, aber irgend etwas machte es der weißgesichtigen Meute unmöglich, ihnen hierher zu folgen.

Vorsichtig legte er Luna auf den mit Gras bewachsenen Randstreifen und strich ihr zart das wirre Haar aus der Stirn. Sie lächelte ihn an und preßte seine Hand an ihre Wange.

»Ich bin verletzt. Gebrochener Rücken wie die Kaninchen, die Papa schießt. Ich sterbe bald. Nie werde ich Kleider von …«

»Marks & Spencer«, fiel er prompt ein und verfluchte sich wegen dieser blöden, gefühllosen Reaktion.

»Es ist besser so. Ich wäre doch nichts anderes als ein Tier …«

»Nein!« Mit einem Schrei leugnete er den Vorwurf, von dem er wußte, daß er nicht ganz falsch war. »Ich habe nie so von dir gedacht. Ich … ich …«

Sie zog seine Hand an ihre Lippen und küßte sie zärtlich. »Magst du deinen kleinen Homghul ein bißchen? Nur ein kleines, kleines ...«

»Sehr. Ich mag ... ich liebe dich.«

Zum letzenmal wurde ihr Gesicht von einem fröhlichen Lächeln erhellt, und sie küßte seine Fingerspitzen, während der junge Mann einen unwillkürlichen Schauder unterdrückte.

»Homghul ... halb und halb ... aber eine Hälfte gehört ... dir.«

Das letzte Wort endete mit einem Seufzer, und Gerald befreite seine Hand aus dem nun schlaffen Griff und schloß die starren Augen. Dann erinnerte er sich, daß er noch nicht außer Gefahr war, und marschierte rasch davon.

Am Straßenrand ruhte Luna als trauriger Beweis dafür, daß Öl nicht mit dem Feuer spielen sollte.

Nachdem er etwa eine Stunde gewandert war, hörte er in der Ferne Verkehrslärm. Voller Freude lief er in diese Richtung. Tränen rannen über sein Gesicht. Endlich erreichte er eine Autobahn. Er war frei. »Frei! Frei!« Jugendliche auf Motorrädern pfiffen ihm hinterher und hielten ihn für betrunken. Und das war er auch, trunken vor Lebensfreude.

So rannte und hüpfte er die Straße entlang, als seine Freude vom Anblick zweier parkender Fahrzeuge gekrönt wurde. Das eine war ein stattlicher, teurer Rolls-Royce – dreifach gesegnet sei der Name –, und das andere war ein geräumiger schwarzer Lieferwagen. Als er näher kam, konnte er sieben Leute zählen, die sich um den Rolls geschart hatten. Sie wirkten sehr aufgeregt.

»Godfrey, wie lange brauchst du noch?« erkundigte sich eine hübsche junge Dame im Pelzmantel. »Wir sind spät dran.«

Ein hochgewachsener Mann im schwarzen Mantel und mit einem weißen Halstuch schloß die Motorhaube und wischte sich die Hände an einem seidenen Taschentuch ab.

»Schon erledigt. Die Zündkerzen waren schuld. Wenn ihr einsteigt, können wir losfahren.«

Gerald, der inzwischen die nächtlichen Reisenden erreicht hatte, machte sich bemerkbar.

»Verzeihung. Könnten Sie mich vielleicht ein Stück mitnehmen?«

Godfrey flog herum und betrachtete die abgerissene Gestalt mit belustigter Überraschung. »Schau an, ein zerlumpter Priester. Hatten Sie einen Unfall, oder tun Sie Buße?«

»So eine Art Unfall. Ich muß es so bald wie möglich den Behörden melden. Ich bin kein Priester. Es war ...«

Godfrey runzelte ungeduldig die Stirn. »Nun, wir machen so was wie einen Vereinsausflug und haben uns verspätet. Ich schlage vor, Sie steigen ein, und wir nehmen Sie bis zum Ende der Autobahn mit.«

So kam Gerald zwischen der schönen Daphne und Godfrey vorne zu sitzen, während drei elegant gekleidete Männer im Fond des Wagens Platz nahmen. Die zwei anderen stiegen in den Lieferwagen.

»Schauen Sie, Sie werden es nicht glauben«, durchbrach Geralds Stimme die Stille, »aber ich hatte wirklich keinen Unfall. Ich verirrte mich und landete in einem verhexten Dorf.«

Er fragte sich, ob man ihm überhaupt zuhörte, denn bis auf das Schnurren des Motors herrschte absolute Ruhe.

»Ein scheußlicher Ort. Bewohnt von – Sie werden mich für verrückt halten –, bewohnt von Ghulen.«

Godfrey äußerte sich: »Was Sie nicht sagen!«

»Ja! Ich verstehe, daß Sie mir nicht glauben. Hätte mir jemand gestern erzählt, daß man lebendig eingegraben und dann zum – sie nennen es das große Fressen –, wieder ausgegraben wird …«

Godfrey nickte leicht, als sei er zu einem plötzlichen Entschluß gekommen, und lenkte den Wagen in eine Seitenstraße. Es war die, von der Gerald gerade gekommen war.

»Sie haben die Autobahn verlassen.«

Godfrey schaute in den Seitenspiegel. »Ich glaube, Sie haben recht.«

Ein schrecklicher Verdacht drängte sich auf und wurde schließlich zur Gewißheit. Geralds Frage war ziemlich überflüssig.

»Sie sind doch nicht …?«

Godfrey nickte. »Doch, wir sind. Die netten, guten Verwandten aus der Stadt statten den armen Teufeln auf dem Land einen Besuch ab. Das ist wohl nicht Ihre glücklichste Nacht, oder?«

Gerald wollte sich freikämpfen. Godfrey lächelte.

»Daphne, Liebes, hast du nicht einen Revolver in deiner Handtasche?«

»Doch, Godfrey.«

»Dann sei ein liebes Kind und stoß sie diesem Blindgänger in die Rippen. Er könnte sonst was kaputtmachen.«

Daphne gehorchte, und Gerald begann zu weinen wie ein ängstliches Kind.

»Reißen Sie sich zusammen«, herrschte Godfrey ihn an. »Immerhin kehren Sie stilvoll zurück. Ich kann gar nicht erwarten, ihre schlichten, ehrlichen Gesichter zu sehen, wenn Sie ins Mondlicht treten. Ich habe immer gefunden, daß es sich auszahlt, das einfache Volk ein wenig zu verwöhnen, solange man es nicht übertreibt.«

Daphne befühlte Geralds Arm. »Wenn er etwas mehr Zeit zum Reifen haben würde, wäre es ein Hochgenuß, ihn zu zerreißen.«

Draußen zogen die Hecken vorüber, und der Mond lächelte gütig auf die schlafenden Felder und die murmelnden Bäume hinab. Zärtlich strich er über Lunas Gesicht, wie sie so ruhig und still am Straßenrand lag, und malte einen silbrigen Schein auf ihr windzerzaustes Haar.

## Drittes Zwischenspiel

Der Ghul legte das Manuskript nieder, nahm seine Brille ab und schaute in die Runde. Eramus und der Wervamp schliefen, der kleine

Vamgul hatte fleißig seine Drinks gemixt und trällerte jetzt vor sich hin:

*Gib mir Blut, laß mich Fleisch genießen,*
*Laß mich nagen an verfaulten Füßen,*
*Und ich bleib' die Nacht bei dir.*

Donald, der von der Erzählung fasziniert und schockiert zugleich war, blickte besorgt auf seine Armbanduhr und verkündete etwas zu laut: »Nun, das *war* ein gelungener Abend! Morgen muß ich wieder früh aufstehen.« Sofort waren alle wach. Ihr einhelliges Protestgeschrei verunsicherte Donald.

»Sie können doch jetzt noch nicht gehen«, warf Eramus ihm vor.

»Ich will nichts gehört haben«, stellte Manfred, der Wervamp, fest.

»Wir müßten annehmen, daß Sie unsere Gastfreundschaft nicht schätzen«, erklärte der Ghul betroffen.

»Oh, das dürfen Sie nicht denken. Selten habe ich mich so amüsiert«, protestierte Donald.

»Es ist noch früh am Abend«, mischte sich der Mock ein. »Die Filmshow wird gleich beginnen.«

»Was läuft denn heute?« erkundigte sich der Ghul.

»*Der Shadmock*«, antwortete Maurice, der Mock. »Regie führt der neue Stern am Filmhimmel, Vinke Rocnnor.«

»Oh, haben Sie seinen letzten Film gesehen? *Hinter dem Grabstein*?« schwärmte der Ghul.

»Ich«, meldete sich ein Vampir einfacher Herkunft zu Wort. »Aber ich mache mir nichts aus Filmen, die in der Unterschicht spielen. Was kümmert es unsereins schon, ob ein Shadmock bloß pfeifen kann? Wenn einer von diesen Typen um meine Tochter herumscharwänzelte, würde ich ihm schon die Pfeifentöne beibringen.«

»Mich kümmert es«, erregte sich der Mock. »Wenn eines Tages Satans Wille geschieht, werde ich einen Sprößling haben, der ein Shadmock sein wird. Und für mich und seine Mutter wird es nichts Schöneres geben als sein erstes kleines Pfeifen.«

»Gentlemen«, donnerte die Stimme des Ghul durch den Saal, »ich glaube, es ist Zeit, in den Vorführraum zu gehen.«

Alle strömten hinaus, und Donald fand sich eingezwängt zwischen Eramus und Manfred auf dem Weg ins Kino. Sie kamen gerade rechtzeitig zur Werbung.

»Statten Sie Carlos Delikatessengeschäft einen Besuch ab!« wurden sie aufgefordert. Dazu zeigte man ein Bild mit höchst zweifelhaften Fleischplatten.

Mit dem Streamcorp Restaurant, Spezialität Flußleichen, ging es weiter. Schließlich kam die Vorankündigung für die nächste Woche, *Blutige Herzen*. Eine vornehme Vampirlady verliebte sich in den Friedhofsgärtner, der ein schlichter Ghul war. Es gab fürchterliche Verwicklungen, weil ihr Vater gegen die Verbindung war, bis der Ghul schließlich mannhaft feststellte: »Sie schlürfen, Sir. Ich reiße. Aber wir gehen beide der Sache bis auf den Knochen.«

Das Licht ging wieder an. Bei einem hübschen Vampirmädchen konnte man Eiscreme kaufen.

»Ich hoffe nur«, sagte der Ghul zu Manfred gebeugt, »daß sie nicht so was Modernes bringen. Keine nackten Knochen und so. Sondern was Ordentliches mit Monstern und Menschen, wo das Böse siegt.« Die Lichter gingen wieder aus, und die Vorhänge vor der Leinwand wurden beiseite gezogen. Die Gespräche verstummten.

KNOCHEN-Film
präsentiert
DER SCHUFTMOCK
in den Hauptrollen
Clark Saugans und Helen Fraß

Donald gähnte und wäre eingeschlafen, hätten ihn nicht die laute Filmmusik und Manfreds Rippenstoß hochgerissen. Auf der Leinwand fuhr ein Auto über eine einsame Landstraße ...

## Der Shadmock

Ein Auto fuhr eine einsame Landstraße entlang.

Der Wagen konnte nur einem Menschen gehören, der mit irdischen Gütern reich gesegnet war und das auch zeigen wollte. Das Fahrzeug war von der Firma Rolls-Royce in einem schwachen Moment entworfen worden. Es war hellrot mit blauen Chromscheinwerfern und einer nackten Messinglady auf dem Kühler. Das Wageninnere verschönerten gelbe Ledersitze und ein bombastisches Armaturenbrett. Es roch nach dem würzigen Aroma einer teuren Zigarre und Aftershave-Lotion.

Der Mann hinter dem Steuer gehörte zu jenen stromlinienförmigen Wölfen, die in klimatisierten Chefetagen lauern und mit ihrer von Napoleon-Brandy heiseren Stimme herumbrüllen. Er war hochgewachsen und hatte ein kräftiges, brutales Gesicht, das durch ein Paar blauer Augen erhellt wurde, sowie eisengraues Haar. Sein schock-blauer Anzug, das rote Hemd und die grüne Krawatte wirkten etwas aufdringlich.

Die Blondine an seiner Seite war von der zerbrechlichen Schönheit einer Puppe. Das kunstvoll gelockte Haar hielt jeden davon ab, es in Unordnung zu bringen, und der rotgemalte, unzufriedene Mund verteilte nur exklusive Küsse. Ihr grünes Kleid und der locker übergeworfene Nerzmantel waren ein gekonnter Kompromiß zwischen Lässigkeit und gutem Geschmack.

»Warum, zum Teufel, mußt du dir noch einen Wohnsitz zulegen? Wir haben so viele Häuser, daß wir gar nicht wissen, was wir damit anfangen sollen.«

Der Mann grunzte und schaltete die Scheinwerfer an, da die ersten Schatten der Nacht sich über die Landschaft senkten.

»Sheridan«, die zerbrechliche, kühle Stimme wurde schrill, »ich wünschte, du würdest mir gelegentlich eine vernünftige Antwort geben! Ich bin keiner deiner Laufburschen.«

»Caroline, du sprichst am besten mit deinem Körper. Wenn du den Mund aufmachst, sagst du selten etwas, dem zuzuhören sich lohnt, geschweige denn zu antworten.«

Caroline runzelte die Stirn, und ihre haselnußbraunen Augen verengten sich.

»Du schleppst mich in ein Nest namens Wittering ...«

»Withering«, korrigierte Sheridan Croxley. »Vielleicht entsinnst du dich, daß ich dort geboren wurde. Als Sohn eines Kuhhirten und einer Küchenmagd. Meine Eltern arbeiteten auf dem Withering-Gut. Jetzt habe ich es gekauft. Reicht das?«

»Ja.« Die Blondine lachte spöttisch. »Das ist dein Manko, und das willst du loswerden. Gutsherr, wo dein Vater Kuhmist geschaufelt hat. Ich hätte es wissen sollen.«

Der graue Kopf flog herum, und die blauen Augen sahen sie durchbohrend an, aber sie lachte ihn aus.

»Schlägst du mich jetzt, oder hältst du erst das Auto an?«

Sheridan richtete seinen starren Blick auf die Straße. Seine Hände verkrampften sich am Lenkrad.

Dunkelheit hatte den Tag verdrängt, als der große Wagen durch die Doppelreihe kleiner, geduckter Häuser fuhr, die das Herz von Withering bildeten, und in eine Allee einbog, die von einem massiven Eisentor versperrt wurde. Sheridan drückte auf die Hupe und wurde durch das Erscheinen einer gebeugten Gestalt belohnt, die aus einem Häuschen am Straßenrand hinter dem Gitter hervorkam. Im Scheinwerferlicht sah Caroline die grobschlächtigen Umrisse und das bärtige, scheußliche Gesicht.

»Was für ein häßliches Geschöpf«, meinte sie. »Ich hoffe wirklich, daß du ihn schnell los wirst.«

»Du wirst feststellen, daß es hier unten sehr schwierig ist, Dienstboten zu bekommen – fast unmöglich. Man muß nehmen, was man kriegt.« Er kurbelte das Seitenfenster herunter und lehnte sich hinaus. »Ich bin der neue Besitzer. Los, mach auf, und laß uns endlich rein.«

Der Mann nickte, und die langen weißen Haare schüttelten sich wie ein bleiches Schlangennest. Dann öffnete er seinen zahnlosen Mund zu einem Grinsen, das Caroline nicht recht passend für einen Dienstboten fand.

»Mach schon. Öffne das Tor!« brüllte Sheridan.

Die groteske Gestalt nickte abermals und entriegelte das Tor mit großen, klauenartigen Händen. Mit einem rostigen Quietschen schwangen die Torflügel zur Seite.

»Scheint die Kraft eines Elefanten zu haben«, murmelte Sheridan beim Anfahren. »Mit ihm am Tor muß man sich wenigstens keine Gedanken um ungebetene Gäste machen.«

Caroline drehte sich zu der furchteinflößenden Gestalt um. »Auf mich hat er ebenfalls eine abschreckende Wirkung. Ganz ehrlich, Liebster, wenn der Rest der Mannschaft genauso ist, kehre ich noch heute nacht in die Stadt zurück.«

»Du wirst nichts dergleichen tun«, schnauzte Sheridan, »wenn Leute ihren Job vernünftig erledigen, schere ich mich nicht einen Dreck um ihr Aussehen.«

Sie fuhren die Allee entlang. Einmal tauchte ein rotäugiges Kaninchen im Scheinwerferlicht auf und verschwand erschreckt im Straßengraben. Die Straße führte zu einem ungepflegten Rasen, der sich wie ein Teppich vor dem Herrschaftshaus ausbreitete. Das Anwesen war offensichtlich ein altes Farmhaus gewesen, ehe sich im Laufe der Jahre Türmchen, Seitenflügel und Erker zu einem stattlichen Gebäude zusammengefügt hatten. Sheridan parkte seinen Wagen vor der großzügigen Veranda, stieg aus und sah sich zufrieden um.

»Was hältst du davon?« fragte er Caroline, die sich zu ihm gesellt hatte.

»Nirgendwo brennt Licht«, beschwerte sie sich. »Es sieht furchtbar verlassen aus.«

»Teufel, was hast du erwartet? Nur drei von ihnen sind hier. Mutter, Vater und Sohn. Aber sie halten alles tip-top. Wahrscheinlich sind sie hinten in der Küche.«

Kaum hatte er den Satz beendet, als sich die schweren Doppeltüren öffneten und den Blick auf eine hell erleuchtete Halle freigaben. Vor ihnen verneigte sich ein Mann im schwarzen Anzug, während Sheridan Croxley Einzug in seinen neuen Besitz hielt.

»Sie sind auf Zack, Grantley«, lobte er großzügig. »Wir sind eben angekommen.«

»Ich habe gute Ohren, Sir.«

Caroline dachte, daß er mit seinen riesigen Fleischlappen das Gras wachsen hören müßte. Wie monströse hängende Flügel standen die Ohren beiderseits des Kopfes ab. Das hochgekämmte dichte Haar konnte sie nicht verbergen. Das Gesicht war totenblaß. Die Augen glänzten wie schwarzes Ebenholz. Wenn er lächelte – eine respektvolle Grimasse –, zeigte er zwischen seinen dünnen Lippen zwei stattliche Reihen gelber Zähne. Trotz seines abstoßenden Äußeren war er auf eine unwirkliche, alptraumhafte Weise nicht häßlich.

Er schenkte Caroline einen kurzen Blick und murmelte mit heiserer Stimme: »Guten Abend, Madam. Darf ich Sie in Haus Withering willkommen heißen?«

Sie nickte. Als sie die weiträumige, eichengetäfelte Halle betraten, klatschte er in seine Hände, und eine mit grünem Brokat bespannte Tür öffnete sich. Zwei Personen kamen herein.

»Darf ich Ihnen meine Frau vorstellen?« erklärte Grantley, »die die Aufgaben der Haushälterin und Köchin wahrnimmt?«

Mrs. Grantley besaß alle Vorzüge einer schönen Frau – und etwas mehr. Sie war groß, dunkelhaarig mit glänzenden braunen Augen, und ihre Figur hätte mit ihren weichen Formen jeden Mann erregt. Aber es war das zusätzliche ›Extra‹, das Carolines überraschten Schrei auslöste. Mrs. Grantley hatte einen imposanten Bart. Er begann mit einem Schnäuzer und reichte bis über den sanft gerundeten Busen hinab.

»Ich werde mich bemühen, Sie zufriedenzustellen, Madam.«

Caroline war sprachlos und starrte nur auf das kuriose Anhängsel ihrer Haushälterin, wobei sie ungläubig den Kopf schüttelte.

»Frauen ihres Schlags dürfen sich nicht rasieren«, erklärte der Butler nachsichtig. »Das ist mein Sohn.« Er bedeutete einem jungen Mann vorzutreten. »Marvin taugt als Kammerdiener, erledigt aber auch alles, was sonst noch in Haus und Garten anfällt.«

Carolines Blick wanderte vom Vater zur Mutter, dann zum Sohn, der vor seinen Eltern stand. Etwas wie uneingeschränkte Bewunderung war in ihren Augen zu lesen. Er sah hübsch aus – nein, das traf es nicht –, er war schön. Kein anderes Wort wurde den ebenmäßigen, bleichen Gesichtszügen, den wundervollen tiefblauen Augen, den langen, blonden Haaren, den weißen, gleichmäßigen Zähnen gerecht. Und sein muskulöser, schlanker Körper! Nichts Weibliches lag in dem schönen Gesicht. Im Gegenteil. Caroline spürte eine animalische Anziehungskraft, die sie die seltsamen Eltern und ihren Ehemann vergessen ließ, der sie mit hämischem Lächeln beobachtete.

»Ich denke, Mrs. Grantley wartet auf deine Anweisungen fürs Abendessen.«

»Oh, ist es schon soweit?« Sie konnte sich kaum von dem makellosen Gesicht losreißen.

Grantley war der perfekte Butler.

»Wäre es Ihnen um acht recht, Madam?«

»Ja, das wäre … fein.«

»Gestatten Sie mir, daß ich Ihnen Ihr Zimmer zeige.«

»Sie haben sicher viel Arbeit hier. Das Haus ist viel zu groß für drei Leute«, bemühte sie sich, mit dem seltsamen Verwalter ins Gespräch zu kommen, als Grantley sie die Treppe hinaufführte.

»Wir schaffen das schon, Madam. Es ist nur eine Frage der Organisation. Mein Vater kommt jeden Tag vorbei, um bei den schweren Arbeiten zu helfen.«

»Er ist sicherlich schon zu alt ...«

»Er ist sehr stark, Madam«, meinte Grantley beflissen und öffnete eine Tür, trat beiseite und ließ sie eintreten. »Das Blaue Zimmer. Ich glaube, Sie haben eine Vorliebe für diesen Stil, Sir.«

»Ja, das ist hübsch.« Sheridan durchschritt den Raum und sah sich befriedigt um. »Pflegte Sir Harrys Zimmer zu sein. Schlief hier seine abendliche Flasche Port aus.«

»Ist das alles, Sir?« erkundigte Grantley sich.

»Wir würden gerne ein Bad nehmen«, antwortete Sheridan.

»Natürlich, Sir. Marvin läßt bereits das Wasser ein. Die Bäder liegen auf der gegenüberliegenden Seite des Korridors.«

Er ging hinaus und schloß leise die Tür hinter sich. Sie hörten seine leichten Schritte auf dem Gang. Caroline sank aufs Bett und tupfte sich die Stirn mit einem Spitzentaschentuch.

»Himmel, wo hast du sie aufgetrieben?«

»Ich nicht.« Sheridan zog sein Jackett aus und ging zum Frisiertisch. »Sie gehören zum

Haus. Der alte Sir Harry Sinclair starb vor gut zwanzig Jahren, und seitdem stand es wohl leer mit diesen Masken als Aufpasser. Aber ich meine, sie sind es wert, behalten zu werden. Du siehst, wie gepflegt hier alles ist, und Mrs. Grantleys Küche muß man probiert haben.«

»Aber sie sehen aus, als kämen sie aus einem Kuriositätenkabinett«, protestierte Caroline. »Hast du gehört, was er sagte? ›Frauen ihres Schlages dürfen sich nicht rasieren.‹ Sheridan, wir können in diesem Haus keine Dame mit Bart ausstellen. Wir wollen doch keinen Rummelplatz einrichten.«

»Ich sehe keinen Grund, weshalb nicht«, knurrte Sheridan. »Sie ist eine gute Köchin und kann nichts dafür, diesen ungeheuren Haarwuchs zu haben. Glaube nicht, daß sie damit glücklich ist.«

»Aber was ist mit ihm? Grantley? Diese Ohren und dieser Haarturm! Und dieses Wesen am Parktor!«

»Umd nicht den Jüngling zu vergessen«, fügte Sheridan süffisant hinzu. »Ich sah, wie du ihn taxiert hast.«

»Mach dich nicht lächerlich. Obwohl mir nicht in den Kopf geht, wie ein solches Paar so einen Sohn zeugen kann. Sheridan, dieser Ort macht mich krank. Laß uns hier verschwinden.«

»Werden wir. Montag morgen. Aber nicht eine Minute früher. So, jetzt nimm ein Bad, zieh was Hübsches an und mach's Beste draus.« Er sah sie mit seinem kalten, unheilvollen Blick an – und sie fügte sich.

»Wenn du es sagst. Aber sicher müssen wir uns nicht zum Dinner umziehen, wenn wir nur zu zweit sind?«

Er grinste, und Caroline fühlte, wie vom Magen her Übelkeit in ihr hochkam und ihr Hirn zu explodieren schien. Sie zitterte, und sein Grinsen wurde breiter.

»Nicht jetzt, kleine Schlampe. Wir erwarten Besuch. Die Spitze der hiesigen Gesellschaft. Ein alter Narr, aber es wird Spaß machen, ihm zu zeigen, wie sich hier die Zeiten geändert haben.«

Lachend verschwand er im Ankleidezimmer und kehrte wenige Minuten später mit einem Hausmantel bekleidet zurück.

»Schau her!« Er breitete die Schöße des langen Mantels aus. »Ich fand ihn im Kleiderschrank. Muß Sir Harry gehört haben. Hat wohl nicht gedacht, daß der Sohn seines Kuhhirten eines Tages seinen Morgenmantel tragen würde.«

»Großartig. Wenn du noch ein bißchen herumwühlst, findest du vielleicht noch seine alten Sachen.«

Sie duckte sich, als Sheridan mit dem Handtuch nach ihr schlug, und atmete auf, als er das Zimmer verließ. Kaum hatte er die Tür hinter sich geschlossen, da hörte sie ein schwaches Klopfen, und kurz darauf trat Marvin mit zwei großen Koffern ein.

Caroline fühlte ihr Herz hämmern, als sie das makellose Gesicht wiedersah, und spürte die seltsame Anziehungskraft, die von seinen Augen und seiner schlanken, aufrechten Figur ausging. Er sprach mit einer tiefen, wohlklingenden Stimme:

»Ihr Bad ist fertig, Madam.«

»Danke ... Marvin.«

»Wohin soll ich das Gepäck stellen?«

»Oh«, sie versuchte zu lachen, »einfach aufs Bett damit.«

Sie beobachtete ihn, wie er die schweren Koffer mühelos aufs Bett legte. Dann drehte er sich zu ihr herum. »Wünschen Sie, daß ich auspacke, Madam?«

»Äh ... ja. Für meinen Mann. Legen Sie sein Dinnerjackett heraus.«

»Sehr wohl, Madam.«

Er arbeitete ruhig, anmutig, jede seiner Handbewegungen war ein Akt der Poesie. Caroline schalt sich eine Närrin, als sie merkte, daß ihre Knie zitterten.

»Was macht ...« Wie anstrengend es plötzlich war, deutlich zu sprechen. »... ein gutaussehender Junge wie Sie in solch einem Nest?«

Marvin sah sie über seine Schulter an, und sie hatte das lächerliche Gefühl, er blicke in ihre Seele. Sie fühlte sich nackt wie ein Sünder am Tag des Jüngsten Gerichts. Er wandte den Kopf ab und fuhr mit dem Auspacken fort.

»Ich lese viel. Aber am liebsten arbeite ich im Garten.«

»Wirklich?«

Er hielt Sheridans Dinnerjackett hoch und wischte ein unsichtbares Stäubchen mit dem Handrücken weg.

»Ja, Madam. Ich liebe es, tote Dinge wachsen zu lassen.«

Caroline ging langsam auf ihn zu, und keine Macht der Erde konnte sie daran hindern, eine Hand sanft auf seinen Arm zu legen. Er zeigte keinerlei Überraschung über diese Vertraulichkeit, tatsächlich schien er nicht einmal Notiz davon zu nehmen. In ihrer Unbeherrschtheit entschlüpften ihr die Worte:

»Sie sind sehr hübsch. Das müssen Sie wissen.«

Mit einem Stapel Hemden, zwei Westen und einem zerschlissenen Pyjama ging er zu einer Kommode hinüber.

»Danke für das Kompliment, Madam. Aber ich habe immer gedacht, daß ich außergewöhnlich farblos bin.«

»Wer, um alles in der Welt, hat Ihnen das erzählt?«

»Jene, die wahre Schönheit besitzen. Die Schönheit, die Dunkelheit und Leid gebiert.«

»Sie müssen ein Dichter sein. Ein schöner, leicht verrückter Dichter.«

»Sie sind sehr freundlich, Madam. Ist das alles?«

»Ja, das ist alles. Für den Augenblick.«

Er verneigte sich und verließ leise das Zimmer.

Caroline kauerte sich in einen Sessel und begann aus irgendeinem Grund zu weinen.

Reverend John Barker war in erster Linie ein Gelehrter und dann ein Kirchenmann. Einen kauzigeren alten Mann konnte man sich kaum vorstellen. Aber er verfügte auch über einen eingebauten Kompaß, der ihn zu den guten Küchen und den wohlsortierten Kellern führte. Er radelte auf einem alten Damenrad zum Withering-Gut, lehnte es unter das erstbeste Fenster und zog, nachdem er die Hosenklammern entfernt hatte, am alten Glockenstrang.

Caroline, eine Augenweide in ihrem silbrigen Kleid, das mehr ent- als verhüllte, hörte seine quäkende Stimme, als er nach einem Platz fragte, um seine Garderobe aufzuhängen.

»Hängen Sie es einfach über den Stuhl beim Küchenfeuer. Und Ihren Schal über das Heizungsrohr.«

Caroline schwebte in die Halle gleich einer von Sankt Antonius' Versuchungen. Sie lächelte süß, obschon der Anblick dieses alten, dünnen Mannes mit den Hängeschultern und dem Gesicht eines neugierigen Kaninchens keinen unterhaltsamen Abend versprach, und reichte ihm die Hand.

»Ich bin Mrs. Croxley. Sie müssen …«

Sheridan hatte sich nicht die Mühe gemacht, sie über die erwarteten Gäste näher zu informieren.

»John Barker, Gnädigste. Barker – wie der Hundefänger John – wie Johannes, auch wenn ich natürlich nicht so heilig bin.«

Caroline sagte: »Guter Gott!« Dann versuchte sie hastig, ihrem Gesicht einen Ausdruck höflicher Belustigung zu verleihen.

»Mein Mann und ich sind entzückt, daß Sie gekommen sind, Mr. Barker.«

»Wollte mir immer schon dieses schöne, alte Haus von innen anschauen. Aber der alte Sir

Harry ließ niemanden über die Schwelle. Ich hab's mal an der Hintertür versucht, doch dieser bärtige Schrecken in der Küche ließ mich nicht rein.«

Verzweifelt erkundigte sich Caroline: »Einen Cocktail oder einen anderen Aperitif?«

Mr. Barker schüttelte heftig den Kopf.

»Danke, nein. Ruiniert den Geschmack. Wo geht's zum Speisezimmer?«

»Erste Tür links«, antwortete Caroline schwach.

»Gut.« Schnell schlurfte er in die angegebene Richtung, und sogleich hörte Caroline seine Entzückungsschreie, als er die kostbaren Antiquitäten entdeckte.

»Gnädige Frau, ist Ihnen klar, daß Sie ein echtes jakobinisches Sideboard besitzen?«

»Nein, wie wundervoll.« Ihr Lächeln glich einer flackernden Neonröhre.

»Und der Eßtisch ist mindestens Early Georgian, frühes achtzehntes Jahrhundert.«

»Wirklich? Würden Sie mich bitte entschuldigen, ich bin sofort zurück, Mr. Barker.«

Sie fand Sheridan im Ankleidezimmer, wo er den Knoten seiner Krawatte richtete.

»Sheridan, der Geistliche ist da. Er ist verrückt.«

»Exzentrisch.«

»Egal. Er macht, was er will. Jetzt untersucht er das Mobiliar.«

»Warte, bis ich seinem Gedächtnis auf die Sprünge helfe und ihm klarmache, wem es gehört.«

Als sie das Eßzimmer betraten, saß Mr. Barker bereits angetan mit einer weißen Serviette und einem Ausdruck freudiger Erwartung am Tisch. Er stand hastig auf.

»Sie haben sich aber herausgeputzt, mein Lieber! Bei meiner Seele, ich habe meinen albernen Anzug und die Krawatte seit Jahren nicht gesehen.«

»n'Abend, Barker. Nett, daß Sie gekommen sind.« Sheridan hielt die priesterliche Hand nur kurz fest, dann fuhr er fort: »Setzen Sie sich doch. Grantley sagte mir, das Essen sei fertig.«

Tatsächlich erschienen in diesem Moment der Butler und Marvin mit dem Geschirr, das sie auf dem Sideboard abstellten. Mr. Barker beobachtete sie mit lebhaftem Interesse.

»Erstklassige Mannschaft, die Sie hier haben, Mr. Croxley. Leistungsfähig und ungewöhnlich.«

»Ja, sie sind gut.«

Mr. Barker sprach Grantley an: »Traf Ihren Vater am Parktor, Grantley. Scheint gesund und munter.«

Grantley beobachtete seinen Sohn, der jedem Gast eine geeiste Melone servierte, bevor er antwortete: »Für sein Alter hat er sich sehr gut gehalten, Sir.«

Der Priester musterte seine Melone, dann nickte er zustimmend. »Der alte Knabe sieht genauso aus wie vor zwanzig Jahren. Wenn ich's mir recht überlege – Ihr alle seht noch so aus.«

Grantley entzündete die Kerze unter einer Warmhalteplatte und hielt dabei den Kopf so, daß sein Gesicht vor den scharfen Augen des alten Mannes verborgen war.

»Es ist sehr freundlich, daß Sie das sagen, Sir.«

»Nun, Barker«, Sheridan füllte das Glas seines Gastes mit einem leichten, alten Rotwein, »Sie haben sicher nicht damit gerechnet, mich in diesem Haus zu sehen.«

Der Geistliche nippte an seinem Wein und konnte seinen Blick kaum von Grantley abwenden. Dann sah er seinen Gastgeber erstaunt an.

»Ich muß gestehen, daß ich nie darüber nachgedacht habe. Ich bin sicher, Sie und Ihre schöne Gattin sind eine Zierde für das Withering-Gut.«

»Aber ich sagte Ihnen doch, wer ich war.« Sheridan war gereizt. »Mein Vater war George Croxley – der Kuhhirte. Sie sind jeden Mittwoch zu uns in die Schule gekommen und haben uns den Katechismus beigebracht.«

»Das habe ich getan.« Der Reverend lächelte nachsichtig. »Ich habe es schon lange aufgegeben. Fürchte, ich kann mich nicht an Sie erinnern. Dafür aber an Ihren Vater. War jeden Samstagabend betrunken.«

»Jetzt bin ich hier«, betonte Sheridan.

»Na und? Das ist nichts Ungewöhnliches. Wir sind alle von der gleichen primitiven Abstammung. Himmel, wer hätte gedacht, daß eine bestimmte Sorte Affen einmal die Weltherrschaft besitzen würde!«

»Ja, aber ...« Sheridan wollte das Gespräch wieder auf sich lenken, doch der Geistliche ließ sich nicht stören.

»Ich kann mir nicht helfen, aber ich finde, der Affe war eine schlechte Wahl. Vielleicht wären Abkömmlinge von der Gattung der Katzen ...«

»Grantley«, unterbrach Sheridan die Betrachtungen seines Gastes, »wenn Sie den nächsten Gang serviert haben, können Sie gehen.«

»Sehr wohl, Sir.«

Der seltsam häßliche Mann und der hübsche Jüngling legten Roastbeef und Gemüse vor und zogen sich dann leise zurück. Reverend Barker wartete, bis sich die Tür hinter ihnen geschlossen hatte, dann brach es aus ihm heraus:

»Unglaublich! Phantastisch! Aber wahr. Lieber Himmel, ja. Dachte schon lange daran, aber konnte es nie glauben. Man möge mir meinen schwachen Glauben verzeihen.«

Sheridan warf seiner Frau einen Blick zu, dann verdüsterte sich sein Gesicht. »Ich kann Ihnen nicht folgen, Barker.«

»Nein?« Der Angesprochene war überrascht. »Ich dachte, die Sache läge für jeden mit einer normalen Auffassungsgabe klar auf der Hand. Aber natürlich sind Sie kein Student der Monstrologie.«

»Sagen Sie das noch mal«, forderte Sheridan.

»Monstrologie. Eine vernachlässigte Wissenschaft, die von den Ungebildeten oft verspottet wird. Als ich mich vorhin darüber wunderte, daß die Welt ausgerechnet unter die Herrschaft einer Sorte von Affen geraten mußte, und meinte, daß es noch andere Thronanwärter gebe, wollte ich Sie auf etwas aufmerksam machen. Ich dachte an Astaste und sein *Buch des verbotenen Wissens*, das sechs Kapitel über Hundewesen und Vampirmonstren enthält. Es gibt viele Legenden darüber, und heute weiß ich, daß über das Mittelalter hinaus eine große Anzahl von ihnen bis auf den heutigen Tag existiert.«

Sheridan wollte ihn unterbrechen, aber der Pfarrer lehnte sich bequem in seinem Stuhl zurück und fuhr fort:

»Conrad von Leininstein, der unter mysteriösen Umständen 1831 verschwand, stellte fest, daß sie sich untereinander kreuzen. Vampir mit Werwolf, Ghul mit Vampir, deren Bastarde wieder untereinander. Sie bringen schreckliche Mischungen hervor. Seine Illustrationen dazu sind wirklich recht erbaulich. Auch wies er darauf hin, daß sie höheren Orts tätig seien. Ich habe schon über die Möglichkeit nachgedacht, daß mein Bischof ...«

»Hören Sie«, herrschte Sheridan ihn an, »das geht zu weit. Sie erschrecken meine Frau!«

»Aber mein Verehrtester, ich erzähle Ihnen das nur zu Ihrem Besten. Wenn mein Verdacht begründet ist, haben Sie einen Shaddy am Tor, einen Mock als Butler und einen Maddy in der Küche. Ersterer kann Ihnen das Fleisch von den Knochen schlecken, der zweite die Haut vom Gesicht blasen – wenn nicht Schlimmeres –, und der dritte verschlingt Sie mit seinem gähnenden Maul. Alle können sie ihre Opfer mit einem Virus verwandeln.«

Sheridan verzichtete darauf, diese Ausführung zu kommentieren, sondern leerte sein Glas und starrte an die Decke. Caroline rang sich zu einer Frage durch.

»Aber wenn das alles Monster sind, der junge Mann, der gutaussehende Junge, gehört doch sicher nicht dazu?«

Der Reverend setzte sich auf und strahlte vor galligem Vergnügen. »Aber Gnädigste, er ist, wenn ich so sagen darf, die Kirsche auf dem Sahnebaiser. Wenn meine Überlegungen stimmen, ist er das Produkt einer Verbindung zwischen Mock und Maddy und damit der geheimnisumwitterte, grauenhafte Shadmock.«

Sheridan neigte seinen Kopf und schaute den merkwürdig begeisterten Geistlichen spöttisch an.

»Bei dieser Phalanx von Monstern bleibt nicht mehr viel übrig. Was war es noch? Verschlingen, schlecken und blasen. Da bleibt für das Milchgesicht ja kaum noch etwas. Was ist seine Spezialität? Spucken?«

Vorwurfsvoll schüttelte der Reverend den Kopf.

»Bitte, nehmen Sie die Sache nicht so leicht, Sir. Der Shadmock mag auf der untersten Stufe der Gattung Monster stehen und deshalb nicht über die fürchterlichen Merkmale der anderen verfügen – wie die Hörner, die sein Vater unter dem aufgetürmten Haar verbirgt. Aber er besitzt eine Gabe, die giftiger ist als alle anderen in dieser Familie. Er pfeift.«

»Pfeift?« wiederholte Sheridan.

»Pfeift«, sagte Caroline verträumt.

Mr. Barker versuchte es vorzumachen, aber seine schlechtsitzenden falschen Zähne verhinderten es.

»Ja, wirklich. In keinem meiner Bücher ist der Pfiff beschrieben oder wird auf seine Wirkung eingegangen. Aber alle sind sich einig, daß es äußerst gefährlich ist. Wie war noch der Vers?«

Mit geschlossenen Augen zitierte er:

*Fall auf die Knie, sprich ein Gebet,*
*Wenn der Mond schon im Schatten steht.*
*Du hörst heute nicht den Schrei des Windes*
*Oder das Wimmern eines ängstlichen Kindes.*
*Fliehe, solang dich das Grauen nur streift,*
*Laß alle Hoffnung fahren, wenn der Shadmock pfeift.*

Caroline wimmerte leise, und Sheridan begann, lauthals zu fluchen.

Sheridans Zorn war noch nicht verraucht, als sie zu Bett gingen.

»Der alte Narr ist so völlig von Sinnen. Wenn ich mir vorstelle, daß so ein Irrer jeden Sonntag auf die Kanzlei steigt und zu den einfachen Bauerntölpeln predigt, könnte ich die Wände hochgehen. Hast du jemals so was gehört? Shaddies, Mocks und was noch – Shammocks?«

»Shadmock«, berichtigte Caroline. »Aber, Sheridan, die drei sehen fürchterlich aus.«

»Neuundneunzig Prozent der menschlichen Bevölkerung sehen fürchterlich aus. Nun, streich das Ganze aus deinem Gedächtnis und geh schlafen. Ich bin hier runtergefahren, um mich zu entspannen, nicht um mich über das Geschwätz eines alten Mannes aufzuregen.«

Sheridan schlief. Caroline lag auf dem Rükken und starrte an die Decke. Von Ferne hörte sie schwache Geräusche, die deutlich genug waren, um nicht eingebildet zu sein. Ein langgedehntes Heulen, ein Schrei, der mittendrin erstickt wurde, und dann ganz nah das leise Tappen rennender Füße.

Es dauerte eine Weile, bis Caroline den Mut fand, ans Fenster zu treten. Daß sie es überhaupt fertigbrachte, lag daran, daß die Ungewißheit an ihren Nerven zerrte. Sie mußte sich davon überzeugen, daß alles in Ordnung war. Und tatsächlich, als sie auf die stillen Rasenflächen und die wie Schildwachen darum gruppierten Bäume schaute, war der Anblick überraschend friedlich. Eine große, buntgefleckte Katze wanderte im Mondlicht über den Rasen und ließ sich etwa zwanzig Meter vom Haus entfernt nieder, um ihr Fell zu lecken. Caroline beobachtete die graziösen Bewegungen. Die flinke, rosa Zunge, die ausgestreckte Pfote, die über das gespitzte Öhrchen fuhr, das graugemusterte Fell, das stählern im Mondlicht glänzte. Plötzlich fröstelte die Katze und wurde zu einem starren Stilleben. Den Kopf schräg gelegt, starrte sie mit großer Aufmerksamkeit zu den Bäumen hinüber. Immer noch hielt sie eine Pfote hinter dem aufgerichteten Ohr, der Rücken war gekrümmt, und der Schwanz stand steif wie eine Sprungfeder. Dann verwandelte sie sich in einen gescheckten Strich, der über den Rasen jagte. Mit ihr verschwand die nächtliche Ruhe, die sanfte, melancholische Stille. Furcht kroch durch das Gras und streifte das Haus.

Der alte Mann vom Tor – der Shaddy – kam unter den Bäumen hervor und schlurfte in die Mitte des Gartens. Wie ein monströser Pelzkragen lag ein totes Schaf um seinen Hals, und ein glitzernder Blutstrom rann wie eine Kette von Rubinen über sein Hemd. Er wandte sich um und lachte laut, als Grantley mit einem paar Kaninchen über dem Arm aus dem Schatten trat. Caroline wimmerte, als sie die kleinen, verschrumpften Köpfe sah. Das ganze Fell war verbrannt, die Ohren verkohlt, und die Zähne glichen schwarzen Stummeln. Seite an Seite standen Vater und Sohn, zwei Jäger nach erfolgreicher Jagd. Beide warteten darauf, daß der dritte in Erscheinung träte.

Marvin kam durch den Garten angerannt. Seine weit ausholenden, anmutigen Schritte, die seltsame, animalische Schönheit des jugendlichen Körpers raubten Caroline den Atem. Ein heißes Verlangen verdrängte die Furcht – den Ekel – vor den älteren Gestalten. Erregt umklammerte sie den Fensterrahmen, bis ihre Finger Eiszapfen glichen.

Marvin trug einen Korb mit fremdartigen, weißen Früchten.

Traf hier der schöne Abel auf zwei finstere Kains? Er hielt ihnen den Korb zur Begutachtung hin, und der gräßliche Alte stieß ein bellendes Gelächter aus. Grantley schüttelte den Kopf, so daß sein Haarturm sich auflöste und zwei schwarze Hörner im Mondlicht glänzten. Da hielt Marvin seinen Kopf schräg, seine Lippen öffneten sich, und das Lachen der beiden erstarb. Beide starrten den jungen Mann an, als wäre er eine Kobra vor dem Angriff. Marvin nickte zum Haus hinüber, kurz und befehlend, und sie trotteten wie zwei wilde Hunde vor einem Vollbluthengst davon.

Caroline ging zu dem großen Doppelbett zurück, lag eine Weile mit wildem Herzklopfen still unter dem Laken und stieß dann ihren schlafenden Mann an.

»Sheridan.«

Er schreckte auf und murmelte verschlafen wirres Zeug.

»Was ist los?«

»Sheridan … ich kann nicht schlafen.«

»Was!«

»Ich kann nicht schlafen.«

Es war ein kalter, klarer Morgen mit einer strahlenden Sonne am frostigen Himmel. Ein strenger Ostwind zerrte an den nackten Zweigen, und tote Blätter wirbelten durch die Luft. Aber Caroline beobachtete nur den alten Mann vom Tor, der den Teppich saugte.

Während er arbeitete, öffnete und schloß sich sein bärtiger Mund, und seine rotschwarze Zunge leckte in einer höchst abstoßenden Art über die dünnen Lippen. Caroline fühlte sich an eine Schlange erinnert. Als sie auf dem Weg zur Treppe an ihm vorüberging, schaute er auf und grinste. Ein gurgelnder Laut kam aus seiner Kehle, von dem Caroline hoffte, er bedeutete ›Guten Morgen‹.

Sheridan erwartete sie bereits am Frühstückstisch und begrüßte sie mit einem Stirnrunzeln.

»Du könntest pünktlich zum Frühstück kommen. Wir haben kein Haus voller Dienstboten.«

Grantley, der nun wieder wie gewohnt aussah, schob ihr vorsichtig den Stuhl unter.

»Wenn ich mir erlauben darf, Sir. Wir sind so froh, einen neuen Herrn zu haben, daß es uns nichts ausmacht, Sie beide zu bedienen, Sie und ihre reizende Gattin. Nur Vergnügen.«

»Verdammt anständig von Ihnen«, brummte Sheridan. »Wenn ich so darüber nachdenke, muß es ziemlich einsam in den ganzen Jahren gewesen sein, ohne ein neues Gesicht zu sehen. Wie lange sind Sie schon hier?«

Grantley servierte gebackene Nierchen und schenkte Kaffee aus einer silbernen Kanne nach.

»Es muß etwas mehr als zwanzig Jahre her sein. Ich entsinne mich noch des alten Herrn – Sir Harold Sinclair. Er war entzückt, als wir unsere Dienste anboten. Diener sind wahrscheinlich abgeneigt, in dieser einsamen Gegend zu arbeiten. Es war höchste Zeit, als wir herkamen.«

»Wie sind Sie mit dem alten Teufel zurechtgekommen?« erkundigte sich Sheridan.

»Unglücklicherweise hatte der arme alte Herr einen Unfall, kurz nach unserem Einzug. Auf dem Weg ins Bad fiel er übers Treppengeländer. Mein Vater, der nur wenige Schritte hinter ihm stand, war untröstlich.«

Sheridan murmelte: »Guter Gott.« Caroline zitterte.

Grantley stellte einen Toastständer auf den Tisch und frische Butter dazu.

»Der arme Sir Sinclair war so gütig, für uns noch vor seinem frühzeitigen Ableben Vorkehrungen zu treffen, die es uns ermöglichten, hier wohnen zu bleiben. Ich darf sagen, daß wir dieses Haus liebgewonnen haben.«

»Das tun Sie bestimmt«, grunzte Sheridan. »Ihre Frau ist eine ausgezeichnete Köchin, das Haus wird großartig geführt. Nur der Garten könnte besser gepflegt sein. Aber Sie können ja nicht alles machen.«

»Ich bin der Ansicht, Sir, daß die unberührte Natur dem Anwesen besser gerecht wird als zurechtgestutztes Gras und gequälte Pflanzen. Das erinnert mich an die traurige Nachricht, die ich Ihnen zu überbringen habe.«

»Traurige Nachricht?« Sheridans Gabel blieb mit einem Bissen Nierchen in der Luft hängen. »Was ist los?«

»Der werte Reverend, Sir. Ihr gestriger Gast. Er hatte einen furchtbaren Unfall. Es scheint, er radelte beim Teufelsjoch vorbei – einem steilen Abgrund, der meiner Ansicht nach unzulänglich abgezäunt ist – und stürzte wohl wegen einer plötzlichen Schwäche kopfüber hinab und brach sich das Rückgrat.«

»Das Rückgrat?«

»Jawohl, Sir. Zwischen dem zweiten und dritten Wirbel.«

Sheridan griff wieder zu Messer und Gabel.

»Der alte Narr war ein verrückter Windbeutel, aber sein trauriges Ende tut mir leid.«

»Er war ein sehr gebildeter Mann«, bemerkte Grantley höflich. »Aber sein Wissen war nicht ungefährlich.«

Caroline wurde übel vor Entsetzen. Sie wußte, daß ein Mord geschehen war. Sie hätte die unglaubliche Wahrheit herausgeschrien, wäre nicht Marvin mit frischem Brot und Butter hereingekommen.

Einen Herzschlag lang begegneten sich ihre Blicke. Dann war Caroline wieder dazu verdammt, sich ihrem Frühstück zu widmen. Das Grauen bekam etwas Reizvolles, das an ihre masochistische Natur appellierte. Marvin lehnte sich über den Tisch, und ihr fiebriger Blick hing wie gebannt an seiner muskulösen, feingliedrigen Hand. Sheridan sah auf und grinste.

»Schon gehört, was letzte Nacht passiert ist, Junge?«

Der schöne Kopf nickte. »Ja, Sir. Äußerst bedauerlich.«

Sheridan amüsierte sich. »Nun, er wird Sie nie wieder einen Mock nennen.«

Marvin richtete sich auf und lächelte höflich.

»Mit Respekt, Sir. Einen Shadmock. Mein Vater ist ein Mock.«

Caroline kicherte, als sie das überraschte Gesicht ihres Ehemannes und den aufglimmenden Zorn in seinen Augen sah.

»Ich komme allmählich zu der Überzeugung, daß nicht nur bei Barker eine Schraube locker war. Vermutlich seid ihr alle zu lang in diesem Nest. Ein Ortswechsel würde guttun.«

Grantleys Stimme war höflich.

»Ich erlaube mir zu sagen, Sir – es wäre unpassend.«

Sheridan ließ seine Serviette fallen und stand

so schnell auf, daß sein Stuhl umkippte. Sein Gesicht lief rot an, und mit einer donnernden Stimme, die schon manchen Geschäftsführer das Fürchten gelehrt hatte, brüllte er:

»Unpassend! Sie unverschämter Kerl! Sie halten sich wohl für unentbehrlich, aber das ist nicht das einzige Haus, das ich besitze. Das ist nichts weiter als ein Wochenendhäuschen für mich. Also, hüten Sie Ihre Zunge.«

»Ich bedaure, wenn ich Sie verletzt habe«, erwiderte Grantley gelassen. »Ich bin sicher, daß Ihr Aufenthalt hier nur von kurzer Dauer sein wird.«

Sheridans Zorn wurde durch diese kümmerliche Entschuldigung noch größer, und ohne ein Wort zu sagen, rauschte er aus dem Zimmer. Caroline saß wie angewachsen auf ihrem Stuhl und schien nur noch Augen für Marvin zu haben.

»Machen Sie sich nichts draus. Mein Mann ist launenhaft.«

Obschon die Worte an Marvin gerichtet waren, warf Grantley ihr einen raschen Blick zu, der jeden Respekt vermissen ließ. Ein wenig Verachtung schimmerte in seinen Augen.

»Jeder hat so seine Eigenheiten. Noch etwas Kaffee, Madam?«

Sie hob gerade die Tasse an ihre Lippen, als die Tür aufflog und Sheridan erschien.

»Grantley, im ganzen Haus funktioniert kein Telefon.«

»Das stimmt, Sir. Schon seit zwanzig Jahren nicht. Wir hielten es nicht für notwendig.«

»Nicht notwendig ...!« für einen Moment dachte Caroline, ihr Gatte bekäme den – ihrerseits – so lange ersehnten Herzinfarkt. »In was für einer Welt lebt ihr denn eigentlich? Allmählich glaube ich, daß der alte Narr recht hatte. Ihr seid Monster ... antiquierte, verrückte Monster.«

Grantley erwiderte nichts, sondern stand nur mit gesenktem Kopf da und wartete den Zornausbruch ab. Sheridan gewann seine Selbstbeherrschung zurück.

»Wir fahren besser ins Dorf und telefonieren von dort.«

Grantley hüstelte.

»Ich bedaure, Sir, aber das wird nicht gehen.«

Sheridan wirbelte herum und starrte die dunkle Gestalt an.

»Tatsächlich? Und warum?«

»Weil wir, bei allem Respekt, so etwas nicht erlauben können, Sir.«

Der alte Mann, der Shaddy, kam herein. Seine Finger waren zu bedrohlichen Klauen gekrümmt. Gleichzeitig erschien Mrs. Grantley und stellte sich neben ihren Mann.

Sheridan sah sich den Aufmarsch an und bellte:

»Was, zur Hölle, ist hier los? Ich warne euch, wenn diese häßliche Mißgeburt mir nicht aus dem Weg geht, schlage ich zu.«

Mißbilligend schüttelte Grantley den Kopf und versicherte sanft:

»Ich verspreche, er wird Sie nicht anfassen, Sir.«

Langsam ging Sheridan auf die stämmige, groteske Gestalt zu. Als sie in Reichweite war, schoß seine Faust auf den klaffenden Mund zu. Großvater Shaddy zuckte nicht mit der Wimper. Das mit Zahnstummeln umkränzte Loch in seinem Gesicht wurde noch größer. Seine schwarze Zunge wand sich und schnellte dann wie eine peitschende Geißel auf die drohende Faust zu – und zog sich schnell wieder zurück. Das Maul schnappte zu, und der Shaddy begann mit tiefer Befriedigung zu kauen. Stöhnend taumelte Sheridan rückwärts und starrte auf die klaffende Wunde, die sich von seinen Fingerknöcheln über den Handrücken zog. An einer Stelle schimmerte sein Knochen wie rosiges Elfenbein. Der Shaddy schluckte und murmelte etwas Unverständliches. Grantley übersetzte:

»Mein Vater beglückwünscht Sie zu Ihrem Fleisch, Sir. Er sagt, es sei köstlich.«

Mit einem Wutschrei stürzte sich Sheridan auf den Spötter. Er fühlte nur den Drang zu töten. Grantley legte den Kopf in den Nacken und gab ein rasselndes Geräusch von sich. Als Sheridans Augen auf gleicher Höhe mit den seinen waren, öffnete er den Mund – und blies. Ein winziger Hauch, der aber eine ungeheure Wirkung auf den Angreifer ausübte. Sheridan schrie und schlug die Hände vors Gesicht, wollte den brennenden Schmerz fortkratzen, den ihm der flammende Atem zugefügt hatte. Grantleys Stimme hatte nicht ein Quentchen Respekt verloren, als er mitleidig meinte:

»Ihre Unpäßlichkeit ist nur vorübergehend, Sir. Kein Grund zur Sorge.«

Sheridan sprang vor Schmerz von einem Fuß auf den anderen. Dann endlich konnte er die Hände von den rotgeränderten Augen nehmen.

»Wer, zur Hölle, seid ihr?«

Grantley lächelte freudlos. Caroline hatte nur Augen für Marvin, den Schönen ... den Traumgeliebten ... den Wanderer auf dunklen Pfaden ... Er lehnte ausdruckslos an der Wand, und nichts schien die ruhige Gelassenheit seiner Miene stören oder einen Hauch von Leidenschaft in seinen blauäugigen Blick bringen zu können. Grantley antwortete:

»Wir sind wie Sie, Sir, wie Sie sein würden – ohne Ihre Kleider.«

Dann wurde er wieder der aufmerksame Butler.

»Darf ich vorschlagen, Sir, daß Sie auf Ihr Zimmer gehen und sich ein wenig hinlegen? Das war eine niederschmetternde Erfahrung für Sie. Wenn Sie wollen, begleitet mein Vater Sie.«

»Ihr werdet dafür büßen!« brüllte Sheridan. »Egal, ob ihr Irre, Kriminelle oder Monster seid. Dafür mach' ich euch fertig. Wenn ihr klug seid, bringt ihr mich besser gleich um.«

Alle schüttelten den Kopf. »Das können wir nicht, Sir. Wir brauchen Sie«, erklärte Grantley.

Sheridan stürmte aus dem Zimmer und rannte die Treppe hinauf. Caroline blieb sitzen und betrachtete Marvin, der den Tisch abräumte. Einmal warf er ihr einen freundlichen Blick zu, der sie so glücklich machte, daß sie fast geweint hätte.

Sheridan verbarrikadierte sich in seinem Schlafzimmer.

Grantley und sein Vater polierten die Eßzimmermöbel, und Caroline folgte Marvin hinter das Haus in einen großen Gemüsegarten.

Der Shadmock – dieser Begriff war inzwischen fest in ihrem Schädel verankert – trug Hacke und Spaten. Er kümmerte sich nicht weiter um ihre Anwesenheit, auch nicht, als sie über einen Stein stolperte und der Länge nach hinschlug.

Der Garten umfaßte etwa sieben Meter im Quadrat und hob sich von seiner Umgebung ab wie ein Gewässer in der Wüste. Er war sehr gepflegt mit liebevoll angelegten Beeten. Marvin legte Hacke und Spaten nieder, zog seine Jacke aus und krempelte die Ärmel hoch. Caroline sah ihn sehnsüchtig an, wie ein Hündchen, das auf ein liebes Wort wartet – oder zumindest ein ermutigendes Pfeifen. Als nichts geschah, wagte sie es, zaghaft seinen Arm zu berühren.

»Ich möchte helfen. Bitte, lassen Sie mich helfen.«

Er lächelte höflich. Mehr ein leichtes Öffnen der Lippen. Aber sie war dankbar dafür, wie Lazarus für einen Schluck Wasser.

»Sie sind sehr freundlich, Madam. Wenn Sie die Furchen hacken würden, wäre ich Ihnen sehr verbunden. Aber strengen Sie sich nicht zu sehr an.«

Besorgt sah Marvin, wie sie schwungvoll die Hacke in die lockere Erde sausen ließ.

»Seien Sie vorsichtig mit den jungen Schößlingen. Eine kleine Unachtsamkeit könnte verhängnisvoll sein, Madam.«

»Ich passe auf. Ich wußte gar nicht, daß um diese Zeit etwas wächst.«

»Das sind alles perennierende Pflanzen, die wachsen zu jeder Jahreszeit, Madam.«

Caroline schaute auf den nächsten Erdwall und bemerkte zum erstenmal die kleinen weißen Schößlinge, die sich überall aus dem schwarzen Erdreich reckten. Es hätten kleine Tulpenzwiebeln oder Lauch sein können.

»Was ist das?« fragte sie.

»Corpoties oder auch Körperchen, Madam.«

»Was ist denn das? Ein Gemüse?«

Er lächelte über ihre kindliche Unwissenheit und schüttelte den Kopf.

»Nicht ganz, Madam. Man könnte sagen, es handelt sich um eine Fleisch- und Gemüsepflanze. Sie braucht sehr viel Pflege. Zu Anfang gebe ich Knochendünger in die Erde, dann wird sie mit einem Blutgemisch in regelmäßigen Abständen getränkt. Aber das richtige Einsäen ist das Wichtigste. Haben sie zu wenig Platz, ist das Ergebnis ungenießbar. Zu viel«, er zuckte die Achseln, und Caroline war entzückt, seine jungenhafte Begeisterung zu erleben, »bedeutet einen faden Geschmack. Interessieren Sie sich dafür, Madam?«

»Aber ja. Ich könnte Ihnen stundenlang zuhören.«

Jetzt wich alle Reserviertheit von ihm, und er ähnelte einem Briefmarkensammler, der einen gebildeten Briefträger entdeckt hat.

»Sie ahnen gar nicht, wie mich Ihr Interesse freut. Sehen Sie Vater, Mutter und Großvater sind Jäger. Sie verstehen nicht, welche Befriedigung es mit sich bringt, zu pflanzen und zu ernten. Manchmal ärgere ich mich schrecklich über sie und verliere die Beherrschung und tue Schlimmes. Aber, lassen wir das, die Erde ist so großzügig. Man bekommt viel mehr zurück, als man gesät hat.«

»Sie haben ja so recht.« Caroline faßte nach seinem Arm. »Sie haben wohl einen grünen Daumen.«

Er runzelte die Stirn, und sie zitterte. Hatte sie etwas Falsches gesagt?

»Nein, das habe ich nicht. Nur die Toten haben grüne Finger. Die reifen Toten – reif zum Pflanzen.«

Sie ließ ihn los, schüttelte ungläubig den Kopf. Wegen seines hübschen Aussehens hatte sie ihn für normal gehalten, zwar schüchtern, aber fähig, ein leidenschaftlicher Liebhaber zu werden. Jetzt begriff sie, daß er genauso ein Monster – wenn nicht ein schlimmeres – sein mußte wie die anderen. Doch das wirklich Entsetzliche dabei war, daß sich an ihren Gefühlen dadurch nichts änderte. Gegen jungenhaften Charme war sie wehrlos.

»Wir hatten dreimal neue Besitzer hier in den letzten fünfzehn Jahren, aber sie waren nicht das *Richtige*. Sie gediehen und reiften nicht so, wie es nötig ist. Und Vater und Großpapa sind so gemein, immer das Beste für sich zu behalten und den Pflanzen nur den Dreck, die alten, kranken ... die trockenen Reste zu überlassen.«

Das brachte Caroline schließlich zur Besinnung. Sie drehte sich um und rannte zum Haus zurück. Marvin rief hinter ihr her:

»Bitte, gehen Sie nicht. Ich kann es nicht ertragen, wenn Leute fortlaufen. Das macht mich iiiiiiiiirr!«

Beim letzten Wort schnappte die Stimme über und endete in einem langgezogenen Pfeifen. Ein Hinweis auf das Entsetzen, das folgen könnte. Caroline rannte um ihr Leben.

Zunächst wollte Sheridan sie nicht hereinlassen. Hinter der verbarrikadierten Tür schrie er: »Du bist auf ihrer Seite. Mir kannst du nichts erzählen. Wie du den jungen Mann angehimmelt hast! Und dann hast du nichts getan, um sie aufzuhalten. Gar nichts!«

»Bitte, Sheridan, laß mich rein. Wir müssen einander helfen. Mein Gott, wenn du wüßtest!«

»Darf ich Ihnen behilflich sein, Madam?«

Mit ernstem Gesicht stand Grantley ein paar Schritte hinter ihr.

»Die Tür ...« Sie wich an die Wand zurück. »Die Tür ... ist zu.«

»Gestatten Sie, Madam.«

Mit einer Hand stieß Grantley die Tür auf. Mit lautem Krachen wurde der Kleiderschrank gegen die Wand zurückgeschleudert. Caroline sah Sheridan auf dem Bett sitzen. Sein Gesicht war zu einer angstverzerrten Maske erstarrt. Grantley verbeugte sich.

»Bitte, entschuldigen Sie mein Eindringen, Sir. Aber ich muß Ihnen mitteilen, daß Mrs. Grantley in einer halben Stunde zu gähnen gedenkt. Ich hoffe, es paßt Ihnen.«

Sheridan gab ein Mitteldding zwischen Schreien und Schimpfen von sich, und Grantley verbeugte sich abermals.

»Ich bin Ihnen zu Dank verpflichtet, Sir.«

Er verließ das Zimmer und schloß die Tür. Vom Gang her hörten sie ein unterdrücktes Gähnen – einen beunruhigenden Laut, der eine Drohung oder Vorfreude ausdrücken konnte. Caroline lief zu ihrem Mann und packte ihn am Arm.

»Wir müssen versuchen, hier rauszukommen. Wenn ich nochmals in Marvins Gesicht schauen muß, bin ich verloren. Bitte, tu was!«

Er schüttelte sie ab und knurrte sie wütend an, wobei er so sehr wie einer von *ihnen* aussah, daß Caroline die Hände vors Gesicht schlug und aufs Bett sank. Ihr Mann betrachtete sie höhnisch.

»Ich werde nicht rennen. Hörst du? Ich laufe nicht vor ein paar degenerierten Irren davon. Durch Davonlaufen bin ich nicht zu dem geworden, was ich bin. Das Ganze ist ein gigantischer Schwindel. Grantley ist nicht der erste Mann, der Feuer speit, und der Alte wird nicht der letzte sein, der einen langen Draht an seine Zunge heftet. Warst du noch nie auf einem Jahrmarkt? Aber sie legen mich nicht ein zweites Mal rein. Einmal gebissen …«

Caroline hob den Kopf und schrie ihn an:

»Mach dich nicht zum Narren! Das sind Monster. MONSTER. Zurückentwickelte Kreaturen, von denen wir alle wissen, daß es sie gibt. Wir wagen nur nicht, darüber nachzudenken. Versuche, dich zu erinnern und dir nichts vorzumachen. Das nächtliche Heulen, etwas lugt um die Ecke; alles, was man so gerne verdrängt. Sag bloß – wenn du dich traust –, daß du nicht daran glaubst.«

Er setzte sich neben sie und war plötzlich ein müder Mann in mittleren Jahren, der verlernt hatte, sich zu entspannen.

»Vielleicht hast du recht. Ich weiß es nicht. Ich habe so viele Monster getroffen. Ich konnte sie nie voneinander unterscheiden. Aber, wenn wahr ist, was du sagst, was soll dann das Davonlaufen? Sie müssen überall sein. Ein weitverbreitetes Freimaurertum mit Zähnen, Klauen, Pelz und Fängen bestückt. Es gibt keinen Ausweg.«

Als sie so beisammensaßen und der Morgen verging, herrschte zum erstenmal seit vier Jahren Frieden zwischen ihnen. Die Verzweiflung riß die trennenden Mauern aus Rechthaberei und Hohn ein und ließ der Toleranz freien Raum.

»Ich bin hilflos«, flüsterte sie. »Er – du weißt, wen ich meine – hat etwas magnetisch Anziehendes.«

Sie schwiegen miteinander, bis ein Pochen an der Tür das Grauen wieder weckte. Ein erstickter Schrei kam über Carolines Lippen. Die Tür schwang auf, und Grantley trat ein.

»Verzeihung, Sir – Madam. Aber Mrs. Grantley brennt darauf, zu gähnen.«

Sheridan Croxley stand auf und zog sich, nach einem Blick in das bärtige Gesicht hinter dem Butler, ans Fenster zurück.

»Ich warne euch«, sagte er ruhig, »ich werde mich wehren.«

»Das wäre unklug«, meinte Grantley freundlich. »Wir wollen Ihnen keine Unannehmlichkeiten machen, und außerdem ist Widerstand zwecklos. Versuchen Sie doch zu verstehen, daß wir Ihnen nur helfen möchten, Ihre Möglichkeiten auszuschöpfen.«

Mrs. Grantley kam ins Zimmer und hatte noch nie so grotesk ausgesehen. Mit einem seltsam steifbeinigen Gang kam sie näher. Ihre Augen glitzerten unbeweglich und starrten mit der kalten Eindringlichkeit einer Giftschlange auf den entsetzten Mann. Sie trat auf ihn zu, und er machte keinerlei Anstalten, sich zu verteidigen. Er starrte sie an wie ein hypnotisiertes Kaninchen mit hervorquellenden Augen, das weiße Gesicht von roten Adern durchzogen. Dann standen sie sich von Angesicht zu Angesicht gegenüber, wie Liebende vor einer Umarmung. Und die Maddy gähnte.

Ihr Mund öffnete sich, bis der Unterkiefer den Hals verbarg und die Oberlippe sich über die Nase zog. Er glich einer tiefen Höhle mit zwei Reihen verwitterter Grabsteine. Ein Gähnen – ein schauerliches Grollen begann irgendwo hinter ihrem mächtigen Busen und steigerte sich zu einem den Körper erschütternden Dröhnen. Nur ihr Kopf blieb ruhig. Dann erstarb das donnernde Gähnen. Beide Gestalten schienen zu bewegungslosen Statuen verzaubert zu sein. Croxley war vor Entsetzen erstarrt. Die Maddy glich einem Automaten, der ein vorgegebenes Programm abspult. Plötzlich beugte sie sich vor und preßte ihr klaffendes Maul auf den Mund von Sheridan Croxley.

Caroline hörte das Zischen des ausströmenden Atems, sah, wie ein Schauer Sheridan durchlief und er ohnmächtig gegen die Wand sackte. Mrs. Croxley hob ihn hoch, als wäre er ein Kind, und legte den schlaffen Körper aufs Bett.

Der Butler gab ein befriedigtes Seufzen von sich.

»Machen Sie sich bitte keine Sorgen, Madam. Mr. Croxleys Bewußtlosigkeit wird nicht lange andauern. Wenn er wieder zu sich gekommen ist, werden Sie eine gewisse Veränderung seines Charakters feststellen. Meine Frau hat das, was man gemeinhin Seele nennt, ausgelöscht, und der gnädige Herr wird jetzt in der Lage sein, seine natürlichen Eigenschaften ohne ein hinderliches Gewissen zu entwickeln.«

Sie blickten beide auf Caroline, die das Gesicht in den Händen barg und leise weinte. Grantley schüttelte vorwurfsvoll den Kopf.

»Sie müssen keine Angst haben, Madam. Wir haben nicht die Absicht, Sie zu – entseelen. Normalerweise machen wir das nicht. Aber Mr. Croxley kann uns zu Diensten sein – wenn ich das mal so deutlich feststellen darf. Wenn der Herr zur vollen Reife gelangt ist, und er ist immerhin von einem Shaddy beleckt, von einem Mock angeblasen und von einer Maddy angegähnt worden, dann wird er einer von uns sein und unsere Interessen vertreten, wie wir es wünschen. Wir könnten ihn sogar ins Parlament bringen. Es wäre nett, jemanden von unserer Sorte im Kabinett zu wissen. Wir haben einige Hinterbänkler, aber das ist nicht dasselbe.«

»Was ... was haben Sie mit mir vor?«

Grantley lächelte und zupfte den Knoten seiner Krawatte zurecht.

»Es ist nicht immer klug, Suggestivfragen zu stellen, Madam. Aber wir werden Sie nicht brachliegen lassen.«

Sie gingen hinaus, und Caroline wartete auf das Erwachen ihres entseelten Ehemannes.

Die Sonne ging unter, als Sheridan sich rührte. Er richtete sich auf und sah sich verwirrt im Zimmer um. Caroline konnte keine Veränderung in seiner äußeren Erscheinung feststellen. Nur eine gewisse Leere in seinen Augen, die gewöhnlich bedeutete, daß er schlecht gelaunt war.

»Was, zum Teufel, ist passiert?« fragte er.

»Erinnerst du dich nicht?«

»Dann würde ich wohl nicht fragen. Wir saßen zusammen und hatten vor irgend etwas Angst. Ach ja, dann kam Grantley herein, mit seiner Frau. Sie ist auf eine merkwürdige Art ganz attraktiv.«

»Diese ... dieses Ding ... attraktiv?«

»Ich habe nicht erwartet, daß eine andere Frau das versteht. Jetzt mach, daß du rauskommst! Ich fühle mich nicht wohl, und etwas Schlaf wird mir sicher guttun.«

»Aber, Sheridan«, bat Caroline, »wir dürfen uns jetzt nicht trennen. Diese Frau hat dich angegähnt ... und ...«

Sheridan starrte sie mit einem unheilvollen Blick an, der sie an einen wütenden Hund erinnerte, der einen Eindringling gestellt hat und nun zum Angriff übergehen will. Der kalte, starre Blick verfolgte ihre Bewegungen. Voller Panik rannte sie zur Tür hinaus und stolperte die Treppe hinunter.

Marvin befand sich im Eßzimmer und sah auf, als sie hereinkam. Obwohl er sich zu freuen schien, machte er ihr zunächst Vorwürfe.

»Warum sind Sie fortgelaufen? Ich dachte, endlich hätte ich jemanden gefunden, dem das Gärtnern Spaß macht. Ich war so enttäuscht und wurde wütend. Und man darf mich nicht wütend machen!«

Trotz ihres furchtbaren Wissens geriet Caroline sofort wieder unter seinen Einfluß. Dieses hübsche, jungenhafte Gesicht! Sie lief zu ihm, faßte seine Hand und hielt sie an ihr Gesicht.

»Ich habe solche Angst. Bitte, helfen Sie mir.«

Er schien überrascht – geradezu entsetzt.

»Warum, Madam? Ich bin nicht wütend.«

»Bitte, nennen Sie mich nicht Madam. Ich habe Angst vor Ihrem Vater – und den anderen. Sie haben etwas Schreckliches mit meinem Mann gemacht.«

Er nickte – fast heiter.

»Ich schätze, sie haben ihn entseelt. Nun wird er einer von uns sein und sich viel besser fühlen. Wie, möchten Sie etwa auch entseelt werden?«

»Nein.« Sie schüttelte heftig den Kopf und versuchte, ihr Gesicht an seiner Brust zu verbergen. Aber er wich zurück.

»Auch gut. Wir haben noch nie eine Frau entseelt. Vater hat sie immer verzehrt, und den Rest habe ich eingepflanzt ... Frauen geben gute Körperchen ab. Ich denke, das werden wir auch mit Ihnen machen.«

»Nein!« Aufgebracht versuchte sie, ihn zu rütteln, aber er stand fest wie der Fels in der Brandung. »Sie dürfen sie nicht an mich heranlassen. Bitte ... bitte ... beschützen Sie mich, und ich werde alles tun, was Sie wollen. Alles.«

Diesen Vorschlag ließ Marvin sich eine Weile durch den Kopf gehen. Dann sah er sie mit schräg gelegtem Kopf an. »Alles? Auch, mir jeden Tag im Garten helfen?«

»Ja, das werde ich ... das werde ich.«

»Mir helfen, die kleinen Fleischbröckchen einzupflanzen? Das Gekröse herauszusuchen? Umpflanzen? Wässern? Hacken? Die Mischung zubereiten?«

»Ja, ja ... o Gott ... ja!«

Er nickte beifällig.

»Das ist ausgezeichnet. Sie machen mich sehr glücklich.«

»Dann beschützen Sie mich?«

Die unschuldigen blauen Augen blickten sie aufrichtig an.

»Wenn man Sie verzehren will, werde ich wütend.«

»Ja, aber beschützen Sie mich?«

»Das habe ich versprochen. Ich werde wütend.«

Mit dem gekränkten Gesicht eines Pfadfinders, an dessen Ehrenwort man zweifelt, ging er davon. Caroline sank auf einen Stuhl. Die

Worte des verschiedenen Mr. Barker kamen ihr in den Sinn.

*Fliehe, solang dich das Grauen nur streift,*
*Laß alle Hoffnung fahren, wenn der Shadmock pfeift.*

Caroline kicherte, spitzte die Lippen und versuchte zu pfeifen. Was war bloß so schrecklich daran? Aber, und ein eisiger Schauer durchrieselte sie, wer hätte gedacht, daß Schlecken, Gähnen oder Blasen etwas so Grauenvolles sein könnten?

»Was, zur Hölle, treibst du hier?«

Sheridan stand in der Tür. Verachtung spiegelte sich in seinen Augen. Sein Gesicht war blasser als früher, so totenbleich wie *sie*. Ein schwarzer Stoppelbart umschattete sein Kinn. Vielleicht war es eine Täuschung, aber schimmerten nicht zwei kleine Höcker durch sein Haar?

»Ich warte aufs Essen ... oder so«, antwortete sie.

Er grunzte – oder knurrte –, dann schritt er durch die Tür zu den Dienstbotenunterkünften.

Ungefähr zwanzig Minuten später kam Grantley mit einem Servierwagen herein. Sein langes Haar war nicht mehr hochgesteckt, sondern beiderseits des Mittelscheitels um die spitzen Ohren gekämmt. Die beiden wie Ebenholz schimmernden Hörner lenkten die Aufmerksamkeit des Betrachters auf den wohlgeformten Schädel. Caroline konnte nicht umhin zu schreien und hielt sich die geballte Faust vor den Mund. Grantley übersah diskret ihre Panik, deckte den Tisch und verbeugte sich respektvoll.

»Mr. Croxley läßt Sie grüßen, Madam, und ich soll Ihnen ausrichten, daß er in der Küche zu speisen gedenkt. Er sucht seinesgleichen.«

Caroline äußerte sich nicht dazu, sondern starrte weiterhin auf die beängstigenden Hörner. Grantley warf noch einen prüfenden Blick auf den Tisch und schritt dann würdevoll zur Tür. Dort blieb er stehen und hüstelte.

»Da ist noch eine Kleinigkeit, Madam. Paßt es Ihnen, wenn Sie um acht Uhr ausgeblutet werden?«

Caroline gab ein seltsames Geräusch von sich, das mit dem Wort ›ausgeblutet‹ endete. Grantley faßte das als Zustimmung auf.

»Ich bin Ihnen sehr verpflichtet, Madam. Ich muß mich für diese Eile entschuldigen, aber uns gehen die Grundnahrungsmittel aus, und Madams Beitrag werden wir zu würdigen wissen.«

Caroline stöhnte und sank von ihrem Stuhl auf den Boden. Sie merkte nicht, wie Grantley sie hochhob und ihren leblosen Körper wieder auf den Stuhl setzte. Er schob sie so dicht an den Tisch, daß er sicher sein konnte, dieser Vorfall würde sich nicht wiederholen.

Es besteht kein Zweifel, daß Mocks – abgesehen von einigen peinlichen Schwächen – vorzügliche Diener sind.

Der Shaddy und die Maddy kamen um acht Uhr zu ihr.

Zwei bärtige Gesichter. Zwei Paar Hände, zwei muskulöse Rücken. Sie hoben Caroline von ihrem Stuhl und trugen sie hinaus durch einen langen Gang. Die Aussicht auf den bevorstehenden Tod wirkte belebend. Caroline wurde hellwach, als sie den langen, kärglich möblierten Raum betraten.

Was für eine Ausstattung! Ein langer Tisch, eine große galvanisierte Eisenwanne, zwei Plastikeimer, zwei Vorlegemesser, eine Säge und Gummihandschuhe. Grantley trug eine Metzgerschürze.

»Wenn sich Madam hinlegen würden«, er nickte zum Tisch hinüber, »können wir anfangen.«

Caroline strampelte, trat um sich, schrie und tat alles, um sich aus den eisernen Griffen zu befreien, aber es war hoffnungslos. Grantley schaute sie bestürzt an.

»Es ist bedauerlich, daß Madam nicht zur Zusammenarbeit bereit ist.«

Sie wurde näher an den Tisch mit den Gurten und der Kopfstütze herangezerrt, und als sie ihren Kopf drehte, sah sie Sheridan am Fenster stehen. Groß und billig glich er *ihnen* immer mehr, besonders als es in seinen Augen jetzt lüstern aufblitzte. Er stieß ein tiefes, grollendes Lachen aus und rieb sich verzückt die Hände.

Caroline konnte nirgendwo ein Zeichen ihres Beschützers entdecken, des Schönen mit dem tödlichen Pfiff. Sie schrie:

»Marvin, hilf mir! Marvin ...«

Schon lag sie auf dem Tisch, und die zwei bärtigen Monster wollten sie gerade anschnallen, als sich die Tür öffnete – und er war da! Die blauen Augen vor Schreck geweitet, die vollen Lippen leicht geöffnet, das blonde Haar zerwühlt, als wäre er eben aus dem Bett gekommen. Er sagte nichts, sondern sah seinen Vater nur fragend an.

Grantley runzelte die Stirn. »Das geht dich nichts an. Wenn sie ausgeblutet ist, kannst du den Rest einpflanzen.«

»Ich möchte sie als Hilfe im Garten«, erklärte die sanfte Stimme.

Die Stirnfalten des Mocks vertieften sich. Ärgerlich schüttelte er den Kopf.

»Du kannst nicht immer alles haben, was du willst. Du mußt auch an die anderen denken. Ihre Substanz muß abgefüllt und gelagert werden, damit wir einen Vorrat für die Wintermonate haben. Du mußt endlich erwachsen werden und deine Verantwortung tragen.«

»Ich möchte sie als Hilfe im Garten«, wiederholte Marvin.

»Marvin«, versuchte die Maddy es mütterlich, »sei ein guter Junge. Wir haben dir den Börsenmakler zum Spielen überlassen, ehe wir ihn ausgetrocknet haben, und wir haben nicht eingegriffen, als du dem Grundstücksspekulanten die Beine ausgerissen hast, obwohl er hinterher für uns wertlos war. Aber jetzt ist ein Zeitpunkt gekommen, wo wir hart bleiben müssen. Wir können sie nicht abschlecken und angähnen, denn sie besitzt keine Monsterqualitäten. Deshalb wird sie ausgeblutet, zerhackt und eingepflanzt. Und wenn du ein guter Junge bist, wirst du die herrlichsten Körperchen im nächsten Frühjahr ernten.«

Marvin öffnete und schloß unruhig seine Hände, während sein Körper sich starr aufrichtete. Seine Stimme war leise – fast nur ein Brummen.

»Laßt sie ... laßt sie gehen.«

Ehe Grantley etwas sagen konnte, stürzte Sheridan mit geballten Fäusten vor, seine kleinen Augen glänzten feurig.

»Sieh her, alles ist bereit. Ich schätze, ich bin erst dann einer von euch, wenn die da«, er wies mit dem Kopf auf Caroline, »zerhackt ist. Ich habe Hunger, hübscher Knabe. Hunger nach mehr Macht, nach mehr Geld. Und wenn ich Hunger habe, zerquetsche ich jeden, der sich mir in den Weg stellt. Geh im Garten spielen, damit ich dir keine Lektion erteilen muß.«

Marvins Augen waren weit aufgerissen und bekamen jetzt ein verächtliches Funkeln. Gleichzeitig wirkte er jung und hilflos gegen den bulligen Sheridan Croxley. Sanft meinte er: »Ein Bauer muß lernen, seine Zunge zu hüten.«

Sheridans Faust traf den jungen Mann unter dem Kinn und ließ ihn quer durch den Raum taumeln, ehe er gegen die geschlossene Tür krachte.

»In Satans Namen, das hättest du nicht tun dürfen, neuer Bruder«, warf Grantley ihm vor. »Jetzt wird er wütend.«

»Ich bin wütend«, grölte Sheridan. »Verdammt wütend.«

»Schon, aber die Wut einer Fliege kann nicht mit dem Zorn eines Löwen verglichen werden.«

»Eine Fliege!«

»Ruhig!« Grantley wartete, bis sein Sohn wieder auf die Beine gekommen war. »Nun, Junge, beherrsche dich. Unser neuer Bruder wird für seine Unbeherrschtheit bestraft werden. Daran darfst du nicht zweifeln. Also werde nicht wütend. Er allein ist zu tadeln, so laß uns nicht alle leiden.«

Marvin holte tief Luft, wenn man das grollende Sauerstofftanken so nennen konnte. Grantley zögerte einen Moment, dann besann er sich und stürzte zum einzigen Fenster. Er erreichte es als dritter, denn sein Vater und seine Frau hatten den gleichen Einfall.

Der Fensterrahmen barst, die Scheibe splitterte, und Großvater Shaddy hatte gerade seinen Kopf und die Schultern herausgezwängt – da begann das Pfeifen.

Caroline sah, wie Marvins Augen sich weiteten, seine Hände sich nach innen drehten, so daß ihr zarter unbehaarter Handrücken zu sehen war. Die Finger waren gespreizt, die rosa Zunge rollte sich ein. Dann ertönte das Pfeifen. Es hatte seinen Ursprung irgendwo tief im Bauch und wuchs, bis es aus der Kehle als ein unerträglich schriller Ton herausplatzte.

*Laß alle Hoffnung fahren, wenn der Shadmock pfeift.*

Mitten in diesem Grauen dachte Caroline: »Gar nicht so schlecht. Aber was kann ein Pfeifen schon ausrichten?« Dann änderte sie schnell ihre Meinung, als das Pfeifen stärker wurde. Der Ton wurde immer höher, bis die Wände zu zittern schienen und alles Glas zerbrach. Plötzlich schoß ein bleistiftdünner Lichtstrahl aus dem Mund des Shadmocks, der Sheridan am Ansatz der Kehle traf.

Der große Mann schrie auf, krallte die Finger in die Luft und fiel dann über den Tisch. Schlaff hing sein Kopf über der Kante. Blut quoll aus seinem Mund und bildete auf dem Boden eine rote Lache.

Der Shadmock ging langsam vorwärts, und der pfeifende Ton wurde immer höher, während der Lichtstrahl weiter pulsierte und über das Knäuel von Körpern flackerte, die im Fensterrahmen eingeklemmt waren. Marvin bewegte seinen Kopf langsam hin und her, und die drei Körper wanden sich schreiend und jammernd. Nur Sheridan blieb still.

In dem Moment erkannte Caroline, daß die Tür unbewacht war. Wie eine Maus kroch sie vorwärts, den Atem anhaltend, schlich sie hinaus in den Gang.

Die Haustür war nicht verschlossen.

Verzweifelt jagte Caroline die Auffahrt hinunter. Äste schlugen gegen ihren Kopf. Sie stolperte über Schlaglöcher. Die Angst saß ihr im Nacken.

Sie wankte um die Wegbiegung und sah das Tor, gottlob unbewacht. Die eiserne Barriere, die sie von dem Alltagsleben trennte, das man normal nennt. Instinktiv rannte sie darauf zu, nicht weiter über ein lauerndes Unheil nachdenkend.

Das Tor war verschlossen. Eine dicke Eisenkette war mehrmals um die rostigen Gitterstäbe geschlungen. Sie krallte die Hände um das rauhe Eisen und rüttelte daran. Hoffnungslos flehte sie: »Helft mir … helft mir.«

Kaum hatte sie gerufen, da knackten Fußtritte im Unterholz, und Marvin erschien unter den Bäumen. Schön wie Adonis, graziös wie eine goldene Schlange, ging er auf sie zu. Sofort wich die Furcht, der Drang zu fliehen einem sklavischen Verlangen. Seine Stimme war zärtlich, aber vorwurfsvoll.

»Warum bist du fortgelaufen? Ich war nicht böse auf *dich*!«

»Ich hatte Angst.«

Er führte sie die Auffahrt entlang zurück, während er auf sie einredete wie ein Enthusiast, der endlich eine verwandte Seele gefunden hat, die seine brennenden Interessen teilt. »Es besteht kein Grund zur Angst. Meine Eltern haben beschlossen, mich meinen Weg gehen zu lassen. Das machen sie zum Schluß immer. Nun kannst du mir im Garten helfen. Wir müssen deinen Mann zum Einpflanzen vorbereiten. Hilfst du mir?«

»Ja … ja, Marvin.«

»Ihn zurechtschneiden und beobachten, wie er reift?«

»Ja, Marvin.«

»Und du wirst mich nicht wütend machen, nicht wahr?«

»Nein, Marvin.«

»Ich denke, daß ich manchmal wütend werde. Ich kann nichts dafür. Aber es tut mir immer schrecklich leid hinterher. Das sollte eine Beruhigung für dich sein. Immer ... hinterher.«

Sie verschwanden um die nächste Biegung, und für eine Weile herrschte Frieden unter den schlummernden Bäumen und den felsigen Hügeln ringsum. Dann flog eine Schar Krähen auf. Mit lauten Flügelschlägen und Krächzen bildeten sie schwarze Schatten am wolkigen Himmel.

## Viertes Zwischenspiel

Unter beifälligem Gemurmel endete der Film. Begeistert klatschten Donalds neue Freunde Applaus. Als die Lichter angingen, beugte sich der Ghul vor und wandte sich an die Zuschauer in der ersten Reihe.

»Gentlemen, ich glaube, Sie stimmen mir zu, wenn ich dem Unterhaltungsausschuß danke, daß er diesen Film für uns organisiert hat. Wieder haben wir hier die von mir bereits erwähnten Handlungsträger. Monster und Menschen. Ein böser Triumph und ein trauriges Ende. Was will man mehr?«

Alle pflichteten ihm bei, und der Wervamp äußerte sein uneingeschränktes Lob: »Ich fühle mich wie frisch beerdigt. Ich muß gestehen, es gab einen schlimmen Moment, als ich dachte, das Biest würde entwischen. Der Hölle sei Dank, daß das Tor verschlossen war. Daraus folgt: Schaut die Unaufmerksamkeit zum Fenster herein, fliegt das Essen zum Tor hinaus.«

Eramus stieß Donald in die Rippen. »Haben Sie schon mal Körperchen gegessen?«

Heftig schüttelte der junge Mann seinen Kopf und bemühte sich, nicht so krank auszusehen, wie er sich fühlte. »Nein ... ich denke, es würde nicht zu mir passen.«

Eramus schmatzte. »Sie haben keine Ahnung, was Ihnen da entgeht! Wie Sie wissen, kriege ich normalerweise nichts Festes runter, aber eine Platte Körperchen in roter Tunke macht mich so glücklich wie einen Ghul bei einer Beerdigung. Entschuldigung, Sir.«

»Schon gut«, winkte der Ghul lächelnd ab. »Ein bißchen direkt, aber ich verstehe Sie. Ich mag die Köstlichkeit am liebsten gebacken. Hallo, was gibt's?«

Ein grauhaariger, ausgesprochen gutaussehender Vampir war auf die Bühne gekommen und gebot Ruhe mit seinen Händen. Das leise Geplauder erstarb, und Eramus stieß Donald wieder an.

»Lintom Busotsky, der Filmproduzent. Dieses Jahr ist er Clubpräsident. Er hat einiges in dieser Zeit herausgebracht.«

»Pst«, machte der Ghul. »Denken Sie an die Worte des Dunklen John, unseres Philosophen: Der Kleine sollte still sein, wenn der Große spricht.«

Mit betont amerikanischem Akzent sprach Lintom Busotsky:

»Liebe Mitglieder. Ich schätze, Sie sind nicht hergekommen, um sich lange Reden anzuhören. Aber, meine Damen und Herren, heute nacht haben wir etwas Besonderes für Sie. Ich muß wohl ein paar Worte dazu sagen. Bleiben Sie also sitzen, wir haben noch einen Film für Sie.«

Freudige Erregung ging durch die Reihen, und Eramus rieb sich gespannt die Hände.

»Kinder, ein zweiter Film, und der wird uns keinen Tropfen kosten!« rief er begeistert.

»Seien Sie bloß ruhig«, warnte der Ghul, »oder wollen Sie, daß man Ihre Blutration wieder kürzt? Sie wissen doch, daß er sich nicht gerne unterbrechen läßt.«

»Heute abend«, fuhr der Präsident fort, »möchte ich Ihnen einen meiner frühen Filme zeigen. Er erzählt die Geschichte eines unserer oft verachteten Verwandten – leider zu oft, möchte ich hinzufügen. Damit meine ich den einzigartigen, den wahnsinnigen, den von unten kommenden, ja Freunde – den Fluchtdämon. Besser bekannt als das gute alte Nachtgespenst.«

Ein dröhnendes Gelächter erfolgte auf diese Ankündigung, bzw. was in diesem Club als Gelächter galt. Verwundert schüttelte der Ghul sein fahles Haupt.

»Was für ein Typ! Welch eine Vereinigung von Genius und Starrsinn!«

»Für diesen Film habe ich mir jede Menge Kritik eingehandelt«, fuhr der Filmproduzent fort, »denn dieser Film endet glücklich für die Menschen ...«

Dieses Bekenntnis erntete Protestgeschrei, das der Präsident mit vorgetäuschter Ruhe abwartete.

»Immer sind wir die Glücklichen. Aber, Kinder, ist so das Leben? Wir Monster kriegen immer das dicke Ende der Wurst bis zum Tage des Schwarzen Herrn.«

Daraufhin machten einige ein X und murmelten »Satan sei bei uns«.

»Obschon der Fluchtdämon ein Mitglied unserer ehrenwerten Gesellschaft ist, schätzt man ihn nicht sonderlich. Er stammt aus grauer Vorzeit und sollte endlich einen angemessenen Platz unter uns finden. Alle anwesenden Fluchtdämonen möchte ich besonders herzlich begrüßen.«

Einige Fluchtdämonen standen auf, breiteten ihre Flügel aus und nahmen den Applaus entgegen. Der Filmproduzent klatschte und wischte sich dann den Mund mit einem schwarzgesäumten Taschentuch ab.

»Nun, ich schätze, das war alles, was ich sagen wollte. Lehnen Sie sich zurück, genießen Sie den Film, und benehmen Sie sich auf den hinteren Sitzen.«

Donald hielt das für einen guten Rat, denn die hübsche Vampir-Dame bleckte drohend ihre Zähne hinter ihm, bis sich ihr ein vermeintlicher Don Juan näherte. Das Licht ging aus, und die roten Vorhänge teilten sich. Auf der Leinwand erkannte er zunächst nichts als unscharfe Wolken, zu denen eine donnernde Stimme verkündete:

# Der Fluchtdämon

*Nehmet zur Kenntnis, daß es die Erde gibt und all jene, die dort selbst atmen, essen und wandeln.*

*Dann aber ist da das Unterirdische mit all jenen, die nicht atmen, essen oder wandeln.*

*Fleischlos sind sie und verfügen doch über Substanz: Sie sind weder müßig noch mühen Sie sich, doch sind sie ständig am Werk. Sie sprechen nicht und verstehen sich doch. Ihr gewöhnlicher Aufenthalt befindet sich in den unteren Regionen jenes unbekannten Landes, das die Menschen Hades nennen. Und seit dem Anfang aller Zeit krochen, wanden sich oder flogen sie zwischen den düsteren, feuerspeienden Bergen, die die nebelverhangenen Täler begrenzen.*

*Dort hausen jene, die sich über zahllose Zeitalter hinweg entwickelt haben, bis sie endlich ein Bewußtsein ihrer selbst erlangten. Mit dem Wissen kommt das Verlangen, mit dem Verlangen der Entschluß, und aus dem Entschluß folgt das Handeln. Gleich Würmern erkrochen sie sich ihren Weg durch dunkle Tunnel von dem Ort, wo die verlorenen Seelen schmachten, auf den Planeten der atmenden Geschöpfe. Für einige bedeutete das Licht ihr Verderben, und sie gingen daran zugrunde. Andere suchten das Schattendasein oder kamen nur hervor, wenn die Wolken den nächtlichen Himmel verdunkelten. Aber einige lernten die Gelüste des Menschen kennen und paßten sich an. Eines dieser Wesen wurde einst von den Weisen der alten Zeit bedacht mit dem Namen: Fluchtdämon. Aber das einfache Volk fand ein anderes Wort für diese nächtliche Heimsuchung: Teufelsvogel.*

Das kleine Haus stand am Rande des ausgedehnten Waldgebietes und wirkte auf einen Betrachter mit lebhafter Phantasie, als wäre es eben aus dem Schutz der Baumriesen hervorgekrochen, um zögernd den Sonnenschein zu genießen. Ein weißer Zaun zog sich um einen winzigen Garten mit schmalen Kohl- und Möhrenbeeten. Einige Kartoffelstauden setzten grüne Tupfen, und der bunte Flickenteppich wogte sanft in der leichten Morgenbrise. Früher einmal hatte das Cottage einem Holzfäller als Wohnung gedient, davor einem Köhler. Jetzt wohnten Newton C. Hatfield und seine Tochter Celia darin. Newton war ein bekannter Schriftsteller, Celia eine hoffnungsvolle Nachwuchsschauspielerin, die in ihren Arbeitspausen versuchte, in die literarischen Fußstapfen ihres Vaters zu treten. Der dritte Bewohner war ein schwarzer Kater, der auf den Namen Tobias hörte. Ein tüchtiger Jäger vor dem Herrn, der lebende Feldmäuse nach Hause brachte und mit dem Ausdruck tiefster Verwunderung beobachtete, wenn Celia mit Entsetzen auf einen Stuhl sprang. Bei solchen Anlässen pflegte Newton die Maus einzufangen und am Waldrand freizulassen.

»So ein Unsinn«, brummte er. »Angst vor einem Geschöpf, das in der hohlen Hand Platz findet.«

»Aber es könnte an meinen Beinen hochkrabbeln.«

»Was, zur Hölle, sollte es da wollen?« erkundigte sich ihr Vater. »Es hat nicht die Moral eines dieser Typen, mit denen du dich ständig abgibst.«

»Du bist ein scheußlicher alter Mann.«

»Scheußlich mag ich sein, alt niemals.«

Eines Tages brachte Tobias einen Vogel heim.

Es war ein wohlgeratener Star, in keiner Weise verletzt, denn Tobias behandelte seine Opfer zart. Ihm genügte die Freude an der Jagd. Erwartungsvoll setzte er sich hin und hoffte auf Beifall. Einmal freigelassen, versuchte der Vogel, durch die Fensterscheiben zu fliegen. Außer sich vor Sorge um den kleinen Wicht behinderte Celia ihren Vater, der ihn einfangen wollte. Sie klammerte sich an den Arm ihres Vaters und flehte ihn an, nur ja vorsichtig zu sein – »tu dem armen, kleinen Ding nur nichts«. Newton konnte ein Badehandtuch über das Tierchen werfen und trug es vor die Haustür, wo er ihm die Freiheit schenkte. Er beobachtete, wie der Vogel auf den nächsten Baum flatterte.

»Weiber.« Bekümmert schüttelte er den Kopf. »Ich werde euch nie verstehen. Du gehst die Wände hoch, wenn eine winzige Maus auch bloß ein Pfötchen in deine Richtung setzt, aber wirst ganz närrisch, wenn ein großer Vogel gegen eine Scheibe flattert. Ist dir klar, daß du einigen Grund zum Jammern gehabt hättest, wenn er sich in deinen Haaren verfangen hätte?«

»Aber ... aber es war doch nur ein armer, kleiner Vogel.«

»Und was ist mit diesem Tiger, der unterm Tisch hockt?«

Celia beugte sich herunter und kraulte

Tobias' Ohren. Eine Geste, die Tobias' volle Zustimmung fand.

»Er hat nur getan, was seine Natur ihm vorschreibt.«

»Ich geb's auf.«

Zwei Tage später brachte Tobias etwas mit, was weder ein Vogel noch eine Maus war.

Sie entdeckten es abends, als sie von einem Stadtbummel zurückkehrten. Es kroch über den Teppich und gab fremdartige, zwitschernde Laute von sich, als sie hereinkamen. Newton fluchte und warf Tobias einen finsteren Blick zu. Der Kater kauerte in einer Ecke und betrachtete seinen Fang mit größter Aufmerksamkeit. Mit einem bestürzten Schrei rannte Celia drauflos.

»O du armes, kleines Ding.«

Newton packte seine Tochter am Arm und zog sie zurück.

»Warte. Ehe du in Verzückung gerätst, möchte ich herausfinden, was es ist.«

»Es ist eine Art Vogel.«

»Meinst du?« Newton beugte sich vor und beäugte die Kreatur skeptisch. »Na, so einen Vogel habe ich noch nie gesehen. Schau selbst.« Den Schwanz nicht mitgerechnet war das Wesen fünfzehn Zentimeter lang und besaß ein Paar lederner Schwingen, mit denen es über den Teppich kroch. Aber als es seinen Schwanz entringelte, der irgendwo zwischen den winzigen Hinterbeinen aufgerollt zu sein schien, kamen noch mal fast acht Zentimeter dazu. Newton stapfte in die Diele und kehrte mit einem dicken Spazierstock zurück.

»Du wirst ihm doch nichts tun?« erkundigte sich Celia.

»Ach, um Himmels willen.« Er stupste sie zur Seite und setzte die Stockspitze unter einen Flügel an. Dann drehte er das Getier auf den Rücken. »So, hast du jemals etwas Ähnliches gesehen?«

Ein winziger, mit schwarzem Fell bedeckter Körper, der in gekrümmten Hinterläufen endete. Ein schmales, kleines, weißes Gesicht, das völlig kahl war und von einem ungewöhnlich blauen Augenpaar beherrscht wurde. Ein schwarzes Haarbüschel fiel in die Stirn. Scharfe, spitze Zähnchen schimmerten zwischen den roten Lippen hervor. Newton hatte den Eindruck, als lachte es ihn an. Die spitzen Ohren bewegten sich nicht.

»Ist es nicht süß?« meinte Celia.

»Süß!« Newtons Wutausbruch ließ das Wesen aufschauen, und seine Lippen schlossen sich. »Süß! Das ist das grauenvollste Ding, das ich je gesehen habe.«

»O nein. Ich denke, es könnte so eine Art Fledermaus sein.«

»Ach!« Newton nickte finster. »Eine Maus, eine fliegende Maus.«

»Ja, ich weiß. Aber es ist nicht das gleiche. Schau dir seine Augen an!« Mit einem gewinnenden Lächeln neigte sich Celia vor. »Das ist keine häßliche alte Maus. Es ist ein kleines Hutsche-Pu. Jawohl ... ein kleines Hutsche-Pu.«

»Hör auf! Wie kannst du bloß so zu einer ... einer Monstrosität sprechen wie der da vor uns? Gib mir eine Schaufel, und ich werde es so weit wie möglich vom Haus fortschaffen.«

Celia stieß ein Protestgeschrei aus, und das Wesen zwinkerte mit den blauen Augen und schaute sie zustimmend an.

»Wie kannst du nur so herzlos sein? Wahrscheinlich ist es verwundet, sonst würde es herumfliegen. Wir müssen uns darum kümmern. Da es unser Kater war, der es verletzt hat, ist es das mindeste, was wir tun können.«

»Dann laß doch den Kater nach ihm sehen«, schlug Newton vor.

Doch Celia ignorierte diesen Seitenhieb. Sie zerriß einen Wäschesack, was Newton furchtbar aufregte, und nahm sachte das kleine Wesen hoch. Vorsichtig setzte sie es in ihr selbstgebasteltes Nest. Eine Sekunde später rieb sie sich die Hände.

»Himmel, ist das kalt! Wie Eis. Meinst du, wir sollten eine Wärmflasche …«

»Nein. Ich kann einfach nicht verstehen, wie du es überhaupt anfassen kannst.« Newton tobte. »Ist dir klar, daß es dich hätte beißen können?«

»Quatsch. Es sieht so glücklich und zufrieden aus. Ich möchte wetten, daß es zahm ist und schon bei Menschen gelebt hat.«

Newton zog sich ins Hinterzimmer zurück, das er zum Arbeiten benutzte, und Celia trug, beruhigend auf das Wesen einredend, das Nest in die Küche und plazierte es in der Nähe des Herdes. Was sie störte, war, daß ihr neues Spielzeug jede Nahrung verweigerte. Sie versuchte es mit Milch und Brot, bot ihm Tobias' Katzenfutter an und eine Scheibe kalten Lammbraten. Sogar ein Viertelpfund von Newtons geräuchertem Schinken, der für seinen Nachmittagstee reserviert war, wollte sie opfern – vergeblich. Das Geschöpf ignorierte alles Dargebotene, starrte jedoch Celia mit noch größerer Zuneigung an als vorher. Es wollte auch nicht schlafen, sondern lag auf einer von Newtons Strickjacken und beobachtete jede Bewegung seiner Beschützerin. Manchmal, wenn sie außer Sichtweite war, lugte es über den Rand des ehemaligen Wäschebeutels.

»Ich mache mir schreckliche Sorgen«, informierte Celia ihren Vater, als es Schlafenszeit war. »Es hat nichts gegessen und ist hellwach. Meinst du, ich sollte einen Tierarzt rufen?«

»Wäre keine schlechte Idee«, stimmte Newton zu, »der könnte es für alle Zeit zum Schlafen bringen.«

»Du bist eine grausame, herzlose Bestie.«

»Mag sein, aber dieses Ding gibt mir den Rest.«

Es war drei Uhr früh, als sie in sein Zimmer trat. »Pa, wach auf. Es ist weg.«

Er setzte sich auf, machte die Nachttischlampe an und blinzelte.

»Was? Wer ist weg?«

»Na, das kleine Ding. Ich bin die Treppe hinunter, um zu sehen, wie es ihm geht. Die Hintertür stand auf, und es war weg.«

»Prima.«

»Aber, Pa. Schlaf nicht wieder ein! Wer hat die Tür aufgeschlossen?«

»Das ist der Haken an der Sache.« Er saß senkrecht im Bett und kratzte sich am Kopf. »Du hast vielleicht nicht abgeschlossen.«

»Doch, hab' ich. Und ich erinnere mich, daß das kleine Ding sich aufsetzte und mich dabei beobachtete. Ehrlich, würde ich zu Bett gehen, wenn die Hintertür weit offenstünde?«

Newton gähnte. »Du willst doch nicht sagen, daß dieses kleine Greuel einen schweren Riegel verschieben und die Türklinke drücken kann? Obwohl, wenn ich so darüber nachdenke ...«

»Ich weiß nicht, was ich denken soll. Ich weiß nur, daß die Tür offensteht und das süße kleine Ding fort ist.«

Newton schüttelte ein Kissen zurecht. »Dann mach die Tür zu und geh zu Bett.«

»Und wenn es zurückkommt?«

»Wird es ein enttäuschtes Greueltier geben.«

Kopfschüttelnd verließ Celia ihn, und amüsiert hörte Newton sie von der Hintertür rufen: »Komm, Kleines ... komm ... komm.« Sie erhielt eine Antwort von Tobias, der mit freudigem Schrei einen vermeintlichen Morgenimbiß erwartete.

Enttäuscht ging sie zu Bett.

Am nächsten Morgen lächelte sie ihren Vater über den Frühstückstisch hinweg an. »Es ist wieder da.«

Newton langte nach dem Marmeladentopf. »Was? Wer?«

»Das kleine Ding. Es hockte auf meinem Kleiderschrank, als ich erwachte.«

»Tatsächlich? Wie kam er ... es dahin?«

»Durchs Fenster. Ich habe es offengelassen.«

Etwa drei Minuten schwiegen sie, dann runzelte Newton die Stirn.

»Schau, bislang habe ich das alles noch nicht

so ernst genommen. Aber jetzt werde ich stutzig. Irgend etwas – ich weiß nicht –, irgend etwas stimmt mit diesem verdammten Ding nicht. Wir wissen überhaupt nicht, was es ist oder woher es kommt. Meiner Meinung nach ist es aus einem Zoo oder einer privaten Exotensammlung entwichen. Vielleicht sollten wir an die Zeitung ...«

»Nein.« Mit blitzenden Augen stand Celia auf. »Es tut dir nichts, und wenn es aus einem Zoo geflohen ist, bin ich darüber froh. Das Kleine bleibt bei mir, basta!«

»So sprichst du nicht mit mir. Ich bin keiner von deinen Theaterlümmeln. Das ist mein Haus, und wenn ich sage, dieses Minigreuel verschwindet – dann verschwindet es!«

»Und ich sage dir – es bleibt. Ich bin kein Kind mehr, das du herumkommandieren kannst!«

Ihr Streit wurde von klatschendem Flügelschlagen unterbrochen. Es rauschte durch die Luft, und das fliegende Geschöpf kreiste unterhalb der Zimmerdecke und ließ sich dann auf dem Tisch nieder. Mit gefalteten Flügeln saß es da und schaute die Streithähne mit glühenden Augen an. Newtons Ärger wich einem Gefühl der Angst. Auf dem winzigen Gesicht lag der Ausdruck unbändigen Vergnügens. Abwechselnd hing sein Blick an den beiden, als ob es die größtmögliche Befriedigung aus dem Anblick der verstörten Mienen gewinnen wollte. Es stellte die spitzen Ohren so, daß ihm auch nicht das leiseste Wutgeräusch entging. Newton faßte seine Gedanken in Worte.

»Das verdammte Ding freut sich an unserem Krach.«

»Sei nicht albern.«

»Heiliger Strohsack, sieh doch! Es leckt sich die Lippen. So als hätte es gerade ein gutes Essen verschlungen.«

»Es freut sich, uns zu sehen.«

Newton lachte freudlos. »Sag, was du willst. Irgend etwas an ihm ist unheimlich.«

Er ließ den Satz in der Luft hängen, als hätte er vergessen, was er noch sagen wollte, und heftete seinen Blick auf das grinsende Wesen. Es war einzigartig. Mehr noch, das winzige Gesicht, die schlanke Form und vor allem die ungewöhnlich blauen Augen waren unbeschreiblich schön. Er wunderte sich, daß er es nicht schon vorher bemerkt hatte. Es war eine bösartige Schönheit, die die abstoßende Faszination einer angreifenden Schlange mit dem erregenden Charme einer jungen Raubkatze vereinte, aber die Schönheit war da. Oder genauer, eine ganz ungewöhnliche Anziehungskraft. Plötzlich fühlte Newton einen seltsamen Drang – ein überwältigendes Bedürfnis –, seinen Kopf zu streicheln und es auf seinen Schoß zu nehmen, um ihm die Ohren zu kraulen. Abrupt wandte er sich ab und schnauzte: »Mach, was du willst, aber sorg dafür, daß es mir nicht mehr unter die Augen kommt.«

Im Laufe der nächsten Tage entdeckten Vater und Tochter, daß etwas in ihrer Beziehung zueinander fehlte. Das liebevolle Spotten, die

Kameraderie, die plötzlich unvermutet in ein leichtes Flirten umschlug. Jetzt gingen sie höflich miteinander um, wogen jedes Wort ab. Sie glichen zwei Menschen, die in eine Sprengstoffabrik geraten sind und wissen, daß jeder falsche Schritt eine Explosion auslösen kann. Newton tat, als habe er das Geschöpf vergessen, und Celia bemühte sich vorsichtshalber, es nie zu erwähnen. Natürlich wußte er, daß es noch da war. Oft, wenn die Küchentür offenstand, hörte er das seltsame Flattern. Er verspürte den furchtbaren Drang, hinzugehen und den gleitenden, graziösen Flug zu beobachten, seine Augen auf das böse, hübsche Gesichtchen zu heften. Aber tapfer blieb er hinter seiner Schreibmaschine sitzen und versuchte, seine Finger in Einklang mit seinem Hirn zu bringen. Aber solange das Rätsel in seinem Haus war, konnte sein Verstand nicht mit Handlungsabläufen spielen, Spannungsbögen entwerfen und Sätze komponieren. Er entschloß sich, die Barriere von Verdacht und Mißtrauen zu durchbrechen.

»Ich gehe in die Stadt zurück«, erklärte er eines Morgens beim Frühstück. »Ich habe meine Arbeit im Entwurf beendet und möchte mit meinem Agenten sprechen, ehe ich weitermache.«

Celia machte: »Oh!« Dann goß sie sich eine neue Tasse Kaffee ein.

»Was hast du vor?« erkundigte er sich beiläufig. »Hättest du Lust, mit mir zu fahren?«

»Danke, nein. Ich werde noch ein bißchen hierbleiben.«

»Aber es ist doch viel zu einsam hier. Wie kannst du allein hierbleiben?«

»Ganz einfach. Ich verschließe die Tür und lass' niemanden rein!«

Gereizt schmetterte er seine Tasse auf den Boden. »Schau, dieses Haus ist gedacht als ein Ort zum Luftholen. Wir sind drei Wochen hier gewesen, und ich denke, es ist an der Zeit, ins Tagesgeschehen zurückzukehren. Hast du keine Arbeit in Aussicht?«

Sie zuckte die Schultern. »Mal sehen.«

»Was soll das heißen?«

»Ich werde bleiben.«

»Warum?« brüllte Newton und dachte an das Flügelschlagen, aber die Tür war zu, und sein Ärger mußte heraus. »Das wolltest du sonst nie. Wenn du nicht alleine wärst, könnte ich es verstehen. Warte, ich hab's. Du erwartest einen Mann. Kaum, daß ich fort bin.«

»Wenn dem so wäre, ginge es dich gar nichts an.« Haßerfüllt starrte sie ihn an. Sie schrie und tobte, daß es ihn schockierte. »Ich brauche deine Erlaubnis nicht, um mir einen Mann ins Bett zu holen. Wenn ich eine ganze Armee hier eingeladen hätte, ging es dich einen Dreck an! Es wird Zeit, daß du dich daran erinnerst. Du bist mein Vater, nicht mein Ehemann.«

Er holte aus und schlug sie so heftig auf die linke Wange, daß sie gegen die Tür stürzte. Hinter der Tür hörte man aufgeregtes Flügelschlagen. Celia lag auf dem Boden und fluchte, Ausdrücke gebrauchend, von denen ihr Vater nicht geahnt hatte, daß seine Tochter sie kannte. Ein Rest von Vernunft riet ihm, aus dem Zimmer zu rennen. Die Tür flog auf, und er stürzte wütend zum Auto, ohne die Gefahr erkannt zu haben. Als er auf der Hauptstraße fuhr, erkannte er, was für eine Gefahr! Als die Flügel laut gegen das Holz der Tür geklatscht waren, gehämmert hatten wie sein wütender Herzschlag, war er nahe daran gewesen, seine eigene Tochter zu ermorden!

Newton verbrachte den restlichen Tag in seiner Stadtwohnung. Er versuchte, nicht zu denken, aber die Gedanken schwirrten durch seinen Kopf wie aufgescheuchte Ratten. Seit dem Tod seiner Frau vor sieben Jahren bestand zwischen ihm und Celia eine ausgesprochen harmonische Beziehung. Welche Unstimmigkeiten auch immer sich ergeben hatten, nie hatten sie Haß ausgelöst, und sie waren meist schnell vergessen. Aber jetzt war es zweimal zu unverhohlenen Haßgefühlen gekommen, und er hatte sie sogar geschlagen. Es gab nur die Erklärung dafür, daß sie entweder beide verrückt wurden oder das kleine Monster irgendwie dafür verantwortlich war. Er erinnerte sich des glücklichen Ausdrucks, als sie sich miteinander gestritten hatten, und der Flügelschläge an der Tür, die ihn geradezu anfeuerten. Aber was war es? Seine Vorstellungskraft ließ nur die Folgerung zu, daß es sich um ein Tier handelte – war es ein Tier? –, das an die niedrigsten Instinkte rührte und Kraft aus dem wütenden Tumult zog. Jetzt, hier im Herzen von London, war die Idee grotesk, aber jedes Argument, das er dagegen vorbrachte, wurde von den erlebten Tatsachen widerlegt. Er wandelte noch ein wenig auf geistigen Abwegen. Falls dieses Ding – was immer es sein mochte – seine Energie aus den schwarzen Abgründen der menschlichen Natur erhielt, dann folgte daraus, daß er und Celia es *gefüttert* hatten. Und wie jeder weiß, ist das Ergebnis von Nahrungsaufnahme *Wachstum*. Als Newton die volle Tragweite dieser Erkenntnis begriff, raste er die Treppe hinunter und sprang in sein Auto, um zurückzufahren.

Newton bremste und schaute zum Cottage und der Reihe großer Bäume im Hintergrund hinüber. Im fahlen Mondlicht wirkte jeder Gegenstand in der Landschaft wie frisch gestrichen. Die Stille traf ihn wie ein Schlag, dieses absolute Fehlen eines Geräusches. Wie aus einem Traum erschien ihm die Szenerie: die bewegungslosen Bäume, das einsame Häuschen mit den glänzenden Fenstern, gleich wachsamen Augen, und das glitzernde Band der Straße, die nie ein menschlicher Fuß betreten, nie ein Autoreifen berührt zu haben schien.

Doch plötzlich, als wollte man sich lustig machen, kam Bewegung in die Landschaft. Rechts öffnete sich ein Fensterflügel, Celias Schlafzimmer – und ein schwarzer Schatten glitt ins Mondlicht. Es hockte einen Moment auf dem Fensterbrett und schwang sich dann graziös mit ausgebreiteten Flügeln in die Lüfte. Newton fühlte das Grauen wie einen schwarzen Eisklumpen in seinem Magen. Das Wesen umkreiste das Cottage und flog dann auf den Wald zu. Für einen Augenblick fiel das helle Mondlicht auf seine Gestalt, so daß der schmale Kopf mit den spitzen Ohren und dem schwarzen Haarbüschel sowie der schlanke Körper mit den ausgebreiteten Schwingen deutlich zu erkennen waren. Aber es hatte sich schrecklich verändert. Es war *gewachsen*! Es maß etwa achtzig Zentimeter, und dabei hatte es den Schwanz noch zwischen den Hinterfüßen eingerollt. Newton stieß einen schrillen Schrei aus, drückte den Selbststarter, raste den Hügel hinauf und hielt mit kreischenden Bremsen vor der Haustür.

In der verlassenen Diele fühlte er das Entsetzen. Das Wohnzimmer glich einem Schlachtfeld, auf der Treppe lag ein Kleiderfetzen, drei Stufen weiter ein verlorener Schuh. Die Tür zu Celias Schlafzimmer war offen wie das Fenster, wo wehende Nylongardinen an einen Brautschleier erinnerten. Sie lag quer über dem Bett. Die Kleider waren ihr vom Leib gerissen, tiefe Schrammen verunstalteten ihr Gesicht und den weißen Körper. Als Newton, der wie ein Kind, das die Bedeutung der Finsternis erkannt hatte, vor sich hin weinte, sich über sie beugte, öffnete Celia die Augen und murmelte verschlafen: »Es ist erwachsen.«

Sie diskutierten bis tief in die Nacht. Newton schrie, drohte, verließ mehrmals das Zimmer, kehrte aber immer wieder zurück. Schließlich bat er:

»Komm mit mir. Du kannst nicht ... niemand kann an diesem Ort bleiben. Bitte, höre auf mich.«

Die üblen Schrammen auf Gesicht und Hände verblaßten allmählich, aber sie sah noch immer mitgenommen genug aus. Das Schlimmste für Newton war Celias Lächeln, ihre kühle Weigerung, über das, was geschehen war, zu reden, und ihre feste Absicht, im Cottage zu bleiben.

»Geh du«, meinte sie, »wir wollen dich nicht. Du bist viel zu spießig.«

»Um Himmels willen!« Er sah sie entsetzt an. »Was ist aus dir geworden, Mädchen?«

Für einen Moment sah sie bestürzt, ja traurig aus. Dann lächelte sie. »Ich dachte, ich würde mich kennen. Jetzt ...« Sie zuckte die Schultern. »Jetzt weiß ich, daß ich mich falsch gesehen habe.«

»Dieses Ding«, er wies zum Fenster hinaus. »Es ist eine Bestie, mehr noch, es ist das Böse selbst.«

»Spiel nicht mit Worten.« Sie ging zum Fenster und schaute in den mondhellen Himmel. »Es ist die Saat, von der wir stammen. Wie die Kohle zum Feuer gehört, gehört es zum Menschen. Was ist das Böse denn? Der Ursprung des irdischen Lebens.«

»Du bist ... krank«, erwiderte er. »Glaub mir doch, du mußt fort von hier. Warte nicht länger. Spring ins Auto, und wir fahren los.«

Verächtlich lächelte sie ihn an, und plötzlich hatte er Angst vor seiner Tochter.

»Du hast die Botschaft nicht empfangen,

nicht wahr? Verstehst du nicht, daß es uns folgen wird, wohin wir auch gehen? Wir sind mit einem ewigen Band an es gefesselt.«

»Sag mir, was zur Hölle ist – *es*?«

»Das ist schwer zu erklären. Es gibt in unserer Sprache kein Wort dafür. Es ist in meinem Schädel. Und es verspricht mir Macht. Ist das nichts, Macht und Erfolg, wenn man jahrelang nur zusehen durfte, wie andere es schaffen? Vermutlich hätte man mich früher verbrannt.«

Und sie begann furchtbar zu lachen.

Mit wachsender Sorge beobachtete Newton seine Tochter in den folgenden Tagen. Wo war das Ding? Immer wenn er in die Küche kam, war es nicht da. Tobias brachte keine Beute mehr heim, sondern saß nur wartend am Fenster und schien gelegentlich etwas zu beobachten, das Newton nicht sehen konnte.

Celia tat, als hätte sie alles vergessen. Sie behandelte ihn mit dem kumpelhaften Humor von früher, was ihn mehr beunruhigte als ihre schlechte Stimmung. Er blieb wachsam und wurde endlich eines Abends dafür belohnt.

»Ich habe meine Handtasche oben vergessen«, stellte Celia fest.

»Ich geh' rauf.« Newton wartete auf eine Ablehnung.

Sie lächelte süßlich. »Danke, du bist ein Schatz.«

Ihr Schlafzimmer war in Mondlicht getaucht, das Fenster stand offen, und ein mysteriöser Duft hing in der Luft. Damit waren zwei Fragen beantwortet. Das Ding verbrachte den Tag in Celias Zimmer und flog nachts aus.

Was noch nicht geklärt war, erfuhr er am nächsten Morgen aus einer anderen Quelle. Celia ging aus und kehrte später mit einem Stapel Zeitungen und Illustrierten zurück. Newton, der sich von seiner ohnehin nicht recht vorankommenden Arbeit ablenken wollte, nahm sich die Daily Mail und blätterte sie durch. Die Information stand auf der vierten Seite.

MYSTERIÖSER VOGEL

*Mehrere Augenzeugen berichteten, einen unbekannten, ungewöhnlich großen Vogel in der Umgebung von Clavering in Kent gesehen zu haben. Die Beschreibungen variieren: ›Ein Fledermaus-Geschöpf mit spitzen Ohren und einer weiten Flügelspanne‹ will man beobachtet haben, oder ›Etwas, das einer riesigen Krähe gleicht‹. Offiziells Stellen sprechen von einer besonders großen Fledermausart, zumal das Tier nur nachts gesichtet wurde.*

Die andere Pressemitteilung hatte wahrscheinlich nichts mit dem nachts herumfliegenden Ding zu tun, beunruhigte Newton aber trotzdem.

STEIGENDE VERBRECHENSRATE
IN KENT

*In den letzten Tagen verzeichnete man in Kent einen unerwarteten Anstieg der Gewaltakte gegen Menschen. Mehrere brutale Überfälle und ein Mordfall beschäftigen die Polizei. Alle Verbrechen wurden von Tätern begangen, die nicht vorbestraft waren und aus gesicherten Verhältnissen kamen.*

*Hauptkommissar Hargraves von der Schutzpolizei meinte in einer letzte Nacht abgegebenen Erklärung: ›Fernsehen und Filme, die Gewalt verherrlichen, müssen verantwortlich gemacht werden für …‹*

Newton ließ die Zeitung sinken und vergaß, daß ein bestimmtes Thema besser unerwähnt blieb.

»Celia, um Gottes willen, wo …?«

Erregt drehte sie sich zu ihm um. »Sei still. Nicht fragen … stell keine Fragen, die ich nicht beantworten kann.«

Wohl wissend, daß jedes Nachhaken nur einen Wutausbruch und vielleicht das Schlagen von ledernen Flügeln nach sich zog, versank Newton in Schweigen. Aber in ihm reifte ein fürchterlicher Entschluß.

Er ließ sich einige Wochen Zeit, bis die Entscheidung endgültig feststand, und fand sich damit ab, daß Angst sein ständiger Begleiter wurde. Damals erkannte er, daß die Hölle ein so schlimmer Ort nicht sein konnte, denn die Seele würde sich mit der Zeit daran gewöhnen. Das Grauen raubte ihm den Appetit und den Schlaf. Die Schrecken der Vergangenheit wiesen mit knöchernen Fingern auf die Zukunft. Aber gleichzeitig entwickelte sein wohltrainiertes Gehirn, das Handlungen und Probleme zu erdenken und zu lösen vermochte, mit kühlem Verstand einen Plan.

Das Ding – wie immer es hieß – hatte einen festen Körper: Etwas wie Fleisch mußte seine Knochen umhüllen. Daraus folgte, daß dieses Wesen vernichtet werden konnte. Jetzt fiel ihm auch ein alter Name dafür ein: Fluchtdämon oder Teufelsvogel, wie das Landvolk es nannte. Vielleicht würde es sich rasch von den Wunden erholen, vielleicht konnte es jede Verletzung überstehen, aber eins gab es, dem kein stoffliches Wesen entgehen konnte: Feuer. Der Entschluß gestaltete sich zu einem festen Plan und wurde in die Tat umgesetzt.

Damit sein restlicher Mut ihn nicht zu guter Letzt noch verließ, vermied er es, nach Sonnenuntergang aus dem Fenster zu sehen und verstopfte sich die Ohren nach dem Zubettgehen mit Watte. Als die Mondsichel schmaler wurde, machte er sich ans Werk.

Acht zerstoßene Schlaftabletten in den Kakao gemischt, können fast tödlich wirken. Aber die Lage erforderte harte Maßnahmen. Er beobachtete, wie Celia das dunkle Gebräu probierte und es mit deutlichem Entsetzen absetzte.

»Fürchterlich!« Sie wischte sich den Mund ab und starrte ihn mit plötzlichem Verdacht an. »Was, zur Hölle, hast du da hineingetan?«

Er erhob sich, ging zu ihr, entschlossen, seinen Plan durchzuführen. »Trink das«, knurrte er, und sie wich zurück wie vor einem in die Enge getriebenen Tier. »Trink!«

»Nein«, sie schüttelte heftig den Kopf, »ich werde nicht zulassen ...«

»Verdammt, trink.«

Er packte sie und warf das zierliche Mädchen aufs Sofa, wo es ihn mit offenem Mund verblüfft anstarrte. Newton holte den Becher, drückte ihren Unterkiefer nach unten und flößte ihr den Trank ein. Dann trat er zurück und wartete ab.

»Du Narr.« Häßlich war sie jetzt mit dem haßverzerrten Gesicht, der braun verschmierte Mund spuckte die Worte aus. Er wußte, zwar hatte er sie nicht physisch getötet, aber dafür war jedes Fünkchen Achtung für ihn in ihr gestorben. Aber das war nicht wichtig – noch nicht. »Du kannst ihn bekämpfen, aber was du auch tust, er kann nicht verlieren. Paßt das nicht in deinen alten Dickschädel? Du kannst ihn nicht besiegen. Nie.«

»Ich kann es versuchen«, sagte er sanft. »Meine Seele wäre verdammt, wenn ich es nicht täte.«

»Deine Seele!« Sie lachte. Ein rauhes, heiseres Geräusch, das in den Raum platzte und im ganzen Haus widerhallte. »Was bringt dich auf den Gedanken, eine Seele zu haben? Ein Körnchen Erkenntnis, ein Atomkern von Intelligenz, der niemals dem Schock des Todes entgehen kann. Unsterblichkeit winkt nur dem Mutigen, der die Schrecken der Nacht nicht fürchtet.«

Er wartete ab, und endlich wurden ihre Augenlider schwer, die Zunge verrenkte sich zu unklaren Worten.

»Mein Liebster fliegt mit dem Nachtwind ... Furcht ist sein Atem ... Sein Raunen ist voller Verlangen ...«

Die Stimme erstarb, Celia schlief, und Newton machte sich zum Kampf bereit.

Aus dem Küchenschrank holte er einen Bohrer, einen Schraubenzieher und eine Packung extra-langer Schrauben. Damit ging er zu Celias Schlafzimmer hinauf, wo er nach frischen Spuren der Bestie suchte. Sie waren nicht schwer zu finden. Rechter Hand ihres Bettes lagen ein großes Oberbett und ein Kissen. Auf der Frisierkommode stand eine Schüssel mit trübem Wasser und alles weitere: ein Rasierer und eine Tube Rasiercreme. Irgendwie war dieses intime Alltagsbild sowohl entsetzlich als auch obszön. Der Gedanke, daß dieses Geschöpf (oh, mein Gott, wie mußte es gewachsen sein, daß es sich rasieren mußte!) sich die Stoppeln abschabte, machte Newton krank. Und auf diesen Gedanken folgte ein anderer – es hatte die Angewohnheiten eines Mannes.

Das Seitenfenster war weit geöffnet und gab den Blick auf die schlafende Landschaft frei. Newton schloß es und holte sein Werkzeug raus. Nach einer Weile war das Fenster vernagelt, so daß das Wesen nur noch direkt durch die Scheibe hätte ins Zimmer gelangen können. Aus einer plötzlichen Eingebung heraus malte er mit Celias Lippenstift je ein Kreuz auf beide Fensterscheiben. Drei Stunden benötigte er, um jedes Fenster des Hauses zu vernageln, wobei er immer den blauen Nachthimmel im Auge behielt.

Nachdem er die hintere und vordere Eingangstür verschlossen hatte, eilte er in den kleinen Garten und bereitete seine Feuerfalle vor. Sie war einfach und wirkungsvoll. So hoffte er wenigstens. Eine Mischung aus Paraffin, Kerosin und Petroleum wurde über die Mauern verspritzt, desgleichen wurde ein Holzstapel präpariert. Anschließend wurden Kanister, ein

Eimer und ein Fäßchen damit gefüllt. Nachdem er aus einem langen Holzscheit und mit Paraffin getränkten Lumpen eine Fackel gebastelt hatte, setzte sich Newton auf die Gartenbank und wartete.

Die Nacht war schön: In friedlicher Ruhe wölbte sich der Himmel über ihm und bot einen herrlichen Hintergrund für den kristallenen Mond und die kühl wie Diamanten glitzernden Sterne. Er hatte das absurde Gefühl, daß er der Fixpunkt für eine Billion von Augen war: eine unbedeutende biologische Spezies unter einem galaktischen Mikroskop, der die Sterne bei ihren lächerlichen Kämpfen zusahen.

Tobias streifte durch den Garten und rieb sich an Newtons Beinen. Er griff sich den Kater und nahm ihn auf den Schoß, wo er wohlig schnurrte und dann in einen kurzen Schlaf fiel. Newton grinste gequält, als er daran dachte, daß Tobias die unschuldige Ursache dafür war, daß er hier hockte, während seine betäubte Tochter in einem verschlossenen Haus lag und der Garten einem Brandsatz glich, der auf ein Streichholz wartete.

Der graue Morgen zeigte sich am östlichen Himmel, als Newton erstarrte und Tobias vorsichtig absetzte. Ein gewaltiger schwarzer Schatten schwang sich langsam aus dem Dunkel der Bäume. Er umkreiste das Haus, und als die monströse Gestalt über ihn hinwegflog, stockte Newton wegen ihrer Größe fast der Atem. Selbst ohne die gekrümmten Hinterbeine mußte sie etwa ein Meter sechzig lang sein, und die Flügelspannweite war erschrekkenderweise genauso gewaltig. Mit der nicht entzündeten Fackel schlich Newton dicht an der Hauswand entlang, immer bedacht, im Schatten zu bleiben. Mit ängstlicher Besorgnis beobachtete er den Flug des Monsters. Wie würde es reagieren, wenn es feststellte, daß das Haus verschlossen war? Wenn es die Scheiben durchbräche, wären alle Pläne vereitelt.

Nachdem es dreimal ums Haus geflogen war, glitt es langsam zu Celias Fenster, wo es landete und aufgeregt mit den Flügeln schlug. Der nachfolgende Schrei ließ Newton zusammenfahren, so viel Wut schwang darin mit. Ein nahezu wahnsinniger Schrei der Fassungslosigkeit. Unter den schlagenden Flügeln erschienen zwei dünne, lange Arme, und zwei klauenartige Hände hämmerten gegen die mondbeschienenen Fensterscheiben, wo die roten Kreuze wie blutige Striemen leuchteten.

Ein rauher Schrei, und wie elektrisiert fiel das Ungeheuer zu Boden. Dort kroch es zur Seite und untersuchte zitternd vor Schmerz oder Wut seine Hände. Dann hüpfte es auf und ab, blies kühlend auf die ausgestreckten Klauen wie ein geprügelter Schuljunge. Newton wagte sich etwas näher heran, immer noch an die Wand geduckt. An der Hausecke wäre er beinahe ins volle Mondlicht getreten, hätte er sich nicht im letzten Augenblick gegen die Wand gepreßt.

Hastig trat er zurück, und der Absatz eines seiner Schuhe knallte gegen die Hauswand. Sofort wurde das Monstrum ruhig: von einer hüpfenden Monstrosität in eine schwarze Statue verwandelt. Plötzlich drehte es den Kopf, und Newton starrte in das düster hübsche Gesicht, auf die herrlichen Augen und die ausgestreckten Krallen. Er wußte, daß es ihn sehen konnte, aber ihm kam der alberne Gedanke, daß es ihn vergessen würde, wenn er nur still bliebe. Die Krallen bewegten sich vorwärts, hüpfend wie ein geflügelter Ochsenfrosch. Die Hinterläufe fungierten als Sprungfedern, die halb gefalteten Flügel hielten das Gleichgewicht, und zweifellos lauerte etwas hinter den blauen Augen, das als Gehirn diente. Für einen Augenblick vergaß Newton sein Vorhaben, ignorierte das Gebot der Vernunft, jetzt zu handeln. Statt dessen gab er dem Entsetzen nach, drehte sich auf dem Absatz um und rannte.

Aus kleinen Schrecken wachsen mächtige Ungeheuer. Dieser Gedanke schoß ihm durch den Kopf, als er lief. Wenn er nur das kleine Ding, das Tobias angeschleppt hatte, zertreten hätte, müßte er jetzt nicht vor einem hopsenden Monsterfrosch, der wie ein zu groß geratener Spatz zwitscherte, davonlaufen. Eine plötzliche Eingebung sagte ihm, daß der Fluchtdämon von oben angreifen würde. Er stolperte über eine Wurzel und fiel ausgestreckt zu Boden. Dort blieb er liegen und wartete auf das Ende. Eine Minute, vielleicht auch mehr verging, bis er es wagte aufzusehen. Das Ungeheuer zog immer enger werdende Kreise und befand sich offensichtlich in Not. Es gab einen gequälten Schrei von sich und verlor etwas Höhe, wie ein angeschlagenes Flugzeug. Newton brauchte eine Weile, bis er den Grund dafür erkannte. Die ersten goldenen Sonnenstrahlen verbreiteten sich über den wolkenlosen Himmel. Sogleich wich die Furcht neuer Hoffnung: Der Fluchtdämon war ein Wesen der Dunkelheit, er scheute das Licht. Wie der legendäre Vampir würde sich dieses Ungeheuer mit der aufgehenden Sonne auflösen. Man sah ihm bereits an, daß ihm die Sonne nicht bekam. Es brauchte sofort einen schützenden Ort. Das Haus war verriegelt, auf der anderen Seite wartete der Schuppen im Garten – mit offener Tür. Newton wühlte in seiner Hosentasche, fand das Feuerzeug und steckte die Fackel in Brand.

Der Fluchtdämon setzte zu einer unsicheren Landung an. Er überschlug sich und stieß einige heisere Schreie aus, die die gerade aufwachenden Vögel in den Bäumen in die Flucht jagten. Das Monster richtete sich wieder auf und sprang geradewegs aufs Haus zu, das es instinktiv als Zufluchtsort erkannte. Newton hastete vorwärts, und mit einer Courage, die er bis zu diesem Augenblick nicht an sich gekannt hatte, stellte er sich ihm in den Weg und schwang die Fackel, wobei er langsam auf das Ungeheuer zuging. Die Fackel ließ das Ungeheuer zurückweichen. Newton nutzte die Situation und stieß die lodernden Flammen direkt in die verzerrte Fratze. Ein ohrenbetäubender Schrei, und er taumelte, kroch, wand sich am Boden, vergaß den nahenden Tag, verspürte nur den Drang, dem verzehrenden Feuer zu entkommen. Newton steuerte seine

Beute mit geschwenkter Fackel so, daß sich der Geräteschuppen genau im Weg des Monsters befand. Es brachte gerade noch fertig, die letzten Meter dorthin zu fliegen, dann verschwand es in der Tür. Newton, dessen Mut mit einemmal sank, warf die Fackel auf den ölgetränkten Holzstapel und schloß die Schuppentür. Hastig befestigte er das Vorlegeschloß, dann rannte er zum Haus hinüber.

Erst gab es ein Krachen, dann eine Explosion, und als er sich umsah, war der Schuppen eine riesige Stichflamme. Das Feuer hätte das Herz jedes Pyromanen höher schlagen lassen. Knallend, funkensprühend züngelten die Flammen empor, als wollten sie bis zu den verblassenden Sternen lecken. Das Dach stürzte ein, die Wände brachen zusammen, dann versanken die Flammen in schwarzem Rauch, und alles war vorbei. Als Newton endlich hinüberging, waren nur noch rauchende Trümmer zu sehen. Nur graue Asche, verkohltes Holz und ein paar Eisenstücke.

Dann brach er zusammen und weinte.

Am späten Nachmittag erwachte Celia. Sie sagte erst etwas, als ihr Vater ihr eine Tasse gesüßten Tee und einige Scheiben gebutterten Toast brachte.

»Was hast du mit … mit ihm gemacht?«

»Laß uns jetzt nicht davon sprechen«, bat er. »Warte, bis du wieder ganz du selbst bist.«

Sie lächelte. »Ich werde nie mehr ich selbst sein als jetzt. Was hast du mit ihm gemacht?«

»Ich ...« Er zögerte, dann antwortete er tapfer: »Ich habe ihn verbrannt. Im Geräteschuppen.«

Genießerisch nippte Celia an ihrem Tee, dann setzte sie die Tasse ab. Sie biß in ihren Toast, kaute langsam und meinte: »Ich verstehe.«

Er war verblüfft, aber auch ermutigt durch die Ruhe, mit der Celia die Nachricht aufgenommen hatte. Newton schöpfte wieder Hoffnung.

»Es ist vorbei«, sagte er. »Dieses Ungeheuer ist zerstört und wird dich nie wieder beeinflussen. Nun wollen wir es vergessen.«

»Nein, das wollen wir nicht.«

Er kniete an ihrem Sessel nieder und nahm ihre schlaffe Hand.

»Liebling, du mußt versuchen zu verstehen. Das Ungeheuer ist fort – zu Asche verbrannt –, nichts blieb.«

Sie aß den restlichen Toast, wischte sich den mit Butter verschmierten Mund am Handrükken ab. Dann lächelte sie wieder.

»Doch, es bleibt etwas.«

»Celia, Kleines, bitte höre ...«

Sie kicherte und kraulte ihm das Kinn mit ihren kalten Fingern.

»Du hörst jetzt zu, Väterchen. Sie werden schnell wachsen und sehr groß werden.«

Er schlug ihre Hand weg und stand auf.

»Wer?«

Gelächter schüttelte sie, ließ ihre Augen naß werden. Sie stieß hervor:

»Seine ... seine Kinder. Die ich jeden Augenblick bekommen werde.«

## Nachspiel

Der Vorhang fiel, das Licht ging an, und alle Monster strebten dem Ausgang zu, wobei sie die ersten Takte der ›Monster-Hymne‹ klatschten. Wieder im Restaurant begleitete man Donald zu seinem Tisch, wo Eramus und Manfred ihn höflich aber bestimmt in einen Sessel drückten.

»Wirklich«, protestierte er. »Ich muß mich auf den Heimweg machen. Es war ein unheimlich netter Abend, aber alle schönen Dinge haben einmal ein Ende.«

Der Vampir schaute zum Wervamp, und Eramus sprach für beide.

»Hab' noch nie 'nen Kerl gesehen, der so wild aufs Heimgehen war. Ehrlich, Mann, mögen Sie keine Geselligkeit?«

»O doch.« Donald beeilte sich, keine Zweifel an seiner Kontaktfreudigkeit aufkommen zu lassen. »Ich liebe Parties und gehe gerne ins Kino oder lasse mir Geschichten erzählen. Und natürlich mag ich Bekanntschaften mit ungewöhnlichen ... Leuten.«

»Also dann«, Eramus wollte weiter streiten, aber der Ghul klopfte mit seinem Reißmesser auf den Tisch und erhob sich mit großer Würde.

»Gentlemen, liebe Mitglieder, ich bitte um Ihre freundliche Aufmerksamkeit für eine kleine Rede. Ich bin – vermutlich irrig – der Meinung, daß sich unser Gast ein wenig unbehaglich in dieser – keine falsche Bescheidenheit – erlesenen Gesellschaft fühlt.«

Unter den Monstern wurden einige ›Ahs‹ und ›Ohs‹ laut, und alle schauten sich überlegen und selbstzufrieden an. Der Ghul klopfte wieder auf den Tisch.

»Ich gehe einen Schritt weiter. Ich wage sogar zu behaupten, daß er sich uns unterlegen fühlt, der bevorzugten Minderheit. Denn, Gentlemen, ist es nicht eine unbestrittene Tatsache, daß die kleine Elite immer über der Masse steht?«

Manfred meinte: »Richtig. Er hat den Nagel auf den Kopf getroffen.«

Alle anderen nickten feierlich mit Ausnahme von Donald. Dieser fühlte sich allmählich wie ein Müllkutscher, der sich ins Raucherzimmer des ›Junior Carltons‹ verirrt hatte.

»Aber«, der Ghul hob seinen Zeigefinger und machte eine bedeutsame Geste, »ist nicht für uns die Zeit gekommen, unsere Denkweise zu überprüfen? Nachdem ich Pro und Contra gegeneinander abgewogen, die eindeutigen Aussagen herausgefiltert, beobachtet und gelauscht, gelesen und verglichen habe, bin ich zu dem Schluß gekommen, daß wir kein Recht haben, uns der menschlichen Rasse überlegen zu fühlen.«

Diese Erklärung wurde von allen Seiten mit einem Sturm des Protests aufgenommen. Man hörte einen fanatischen Wergul »Blasphemie« schreien, und eine ältliche Vampir-Dame vertrat lautstark die Ansicht, daß der Ghul in Öl gesotten werden müßte. Aber der Vorsitzende schien nicht von dem Aufstand, den seine Worte verursacht hatten, berührt zu werden.

Ruhig wartete er, bis die Ordnung wiederhergestellt war. Dann konnte er sich abermals Gehör verschaffen.

»Freunde, ich bin bekümmert, daß ich euch mit dieser unerquicklichen Wahrheit konfrontieren muß. Aber zählen wir unsere Gaben auf, messen wir unsere Leistungen und wägen wir sie dann ab gegen die der verachteten Menschen. Wir saugen, jagen, reißen, schlürfen, schlingen und pfeifen gelegentlich. Mit welchem Ergebnis?«

Ein gewaltiger Vampir erhob sich und brüllte:

»Ich trocknete letztes Jahr einhundert Menschen aus. Welcher Mensch kann sich damit brüsten?«

»Und ich«, beeilte sich ein Reddy zu verkünden, »habe mehr als zweihundertfünfzig ausgeschlürft.«

»Und ich habe mehr als hundertundneunzigmal das Maul aufgerissen«, stellte ein Maddy fest.

»Hab' dreihundert ausgepustet«, meinte ein Mock stolz.

»Ich pfiff mehr als tausendmal«, sagte ein Shadmock mit sanfter Miene und gab vor, das bewundernde Raunen, mit dem seine Leistung anerkannt wurde, zu überhören. Dann holte der Ghul zum Gegenschlag aus.

»In den vergangenen sechzig Jahren haben die Menschen hundertfünfzig Millionen Exemplare ihrer eigenen Gattung vernichtet. Keine Mühen wurden gescheut, um diese astronomische Zahl zu erreichen, und den angewandten

Methoden gebührt unsere uneingeschränkte Bewunderung. Viele schwerwiegende Nachteile auf seiten der Menschheit konnten sie durch ihre wunderbare Schläue ausgleichen. Da sie keine Klauen, Reißzähne oder einen erwähnenswerten Pfiff besaßen, erfanden sie Gewehre, Panzer, Flugzeuge, Bomben, Giftgas, Konzentrationslager, Säbel, Bajonette, Todesfallen, Atombomben, Raketen, U-Boote, Kriegsschiffe, Flugzeugträger und Automobile. Außerdem haben sie eine perfekte Technik entwickelt, wie man eine tödliche Krankheit über jeden beliebigen Erdteil verbreiten kann.

Während ihrer kurzen Geschichte haben sie andere Menschen durch Hängen, Verbrennen, Enthaupten, den elektrischen Stuhl, Erwürgen, Erschießen, Ertränken, Rädern, Zerquetschen, Bauchaufschlitzen und andere, für die empfindlichen Mägen der hier Versammelten zu widerliche Methoden umgebracht.«

Dem Ghul gingen die Worte aus, und er rang nach Luft. Die übrigen Clubmitglieder waren verstummt. Donald stellte fest, daß er den Anlaß ihrer wachsenden Bewunderung geworden war.

»Ich ahnte nicht, daß Sie so begabt sind.« Voller Verblüffung starrte der Wervamp ihn an.

Donald errötete. Er war nun mal ein sehr bescheidener junger Mann.

»Ich wollte nicht prahlen«, gestand er.

Bei diesen Worten stand der Präsident, der große Lintom Busotsky persönlich, auf und bleckte seine Eckzähne zu einem ergriffenen Lächeln.

»Freunde ... ich schätze, wir alle sind Bruder Ghul dankbar für den er-leuch-tenden und lehr-reichen Vor-trag, den zu hören wir aus-erwählt waren. Ich möchte Sie des-halb bitten, Ihre Gläser zu füllen und mit einen Toast auf jenen auszu-spre-chen, dessen Blut uns berei-chern wird, dessen Taten unvergleichlich sind und dessen böse Absichten so viel für die Zukunft versprechen.«

Die Gläser wurden mit den Getränken gefüllt, die den einzelnen Mitgliedern zusag-ten. Dann wandte sich der majestätische Präsi-dent zu Donald und hob sein Glas.

»Brüder ... ich übergebe euch das wunder-samste, ungewöhnlichste, begabteste, das dia-bolischste, blutigste, das mord-lustigste, das größte Monster von uns allen. DEN MENSCH.«

Eine Menge haariger, zähnefletschender, schuppiger und boshafter Verbeugungen wurde gegenüber Donald gemacht. Ein Chor seltsamer Stimmen kreischte, röhrte, zischte, quiekte oder schrie einfach lauthals das Wort: »MENSCH!«

Als die Gläser geleert waren, wurden sie gegen die nächste Wand geworfen. Einige allerdings hatten ein noch günstigeres Ziel ent-deckt, wie das Wutgeheul eines verwundeten Wervamps bewies. Dann ergriff der Präsident abermals das Wort.

»Leute, ich möchte hier-mit vorschlagen, die-sen Monstermensch als Mitglied in unseren er-lesenen Zirkel zu er-wählen.«

Der Ghul stand auf und räusperte sich. »Herr

Präsident, ich möchte Ihren Vorschlag unterstützen.«

»Alle, die das befürworten, mögen dies in der üblichen Form be-zeugen.«

Ein einmütiger Chor von »Ajas« verkündete, daß Donald McCloud in den exklusivsten Club der Welt aufgenommen worden war. Der Ghul schüttelte ihm würdevoll die Hand, der Wervamp klopfte ihm auf die Schulter. Eramus knuffte ihn in die Seiten, und ein reizendes Vampirfräulein küßte ihn auf die Wangen. Wäre sie nicht im rechten Moment fortgezogen worden, hätte sie zweifellos ihrem Vergnügen in weitaus bissigerer Form Ausdruck verliehen. Dann baten die Monster einhellig um eine Rede, und Donald wurde aus dem Sessel gezogen und stand einem erwartungsvollen Publikum gegenüber. Nicht an öffentliche Auftritte gewöhnt, begann er knapp und etwas zögernd.

»Ich möchte ... Ihnen allen danken ... für die ... für diese große Ehre ... die Sie mir zuteil werden lassen. Und ich möchte sagen ... daß ich mein Bestes geben werde ... ein Monster zu sein ... auf das Sie stolz sein können.«

Er nahm wieder Platz. Und während rings um ihn schallende Hochrufe laut wurden, erhielt er von Eramus einen dreifachen ›Bloody Mary‹.

Augenblicklich verstummte der Tumult, jeder kehrte zu seinem Tisch zurück, doch es lag eine Spannung in der Luft. In Donalds nächster Gesellschaft wurde es merkwürdig ruhig nach der Gratulationsrunde. Betreten starrten seine neuen Freunde in ihre leeren Gläser. Schließlich ergriff der Ghul das Wort.

»Nun, mein Lieber, sind Sie ein richtiges Mitglied. Wie aufgeregt Sie sein müssen.«

»Ja«, erwiderte Donald, der inzwischen seinen dreifachen ›Bloody Mary‹ geleert hatte und etwas überdreht war. »Ab... absolut großartig.«

»Das freut mich«, murmelte der Ghul. »Ich hasse es nämlich, Geschäftsangelegenheiten mit den Vergnügungen zu vermengen. Aber ich glaube, Sie zahlen sicherlich Ihre Aufnahmegebühr. Geben Sie von ... eh ... Herzen, sozusagen.«

»Gebühren?«

»Ja, es gibt einen Mitgliedsbeitrag, der immer etwas hart ankommt im ersten Jahr. Außerdem ist es Tradition, daß ein neues Mitglied an seinem ersten Abend im Club die Zeche für alle bezahlt. Ich nehme an, daß Sie nicht gegen diese Tradition verstoßen wollen.«

»Nein ... Nein, gewiß nicht. Wieviel schulde ich?«

Der Ghul winkte dem in der Nähe stehenden Kellner, der mit einer unglaublich langen Rechnung erschien.

»Wieviel wird der Spaß heute abend kosten, Markus?«

Der Kellner schaute auf die Rechnung.

»Drei Runden Mixgetränke, Essen für acht, acht Kinokarten, Garderobe und zehn Prozent Bedienung. Das macht zwei-zwei, Sir.«

Der Ghul runzelte die Stirn und bemühte sich um einen gequälten Gesichtsausdruck.

»Dann ist da noch Ihr Beitrag – macht noch mal zehn. Fürchte, Sie müssen drei-zwei flüssigmachen.«

Donald griff nach seiner Brieftasche, während er einen Seufzer der Erleichterung ausstieß. »Das ist alles? Drei Pfund, zwei Pence? Das nenne ich vernünftig.«

Der Ghul wirkte sehr verlegen und wählte seine Worte sorgsam.

»Ich merke, Sie haben nicht ganz verstanden, werter Freund. Wir handeln hier nicht mit menschlicher Währung. Ihre Gesamtrechnung beläuft sich auf zweiunddreißig Liter.«

»Zwei...unddreißig Liter! Wovon?«

»*Blut*!«

»Natürlich«, der Ghul tat sein Bestes, den Schlag zu mildern. »Niemand wird erwarten, daß Sie alles auf einmal zahlen. Wir sind keine Blutsauger – jedenfalls nicht im übertragenen Sinne. Außerdem würden Sie das ja gar nicht überstehen. Nein, ich würde sagen, zwei Liter sofort und den Rest ... nun ... am Sankt-Nimmerleins-Tag.«

Donald gestattete sich eine kurze Denkpause, dann entschloß er sich, schnell zu handeln. Tatsächlich schaffte er bis in die Vorhalle, wo ihn der Vampir an der Rezeption abfangen mußte. Begleitet von einem höhnischen Pfeifkonzert und Buhrufen schleifte man ihn zum Tisch zurück. Der Ghul sah schockiert und betroffen aus.

»Ein Zechpreller.« Traurig schüttelte er den Kopf. »Wer hätte das gedacht? Ein kümmerlicher Zechpreller.«

Dann kam ein mit einer Kochmütze und einem weißen Overall bekleideter Vampir aus der Küche, der die größte und längste Injektionsspritze trug, die Donald jemals gesehen hatte.

Ein Wergul, ein Wervamp, ein Werwolf und Eramus waren nötig, um ihn ruhig zu halten, als der erste Liter abgesaugt wurde.

ENDE

# Die Schwiegermutter

Jason Dark

Ich haßte sie!

Ja, ich haßte sie so sehr, wie man einen Menschen überhaupt hassen kann, ohne daß man ihn einfach umlegte, wenn man ihn sah.

Es war mehr ein stiller Haß, einer, der im Verborgenen blühte und nicht aus dem Bauch kam. Ein vergifteter Stachel, zuerst nur leicht piekend, im Laufe der Jahre immer tiefer dringend, aber nie nach außen schauend.

Ich machte den Haß mit mir selbst aus. Ich habe meiner Frau nie davon berichtet – warum auch? Sie hätte es nicht verstanden, denn sie liebte ja ihre Mutter.

Ich nicht!

Für eine Woche hatte sie nur kommen wollen, mittlerweile war die Zeit überschritten. Mit jedem Tag, den sie länger blieb, wurde sie fröhlicher. Mir allerdings ging es immer schlechter.

An diesem Tag waren meine Frau und ihre Mutter schon aufgestanden. Als ich mich aus dem Bett quälte und auf der Kante sitzen blieb, hörte ich unten ihre Stimmen.

Natürlich war *ihr* Organ nicht zu überhören. Sie beschwerte sich bei meiner Frau über ihren verschlafenen und faulen Schwiegersohn, der, anstatt die Mülleimer vor die Tür zu stellen, noch im Bett lag und es sich gutgehen ließ.

»Von wegen gut!« flüsterte ich mir selbst zu. »Solange ich dich ertragen muß, geht es mir schlecht.«

Ich saß weiterhin auf der Bettkante, den Blick ins Leere gerichtet. Mit einem Gesicht, in dem die Schlaffalten noch nicht geglättet waren. Ich sah zerknittert aus, zudem hatte ich in der

Nacht nicht besonders geschlafen und öfter von *ihr* geträumt.

Plötzlich grinste ich. Das Gefühl war da und auch der Drang, grinsen zu müssen. Ich wollte mich nicht mehr länger ärgern, ich hatte es lange genug getan, ich wollte mich rächen, ich würde mich rächen, ich würde meinen Haß auf eine subtile Art und Weise ausleben können.

Natürlich wußte Diana nichts davon. Hätte ich ihr nur ein Wort gesagt, sie hätte sich scheiden lassen, wäre durchgedreht. Das wollte ich nicht riskieren.

Diana war nicht so übel. Man konnte schon mit ihr leben und auskommen, jedenfalls hatten wir uns in den elf Jahren aneinander gewöhnt. Okay, das erste Feuer der Liebe war verflogen, aber es hatte auch nie die großen Kräche zwischen uns gegeben, es war eine normale Ehe geworden, bis eben auf die Tatsache der Schwiegermutter.

Sie hatte die Angewohnheit, sich überall einzumischen. Sie verschoß ihre Giftpfeile, ohne es zu merken. Sie war einfach so, aber sie würde nicht mehr lange so sein, das hatte ich mir fest vorgenommen. Man mußte nur intensiv genug nachdenken und seine Erfahrungen mit einbringen, dann kamen die Dinge in Fluß.

Das alles hatte ich mir vorgenommen, das wollte ich in die Tat umsetzen.

Pfeifend betrat ich das Bad und drehte die Dusche an. Ich spülte den Schweiß der Nacht weg, aber nicht die trüben Gedanken. Das Rauschen des Wassers erinnerte mich an die Brandungswellen der Karibik, wo ich einige Jahre gelebt hatte, weil ich die herrlichen Farben dort studieren wollte.

Es war eine wunderbare Zeit gewesen, eine wichtige Zeit für einen Künstler wie mich, der in der Werbung sein Geld verdiente.

Jetzt wissen Sie schon einiges über mich, aber zu wenig über das Objekt meines Hasses.

Keine Sorge, Sie werden es noch erfahren. Sie sollen ja der Beobachter sein und sich mitfreuen, wenn ich von meinen Plänen und Taten berichte.

Ich hatte ja schon damit begonnen. Klammheimlich, und ein Erfolg mußte sich einfach einstellen.

Vor dem Spiegel stehend, schaute ich mir mein Gesicht an. Die Frische der Jugend hatte es verloren. Es war älter geworden, ein Spiegel der Seele, denn die Erfahrungen eines Lebens spiegelten sich in den Zügen wider.

Mit den gespreizten Fingern kämmte ich das nasse Haar zurück. Einmal, zweimal, war irritiert. Als ich den hochstehenden Wirbel am Beginn des Hinterkopfes auch beim dritten Versuch nicht glatt bekam, gab ich auf.

Es hatte keinen Sinn, damit kämpfen zu wollen. Ich mußte wohl schief gelegen haben.

Das graue Leinenhemd mit den großen Taschen und die hellen Jeans zog ich an, bevor ich nach unten ging.

Auf der Treppe dachte ich wieder an sie. Wie sie da unten hocken würde, so breit, so fett, so grinsend, buddhaähnlich. Ich hörte sie nicht mehr reden, auch meine Frau sprach nicht.

Dafür drang das Geräusch eines abfahrenden

Autos an meine Ohren. Diana fuhr sicherlich zum Einkaufen.

Licht flutete in den Wohnraum, der nach unseren Plänen gebaut worden war. Mit viel Glas und wenig Mauerwerk. Wir aßen zumeist an einem runden Holztisch. Ich hatte ihn aus der Karibik mitgebracht und die dazu passenden Stühle nachgekauft.

Bevor ich den Raum betrat, atmete ich noch einmal tief durch. Keep smiling, Frank, dachte ich, immer nur lächeln. Du bekommst noch deinen Trimph.

Sie saß tatsächlich am Tisch, als hätte sie nur auf mich gewartet.

Und sie starrte mich an, als wollte sie mich hypnotisieren.

»Morgen, Frank«, sagte sie.

Meine Lippen zuckten. »Guten Morgen, Brunhilde.«

Ja, sie hieß tatsächlich Brunhilde – ein Wahnsinn. Ich weiß nicht, woran Sie der Name Brunhilde erinnert, ich jedenfalls dachte dabei an Richard Wagner, an die Walküren, an Bayreuth, an Festspiele im Hochsommer, an schwitzende Menschen, die sich im Smoking oder Abendkleid gequetscht hatten, auf durchgesessenen Sitzpolstern hockten, stundenlang auf die Bühne schauten, umgeben von den Düften der teuersten Edelparfüme.

Ich mochte Wagners Musik nicht, ich mochte die Walküre nicht, ich mochte Brunhilde nicht.

Dennoch setzte ich mich. Ihr gegenüber nahm ich Platz und ließ mir ihren sezierenden Blick gefallen.

»Ist was?« fragte ich. »Habe ich vielleicht etwas an mir?«

»Nein, du bist wie immer.«

»Dann ist es ja gut.«

»Schlecht siehst du aus. Hast lange im Bett gelegen, zu lange, wie?« Ihre Stimme war nie normal. Brunhilde sprach stets keifend und gleichzeitig lauernd, als wäre sie mißtrauisch.

Ich enthielt mich einer Antwort und schaute sie an. Nicht nur die Stimme widerte mich an, auch ihr Äußeres schmerzte fast meinen Augen. Sie war ein Kloß, ein mächtiger, fetter Kloß. Ihr Gewicht lag jenseits der Zwei-Zentner-Grenze, und die wabbelnden Massen packte sie stets in den Stoff eines geblümten Kittels. Aus dem oberen Ausschnitt schaute der Hals nur mehr als Stumpf, auf dem wiederum der Kopf saß. Eine runde Kugel mit Pausbacken, gefärbten Locken – natürlich mahagonifarben –, was überhaupt nicht zu ihr paßte, und Augen, die mich noch nie freundlich angeschaut hatten.

Ich hatte lange nach einem Vergleich gesucht, um diesen Blick beschreiben zu können. Es war schwer gewesen, da eine Lösung zu finden. Zuletzt hatte ich ihre Pupillen mit dunklem Eis verglichen, das auf der Oberfläche allmählich taute.

Ihre Nase war klein und etwas nach oben gebogen, das Kinn eine Speckmasse, und die Farbe der Haut erinnerte mich an kaltes Rinderfett, das ich auch nicht mochte.

Ich schenkte mir Kaffee ein. »Wo ist Diana?« fragte ich wie nebenbei.

»Weg.«

»Das habe ich gehört. Wohin?«

»Sie wollte in die Stadt.«

»Ach so. Weißt du, wann sie zurückkehrt?«

»Nein.« Brunhilde atmete geräuschvoll aus. »Wahrscheinlich bleibt sie den Tag über weg. Sie hatte vor, sich mit Ellen zu treffen. Die beiden wollen einen Einkaufsbummel machen. Ellen ist sich immer unschlüssig, was sie kaufen soll, meine Tochter berät sie dann. Sie hat ja einen sehr guten Geschmack, von Ausnahmen einmal abgesehen.« Bei ihrer letzten Bemerkung lächelte sie hinterlistig.

Ich hatte kaum zugehört, das Wichtigste allerdings mitbekommen. Innerlich stöhnte ich auf. Einen Tag mit ihr allein zu sein, das kam schon einer Folter gleich.

Oder ...?

Ein wahnsinniger Gedanke schoß mir durch den Kopf. Ein verrückter, ein herrlicher, ein tödlicher ...

Ich ließ mir nichts anmerken. Mit normaler Stimme fragte ich noch einmal nach. »Und sie bleibt tatsächlich den ganzen Tag weg?«

»Bestimmt.« Brunhilde grinste. »Du siehst, Frank, wir sind die Stunden allein im Haus.«

Ich knetete mein Gesicht. »Ja, das weiß ich. Ich habe zu tun. Du kannst also auch gehen, wenn du willst.«

»Ich bleibe hier.«

»Meinetwegen.« Wahrscheinlich hatte sie auf einen Protest gewartet, den Gefallen tat ich ihr nicht, sondern nahm die erste Toastscheibe und belegte sie mit Putenfleisch.

Ich hatte Hunger, denn ich gehöre zu den

Frühstücksmenschen, aber wenn ich nach vorn schaute und das Gesicht dieser Person sah, verging mir der Appetit. Nur mühsam würgte ich die Scheibe hinunter, trank Kaffee dazu und fühlte mich von ihren Blicken auch weiter seziert.

Selbst auf die Morgenzigarette verzichtete ich, tupfte mir die Lippen ab und stand auf.

»Gehst du in dein Büro?«

»Ja.«

»Wie lange?«

»Hör zu, ich bin kein Beamter, wie es dein Mann gewesen ist. Ich kann die Griffel nicht nach dem Mittag fallen lassen und mich zurückziehen. Wahrscheinlich arbeite ich bis zum Abend durch. Du brauchst auch nicht zu kochen.«

»Ich muß was essen.«

»Klar.« Mein Blick flog über ihren runden Körper. »Ich gönne dir jeden Bissen.«

»Ehrlich?« Sie schaute mich so hintergründig lächelnd an, daß ich unsicher wurde. »Am liebsten würdest du mir doch eine Fischgräte quer in den Hals stecken, damit ich das Zeitliche segne.«

Ich hätte nein sagen können, aber ich wollte sie nicht anlügen. Wortlos drehte ich mich um und verließ den Raum. Über die Holztreppe schritt ich hoch in mein Reich.

Die oberen Etagen hatte ich als Arbeitszimmer und Atelier ausbauen lassen. Auch hier hatte ich Luft und Licht haben wollen, deshalb konnten die Strahlen der Sonne ungehindert durch das Glas fließen.

Es war ein wunderbares Arbeiten. Ich kam mir stets vor, als würde ich auf einem großen Turm sitzen und über das Land hinwegschauen. Tatsächlich fiel mein Blick über viel Grün hinweg, bis zu den Klippen hin, wo das Meer gegen die Kreidefelsen brandete, die für diese Gegend im Süden Englands so typisch waren.

Wir beide waren allein bis zum Abend. Dieser Gedanke trieb Hitzewellen durch meinen Körper. Das war wunderbar, das war etwas Besonderes, der Zufall hatte mir die Chance gegeben.

Ich nahm nicht hinter meinem großen Arbeitstisch Platz. Vor dem bis zum Boden reichenden Dreiecksfenster blieb ich stehen und dachte über sie und mich nach.

Und über einen dritten Punkt.

Ihn mußte ich haben, er gehörte dazu, er war eigentlich der Joker in diesem Spiel.

Ich drehte mich um und trat vor das Regal, in dem nicht nur Bücher standen.

Ich reckte mich und streckte die Arme dabei in die Höhe. Aus dem oberen Fach dicht unter der Decke nahm ich den gewissen Gegenstand hervor. Er war leicht, nicht sehr groß, fand bequem auf meiner Hand Platz, und ich betrachtete ihn mit glänzenden Augen.

Er war eine Puppe!

Nicht irgendeine, nein, eine sehr außergewöhnliche Puppe, eine besondere, die mir helfen sollte, das Problem Schwiegermutter aus der Welt zu schaffen.

Eine Voodoo-Puppe!

Erinnerungen wurden wach. Erinnerungen an die Karibik, wo ich einige Jahre verbracht und mich mit den Menschen dort angefreundet hatte. Auch mit Coco Lopez, einem Menschen, den ich nie vergessen würde, dem ich das Leben gerettet hatte, als Weiße ihn fertigmachen wollten, und der sich mir gegenüber sehr dankbar gezeigt hatte.

Er hatte mich in die Geheimnisse des Voodoo eingeweiht.

Viel später erfuhr ich, daß Coco Lopez ein Medizinmann und Schamane war, da aber hatte ich schon sehr viel über den Begriff Voodoo erfahren. Es hatte lange gedauert, über ein Jahr, bis ich mich zu den Experten zählen konnte, und Coco Lopez hatte nie die Geduld mit mir verloren. Er war der Meinung, daß es sich bei mir lohnen würde.

Fürwahr, es hatte sich gelohnt, denn mittlerweile konnte ich mit dem geheimnisvollen Zauber umgehen. Ich beherrschte ihn sogar, ich wußte über die Magie Bescheid, über die geheimnisvollen Kräfte, die kanalisiert werden mußten, um den zu treffen, den man als seinen Feind ansah und treffen wollte.

Nicht nur der Glaube, das Wissen und die Einstellung waren wichtig – auch die Puppe.

Ja, genau sie, dieser unfertig wirkende Gegenstand, für die meisten grob, häßlich, für mich jedoch wichtig. Die Puppe mußte die Umrisse eines Menschen zeigen.

Ich hatte mir aus der Karibik ein entsprechendes Holz mitgebracht, das von meinem Freund, dem Schamanen, geweiht worden war. Er hatte das Holz besprochen, durch magische Rituale wertvoll gemacht und es mir geschenkt. Noch deutlich erinnerte ich mich an seine sehr ernst gesprochenen Abschiedsworte.

»Irgendwann wird es dir einmal helfen!«

Damals hatte ich gelächelt, jetzt lächelte ich nicht mehr, jetzt würde es mir nutzen.

Ich ließ mich in den Klubsessel fallen, dessen Geflecht ächzte wie ein sterbendes Tier, als es den Druck bekam. In der linken Hand hielt ich die Puppe und schaute sie mir noch einmal an.

Ich war kein Schnitzer und hatte es nur unter großen Mühen geschafft, aus dem Stück Holz einen menschenähnlichen Gegenstand zu formen. Kopf und Körper bildeten zwar eine Einheit, doch ein echter Schnitzer hätte darüber nur den Kopf geschüttelt.

Darauf kam es nicht an. Wichtig waren andere Dinge. Die Einstellung, das magische Flair und natürlich die Dinge, die einer Voodoo-Puppe anhaften mußten.

Da war das Stück Stoff, das auf der Brust der Puppe klebte. Ich hatte es aus Brunhildes Lieblingskleid herausgetrennt, allerdings hinter dem Saum, damit es nicht auffiel. Dunkelblauer, billiger Stoff, der schon kratzte, wenn ich mit den Fingerkuppen über ihn streifte.

Am Kopf klebte eine Locke von ihrem gefärbten Haar. Sie hing so, daß ihr Ende gegen das Gesicht streifte.

Diese beiden Details reichten mir noch nicht, deshalb hatte ich, ohne daß es aufgefallen war, Blut gesammelt. Ihr Blut. Ich erinnerte mich noch genau daran, wie sie sich in den Finger geschnitten und geflucht hatte.

Mir war es gelungen, einige Tropfen davon zu sammeln und den Unterkörper der Puppe damit zu beschmieren.

Das mußte ausreichen.

Ob es tatsächlich ausreichte, würde sich in den nächsten Minuten herausstellen. Es sollte ein erster Test werden, ich wollte noch nicht in die Vollen gehen, nein, Brunhilde mußte leiden. Sie hatte mich lange genug malträtiert.

Die Puppe war wichtig, doch ohne die Nadeln konnte ich auch mit ihr nichts anfangen.

Sie gehörten zu meinen wertvollsten Schätzen. Drei hatte mir der Schamane zum Abschied geschenkt. Selbst Diana wußte nichts von ihnen. Ich hatte sie stets vor ihren neugierigen Augen verstecken können.

Aus der untersten Schublade und vergraben unter einigen Zeichnungen holte ich die drei Nadeln hervor. Sie steckten in einem kleinen Lederetui, vergleichbar mit dem, in dem Dartpfeile schonend aufbewahrt wurden.

Die Nadeln besaßen auch den ungefähren Durchmesser der schmalen Dartpfeile, bestanden aber aus einem dünnen, wenn auch sehr hartem Holz, und nur ihre Spitzen waren aus Metall.

Ich nahm wieder in meinem Korbsessel Platz, hielt die Puppe in der linken Hand und die erste Nadel in der rechten. Jede Nadel war am Ende noch mit einer dünnen, roten Feder geschmückt. Sehr leicht, nicht mehr als ein Hauch.

»Brunhilde«, flüsterte ich, »so lange habe ich darauf gewartet. Jetzt wirst du es büßen müssen. All die verdammten Quälereien, das Aufstacheln deiner Tochter gegen mich, das Hetzen, die ewigen Besuche, dieses Verachten meiner Person. Ich schwöre dir, daß du den heutigen Abend nicht mehr erleben wirst. Und keiner wird feststellen können, weshalb du plötzlich tot bist. Herzschlag? Klar, der Doc wird kommen, dich untersuchen und nur die Schulter heben. Achtung, Brunhilde – jetzt!«

Ich visierte das linke Bein an. Am Oberschenkel wollte ich sie erwischen. Tief hineinstechen, sie sollte etwas spüren, ich wollte sie hier oben schreien hören.

Die Spitze traf.

Tief drang sie in das Holz ein – und ...

Der Schrei gellte auf, er zermarterte meine Ohren, aber nicht sie hatte geschrien, sondern ich ...

Der Schmerz war böse, er war grauenhaft, er war beißend. Mein rechtes Bein schien in Flammen zu stehen. Ein Feuer, das vom Oberschenkel abwärts loderte, seinen Weg durch die Wade fand und hinein bis in den Fuß drang.

Ich konnte nicht vermeiden, daß mir Tränen in die Augen stiegen. Die Puppe rutschte mir aus der Hand, rollte über mein Knie und fiel zu Boden.

In einem Reflex hatte ich die Nadel wieder herausgezogen, saß im Sessel und umklammerte mit beiden Händen meinen Oberschenkel, ohne jedoch das ›Feuer‹ löschen zu können.

Ich stöhnte, ich ächzte, es war der Wahnsinn. Am liebsten hätte ich mir das Bein abgehackt, das aber war nicht möglich. So drückte ich mich nur so gut wie möglich zurück und streckte das rechte Bein aus. Es brannte noch immer. Auf meiner Stirn lag der kalte Schweiß, er lief in kleinen Bächen die Wangen hinab und versickerte im Hemdkragen. Ich fluchte und betete in einem, und ich wußte, daß ich irgend etwas falsch gemacht hatte.

Aber was?

Ich hatte keine Ahnung, es war alles so schrecklich, überhaupt nicht gelaufen. Mein Blick glitt über die linke Sessellehne hinweg. Neben dem Korbmöbel lagen die Puppe und die Nadel. Alles hatte ich richtig gemacht, keinen Fehler begangen und jetzt das.

Wieviel Zeit vergangen war, bis ich mich einigermaßen besser fühlte, konnte ich nicht sagen. Irgendwann stand ich auf und versuchte zu gehen. Es klappte einigermaßen, auch wenn ich mein rechtes Bein nicht durchdrücken konnte und ich es hinter mir herschleifte.

Brunhilde!

Dieser Name brannte sich förmlich in meinem Hirn fest. Ich konnte nur an sie denken. Dieses verdammte Weib hatte ich erwischen wollen, doch das Gegenteil war der Fall gewesen.

Ich haßte sie noch mehr als bisher. Und der Haß wurde ebenfalls zu einer Flamme, die das andere Brennen übertünchte.

Wütend riß ich die Tür auf, wollte ihren Namen durch das Haus schreien, hatte schon Luft geholt und ließ es bleiben. Nein, nur keine

Schwäche zeigen. Nicht ihr gegenüber. Zusammenreißen, hieß die Devise.

Plötzlich wollte ich sie sehen, einfach vor ihr stehen und sie anschauen.

In der Küche lagen Messer. Scharfe Messer mit breiten Klingen. Ihr eine davon in den Hals zu stoßen, wäre fast ein Vergnügen für mich gewesen. Ich hörte mich selbst unregelmäßig gehen, als ich die Treppe hinabschritt. Den Geräuschen nach zu urteilen mußte sie sich in der Küche aufhalten. So vorsichtig es mein Bein erlaubte, bewegte ich mich auf die Küche zu.

Brunhilde drehte mir den Rücken zu. Eine Masse Fleisch im geblümten Kittel, ein speckiger, kurzer Nacken, die Locken auf dem Kopf, ein widerliches Bild.

Sie hielt das Messer in der Hand, von dem ich geträumt hatte. Die breite Klinge zerschnitt rohes Fleisch zu irgendwelchen Gulaschstükken, und bei jedem Druck quoll noch Blut aus den Fasern.

Ich beobachtete sie eine Weile und stellte mir vor, daß das Fleisch ihr Körper war.

»Warum kommst du nicht in die Küche und stehst da schweigend herum?« fragte sie mich.

Ich bekam einen roten Kopf, weil ich mich ertappt fühlte wie ein Sünder.

»Schon gut«, sagte ich.

Sie drehte sich um, legte das Messer nicht weg und hielt es mit der Klinge nach oben.

In diesem Moment kam sie mir vor wie ein Monster. Ihr breiter Mund zeigte ein Grinsen, das mir einfach zu wissend vorkam. Aber woher hätte sie etwas wissen können?

Nein, bestimmt nicht.

Ich verlagerte mein Gewicht. Sie merkte, daß ich nicht in Ordnung war. Ohne das widerliche Lächeln abzustellen, fragte sie: »Ist was mit deinem Bein, Frank?«

»Überhaupt nicht.«

»Sah so aus.«

»Machst du das Essen für uns?« Ich bemühte mich, unverfänglich zu fragen.

»Ja, für den Abend. Diana wollte mal wieder Filetgulasch essen. Ich schneide ihn nur vor.«

»Ach so – ja. «

»Willst du mir helfen?«

»Nein, ich muß noch etwas tun.«

»Weshalb bist du dann gekommen?«

»Weil ich nach der Post schauen wollte.«

»Die ist noch nicht durch.«

»Das habe ich gesehen.«

Ich ging wieder weg und dachte darüber nach, ob sie möglicherweise etwas wußte.

Nein, das war unmöglich. Sie konnte einfach nichts von Voodoo und seinen geheimnisvollen Kräften wissen.

Der Schmerz in meinem Bein war verschwunden. Dafür spürte ich ein taubes Gefühl, als würde das Bein nicht mehr zu mir gehören. Auf der Treppe hörte ich ihre Stimme, wie sie mir nachrief: »Willst du jetzt etwas essen?«

»Nein!« Ich fühlte mich auf den Arm genommen durch ihre angebliche Fürsorge.

Wieder im Arbeitszimmer stellte ich fest, daß mein Haß auf sie noch größer geworden war. Wenn ich an sie dachte und sie vor mir sah, bekam ich feuchte Handflächen.

Verdammt noch mal, ich mußte ihr endlich

den Garaus machen. Dieses Weib durfte sich nicht länger in meinem Dunstkreis bewegen. Dabei war der Plan so gut gewesen.

Weshalb hatte er keinen Erfolg gebracht?

Ich wußte es nicht, ich hatte keine Ahnung, ich wollte nur allein sein und nachdenken.

Vor dem Schreibtisch stand mein dunkler Sessel, auch als Schreibtischstuhl gedacht.

In ihm nahm ich Platz, kippte ihn zurück, schloß die Augen und überlegte …

Irgendwann schreckte ich hoch, ärgerlich über mich selbst, weil ich eingeschlafen war.

Mein Bein ›brannte‹ leicht. Ich schaute zum Fenster. Es war schon dunkel geworden.

Stille umgab mich. Auch aus der unteren Etage hörte ich keinen Laut. Für mich ein Indiz, daß Diana, meine Frau, noch nicht zurückgekehrt war. In meinem Mund lag die Zunge dick wie ein Klumpen. Zum Glück befand sich auch hier oben eine kleine Bar. Ich entschied mich für eine kleine Flasche Wasser und nahm auch einen Scotch dazu. Die Puppe und die Nadeln sammelte ich wieder ein und legte sie vor mir auf den Schreibtisch. Mit stierem Blick schaute ich sie an, die Mundwinkel nach unten gezogen, was Depression verriet.

Ich war sauer, ich war erledigt, man hatte mich reingelegt. Aber einmal ist keinmal. Ich wußte doch, daß ich mich auf die Magie des Schamanen verlassen konnte. Möglicherweise hatte ich einen Fehler gemacht, ich hätte sofort in die vollen gehen sollen.

Bei diesem Gedanken fingen meine Augen an zu leuchten. Ich ging zur Tür und lauschte.

Nein, meine Frau war noch nicht zurückgekehrt. Nach wie vor befanden sich Brunhilde und ich allein im Haus. Diese Chance würde so rasch nicht wiederkehren.

Die letzte …

Ich setzte mich wieder hinter meinen Schreibtisch. Das Glas füllte ich noch einmal nach und genoß den köstlichen Scotch, der sich warm in meinem Magen ausbreitete und auch dabei war, mir ein anderes Gefühl zu geben.

Ich sah die Welt hier oben nicht mehr so hart, eher weicher. Aber meine Gedanken und mein Wille waren geblieben. Ich wollte dieses Monstrum von Schwiegermutter killen.

»Killen – ja!« keuchte ich.

Bei diesen Worten hatte ich wieder die Puppe umklammert. Noch einen schlürfenden Schluck Whisky mußte ich mir einfach genehmigen. Später würde ich auf den Tod dieses zweibeinigen Monstrums trinken und dabei die Flasche leeren.

Diesmal wollte ich alles richtig machen und genau den Punkt treffen, der das menschliche Dasein auslöschte.

Das Herz!

Ich wischte den Schweiß meiner rechten Hand am Hemd ab und umfaßte die zweite Nadel.

Vor meinem geistigen Auge erschien das Gesicht meines Lehrmeisters. Wie hatte der weißhaarige Medizinmann mit der Lederhaut mir noch geraten?

»Wenn du aufs Ganze gehen willst, mußt du es mit einem Stich schaffen. Du mußt genau das Herz treffen. Merk dir die Stelle gut, wo das Herz eines Menschen schlägt.«

Ich hatte mir die Stelle nicht nur gemerkt, sondern war auf Nummer Sicher gegangen. An der linken Brustseite klebte der dunkle Fleck. Das Blut der Alten.

Da genau mußte ich die kleine Metallspitze der Nadel hineinrammen, dann war alles gelaufen.

Ich hätte nicht so viel Whisky trinken sollen, denn mein Blickfeld war etwas getrübt. Um genau zielen und sehen zu können, mußte ich ein Auge zukneifen.

Ein irres Kichern floß aus meinem Mund. Ein Geräusch der Freude, denn bald hatte ich es hinter mir.

Was sie wohl gerade tat? Ob sie sich noch immer in der Küche aufhielt oder in meinem prachtvollen Sessel saß, den mir ein Freund vor seiner Auswanderung nach Australien überlassen hatte?

Ich wußte es nicht, es spielte auch keine Rolle, Hauptsache, ich erwischte sie tödlich.

Maßnehmen, zielen, zustoßen ...

Ich hielt mich an die Reihenfolge. Mein eigenes Herz schlug schneller als gewöhnlich, flatterhaft ...

Ein tiefes Stöhnen drang aus meinem Mund, als ich die Nadel vorrammte. Genau auf den dunklen Blutpunkt zielen – und treffen!

Ich traf!

Die Nadel steckte tief im Holz. Jetzt mußte es

passieren, vielleicht hörte ich sie noch schreien.

Ich explodierte!

Der Schmerz breitete sich in meiner Brust aus wie ein böses Tier. Ich bekam keine Luft mehr, das Zimmer verschwamm vor meinen Augen, mein Herz schien zu zerspringen, tausend Hände zerrten an ihm und rissen es buchstäblich auseinander.

Die Welt um mich herum verschwamm in einer Wolke von Blut. Ich sah nur noch rot, wollte Luft holen, was mir nicht mehr gelang.

Mein Herz schlug nicht mehr.

Mein Gott, dachte ich. Du hast dich selbst umgebracht. Du hast dich selbst getötet.

Dann fraß mich die Schwärze auf.

Können Tote hören, können sie schmecken, können sie riechen? Im Normalfall nicht, aber ich war anders. Ich nahm den Geruch einer Medizin wahr, ich schmeckte gallenbitteres Zeug auf meiner Zunge, und ich hörte das Weinen.

So weinte nur eine.

Diana, meine Frau!

Weinte sie um mich? Bestimmt, aber weshalb? Ich ... ich war doch nicht tot.

Ich lachte innerlich. Ein Scherz, wirklich, das mußte ich ihr einfach sagen, auch wenn sich Diana erschrecken würde.

Nur – ich konnte nicht sprechen!

Jemand schien meine Stimmbänder durchschnitten zu haben. Alles in meinem Hals wirkte leer und gleichzeitig zugeschnürt. Ich konnte mich auch nicht bewegen, nicht einmal den kleinen Finger oder den Zeh. Ich hielt die Augen offen, schaute in die Höhe, sah aber nicht normal. Mein Blick glitt hinein in eine Pyramide aus Glas, die eine Perspektive verzerrte. Wenn mir jemand einen Zerrspiegel vor das Gesicht gehalten hätte, es hätte kaum anders ausgesehen.

Ein Gesicht erschien. Viel länger als normal. Flaschenförmig und gleichzeitig eckig. An den dichten, hellen Augenbrauen erkannte ich Doktor Gleason.

»Ja, er ist tot.«

»Das habe ich Ihnen gesagt, Doc. Sie müssen sich nur an mich halten. Er ist tot.«

Diese Stimme gehörte meiner Schwiegermutter, dem mir so verhaßten Monster.

»Herzschlag, Doc, er muß einen Herzschlag bekommen haben. Er hat auch zuviel gesoffen und geraucht. Das ist das Ende.« Sie sprach emotionslos, als würde sie einem Fremden eine Geschichte erzählen.

Im Hintergrund weinte meine Frau. Hin und wieder schneuzte sie ihre Nase.

»Nun«, sagte der Doc, »dann werde ich wohl den Totenschein ausstellen müssen.«

»Ja, tun Sie das. Um einen Gefallen möchte ich Sie noch bitten, Doc.«

»Gern, wenn ich kann.«

»Schließen Sie ihm nicht die Augen«, forderte Brunhilde.

Der Arzt verschwand wieder aus meinem Blickfeld. »Weshalb soll ich sie offenlassen?«

»Frank hat es mal gesagt. Er wollte sehen,

wenn er in das ewige Glück eintaucht, obwohl es Unsinn ist, ich weiß. Aber ich möchte ihm den letzten Gefallen erweisen. Irgendwo habe ich ihn gemocht.«

»Klar, Madam.«

Diese verfluchte Heuchlerin. Gemocht hatte sie mich nie, gehaßt hatte sie mich.

Der Arzt ging davon, ich lauschte seinen Schritten und sinnierte über meine eigene Situation. Für die Umwelt war ich ein Toter, ich aber lebte. Da gab es nur eine Erklärung.

Ich war scheintot!

Furrchtbar, dieser Gedanke. Der beschwor die Urängste eines Menschen herauf.

Scheintot – was war darüber nicht schon geschrieben und geflüstert worden? Auch ich hatte davon gehört, damals in der Karibik. Da war von Zombies die Rede gewesen, die lange in den Gräbern gelegen hatten und nach Jahren oder Monaten wieder hervorgeholt worden waren. Auch sie waren scheintot gewesen.

»Können wir ihn schon einsargen lassen?« fragte meine Schwiegermutter noch.

»Ich habe nichts dagegen.«

»Gut, dann werde ich mich darum kümmern.« Sie wandte sich an meine Frau. »Du legst dich am besten hin, Diana, nimmst eine Tablette, dann wirst du auch schlafen und vergessen können.«

»Ja, Mutter.«

Ihre Antwort war nur ein Hauch, der trotzdem meine Ohren erreichte und mir klarmachte, daß Diana mich bald vergessen haben würde.

Ich konnte ihr nicht einmal einen Vorwurf machen. So ganz hatte sie sich aus den Zwängen ihrer Mutter nie lösen können. Brunhilde war immer die Stärkere gewesen. Sie hatte letztendlich triumphiert, auch über mich.

Ich sah die Welt, nur sah sie mich nicht. Für sie war ich gestorben, an den Gedanken mußte ich mich erst einmal gewöhnen, was ich nicht konnte.

Plötzlich überkam mich eine gewaltige Angst. Ich hätte schreien können, ich wollte aufstehen, weg aus dieser Umgebung, hingehen und einfach so tun, als wäre alles ein Spaß gewesen.

Es war kein Spaß – grauenhafter, schlimmer, makabrer Ernst. Eine furchtbare Wahrheit.

Irgendwo schlug eine Tür. Das Geräusch erinnerte mich schon an das Zuklappen eines Sargdeckels.

Daß sie bald kommen und mich abholen würden, war mir klar. In den Sarg, abtransportieren, hinein in die Leichenhalle, wo ich aufgebahrt werden würde.

Und irgendwann würde ich richtig sterben. Vielleicht bekam ich Hunger oder Durst, vielleicht merkte ich auch noch, wie die Erde den Sargdeckel zerdrückte, wenn es sich bei der Totenkiste um ein billiges Material handelte.

Ich vergaß den Begriff der Zeit. Ich konnte und wollte auch nicht mehr nachdenken, selbst die Angst kehrte nicht zurück. Ich war in eine kaum vorstellbare Lethargie gefallen.

Dann hörte ich wieder ihre Stimme und auch ihre Schritte. »Kommen Sie, hier liegt er.«

Brunhilde hatte alles unter Kontrolle. Sie war diejenige, die Regie führte.

Fremde Gesichter. Die Männer rochen nach Desinfektionsmittel. Ihre Gesichter waren ausdruckslos, nicht mehr als Holzmasken. Sie waren es gewohnt, Leichen abzuschleppen.

Auch mich hoben sie mit routinierten Griffen an. Jetzt mußte ihnen doch auffallen, daß ich lebte und nur scheintot war.

Nein, nichts fiel ihnen auf, gar nichts.

Sie drückten mich in den Sarg, hoben dann den Deckel an und klemmten ihn fest.

Bevor es dunkel um mich wurde, sah ich noch ein Gesicht.

Häßlich, breit und dick.

Brunhildes Fratze.

Sie wußte Bescheid, lächelte und winkte mir mit dem rechten kleinen Finger zu. »Macht ihn richtig fest, ihr beiden. Könnte ja sein, daß er nur scheintot ist.«

Einer der Männer lachte. »Das hätten wir gemerkt«, erwiderte er.

Um mich wurde es dunkel. Gemerkt! schrie ich. Das heißt, ich wollte es schreien.

Ohne Erfolg.

Scheintote schreien nicht …

Wieviel Zeit vergangen war, wußte ich nicht, aber ich lebte noch immer. Stunden, Tage, Wochen?

Man verliert jedes Gefühl dafür, wenn man in der absoluten Finsternis liegt. Irgendwann kann man auch nicht mehr denken, man überwindet sogar Hunger- und Durstgefühle, die große Leere kommt, danach das große Vergessen, das Aus, das Dahinsiechen, bis hinein in den tatsächlichen Tod.

Ich hatte darüber nachgedacht, ob ich merken würde, wenn man mich in die Erde hinabließ.

Wahrscheinlich nicht. Man hatte mich nicht einmal umgezogen und ein Leichenhemd übergestreift. Das hatte bestimmt Brunhilde, dieses zweibeinige Monstrum, angeordnet. Sie wollte nicht das Risiko eingehen, daß vielleicht doch noch auffiel, daß ich nur scheintot war.

Auf einmal wurde es hell!

Es war natürlich kein strahlendes Licht, das mich erwischte, ich merkte nur über mir den Schein. Durch die verklebten Augen sah ich einen Umriß.

Sie stand am Sarg!

Breit, massig, eingehüllt in schwarze Trauerkleidung. Möglicherweise hatte sie sich noch ein paar Krokodilstränen abgerungen, und sie trug sogar einen Schleier vor ihren Augen, den sie jetzt langsam zur Seite streifte, damit sie direkt auf mich schauen konnte und nichts mehr störte.

»Hi, Schwiegersohn ...«

Die makabre Begrüßung hörte ich gedämpft wie durch einen dichten Filter. Wenn ich gekonnt hätte, ich hätte den Sarg verlassen und wäre ihr an die Kehle gegangen, aber ich lag noch immer so steif da und konnte mich nicht regen.

»Ich möchte mich nur von dir verabschieden, Frank. Diana wollte auch kommen, ich hielt es nicht für gut. Sie gehorcht mir wieder. In einer halben Stunde beginnt die Trauerfeier für dich. Danach wirst du begraben. Du wirst lange etwas von deinem Tod haben, und ich kann mir vorstellen, daß du dich gefragt hast, wieso dein Plan schiefgehen konnte?« Sie kicherte laut, drehte sich um und holte etwas unter der dunklen Kostümjacke hervor. »Erkennst du es?«

Ich hatte Mühe, aber nach einiger Zeit konnte ich besser sehen. Es war eine Voodoo-Puppe.

»Sie ist nicht schön«, flüsterte Brunhilde, »ich würde sie sogar als häßlich ansehen, so häßlich wie du. Ich habe sie mir besorgt, ich habe sehr genau aufgepaßt, wenn du von deinen Abenteuern gesprochen hast, und ich habe viel gelesen über die Magie, den Zauber, der sich Voodoo nennt. Ich bin sogar losgefahren, um mich kundig zu machen. Ich besuchte magische Zirkel, war eine gute Schülerin und ließ mich in die Geheimnisse des Voodoo einweihen. Ich begann an meinem Plan zu basteln. Ich schnitt dir Haare ab. Ist dir das nicht aufgefallen?«

Ja, verdammt, es war mir aufgefallen, und jetzt wußte ich den Grund. Ich sah noch mehr. Ein Stück Fußnagel klebte noch an der Puppe, auch der Fetzen Stoff von meinem Lieblingshemd.

»In London lernte ich einen Hexer kennen, der bestimmte Getränke braut. Er weiß auch über Voodoo Bescheid und half mir gern. Sogar die Nadeln hat er mir besorgen können. Ich habe doch gespürt, was du vorhattest, Frank, sehr genau sogar, und ich brauchte mich nur darauf einzustellen. Als Diana vor drei Tagen fortging, wußte ich, daß du es wagen würdest. Ich war ebenfalls gut vorbereitet. Denk an die Puppe, Schwiegersohn, sie zeigte dich, sie besaß dein Haar, deinen Nagel, und sie konnte eine magische Brücke zu dir schlagen. In London habe ich sie beschwören lassen, der Hexer mochte mich. Die Brücke stand, ich war stets informiert, und ich war um eine Idee schneller als du. Dein Pech, mein Glück.« Sie lachte mich an.

Ihr Gesicht veränderte sich zu einem breiten Ballon, zu einer häßlichen Fratze des Trimphs. Sie mußte mir ihren Sieg über mich einfach zeigen.

Ich wäre ihr gern an die Kehle gesprungen, hätte sie mit den bloßen Händen erwürgt, statt dessen blieb ich regungslos im offenen Sarg liegen und mußte mir ihren Trimph gefallen lassen.

Dann nickte sie. Sogar die Speckfalten an ihrem Hals bewegten sich dabei. »Ich werde Diana sagen, daß es mir leid tut. Sie ist völlig außer sich. Sie wollte auch nicht mitgehen.« Die Zunge schnellte aus dem Mund und zeichnete die Lippen nach. »Noch etwas, Schwiegersohn. Weißt du eigentlich, was man sich von und über Scheintote erzählt, die man entdeckte, wenn Gräber aus irgendwelchen Gründen geöffnet wurden? Ich glaube nicht, daß du es weißt, deshalb werde ich es dir sagen. Da lagen sie im Sarg mit langen Fingernägeln, denn die wachsen ja noch weiter. Damit hatten sie sich vor Verzweiflung die Gesichter aufgerissen, und manche waren dabei gewesen, ihr Totenhemd anzuknabbern. Die Reste klebten noch im Mund. Das wirst du vielleicht auch machen. Ich wünsche dir einen guten Appetit …«

Dann hämmerte sie den Deckel zu!

Ich hörte sie weggehen und dachte an ihre letzten Worte. Scheintote, die anfingen, ihr Hemd zu essen.

Auch ich?

Das würde wohl niemand erfahren. Wer hatte schon Interesse daran, mein Grab zu öffnen?

Brunhilde bestimmt nicht …

ENDE

# Spätschicht
## Stephen King

Zwei Uhr nachts. Freitag.

Hall saß im dritten Stock auf der Bank neben dem Aufzug. Nur hier konnte man gelegentlich in Ruhe eine rauchen. Aber schon stand Warwick vor ihm. Hall war alles andere als erfreut. Während der Spätschicht hatte der Vorarbeiter im dritten Stock nichts zu suchen. Um diese Zeit saß er gewöhnlich in seinem Büro im Erdgeschoß und trank Kaffee aus der riesigen Kanne, die immer auf seinem Schreibtisch stand. Außerdem war es warm.

Es war der heißeste Juni, den Gates Falls je erlebt hatte. Das Thermometer neben dem Aufzug hatte einmal sogar um drei Uhr morgens schon vierunddreißig Grad angezeigt. Er bedauerte jetzt schon die Leute der Schicht von fünfzehn bis dreiundzwanzig Uhr. Zu der Zeit konnte es höchstens in der Hölle heißer sein als in dieser verdammten Spinnerei.

Hall bediente den Picker, eine gewaltige, 1934 in Cleveland gebaute Maschine, deren Herstellerfirma schon lange nicht mehr existierte. Er arbeitete erst seit April in der Spinnerei und bekam deshalb nur den Mindestlohn von einem Dollar achtundsiebzig die Stunde. Er kam damit aus. Keine Frau, keine feste Freundin, keine Alimente. Er hatte sich während der letzten drei Jahre treiben lassen. Per Anhalter war er von Berkeley (Student) nach Lake Tahoe (Aushilfskellner), Galveston (Schauermann), Miami (Koch in einem Schnellimbiß), Wheeling (Taxifahrer und Tellerwäscher) gefahren und schließlich in Gates Falls gelandet, wo er jetzt den Pikker bediente. Er hatte sich vorgenommen, erst im Winter weiterzuziehen. Er war ein Einzelgänger, und am besten gefielen ihm die Stunden von dreiundzwanzig bis sieben Uhr, wenn sich der hektische Betrieb in der großen Spinnerei ein wenig abgekühlt hatte, von der jetzt herrschenden Hitze einmal abgesehen.

Nur die Ratten störten ihn.

Die lange, nur vom flackernden Licht einiger Neonlampen erhellte Flucht des dritten Stocks lag verlassen da. Im Gegensatz zu den übrigen Stockwerken war es hier relativ ruhig und kaum besucht – jedenfalls von Menschen. Bei den Ratten lag die Sache anders. Die einzige Maschine im dritten war der Picker. Sonst diente das Stockwerk als Lagerraum für die Zentnersäcke mit Fasern, die Hall alle irgendwann in seiner großen, über Zahnräder angetriebenen Maschine bearbeiten mußte. Wie dicke Würste lagen die Säcke in langen Reihen aufgestapelt. Einige (besonders die mit der nicht mehr gefragten groben Wolle und dem unsortierten Material, für das es keine Interessenten gab) lagerten hier schon seit Jahren. Sie boten idealen Unterschlupf für die Ratten, riesige fettbäuchige Tiere mit wütenden Augen, deren Fell von Läusen und sonstigem Ungeziefer wimmelte.

Hall hatte es sich zur Gewohnheit gemacht, während der Pausen ein kleines Arsenal von leeren Getränkedosen anzulegen, die er aus den Abfallbehältern holte. Wenn wenig zu tun war, warf er mit ihnen nach den Ratten und suchte die Dosen später wieder zusammen. Diesmal allerdings hatte Mister Vorarbeiter ihn erwischt.

Statt den Aufzug zu benutzen, war dieser falsche Hund die Treppe raufgeschlichen.

»Was machen Sie denn da, Hall?«

»Die Ratten«, sagte Hall und merkte gleich, wie lahm diese Entschuldigung klingen mußte, denn die Ratten waren verschwunden und hockten schon längst wieder in ihren Nestern. »Wenn ich eine sehe, werfe ich mit Dosen.«

Warwick nickte nur kurz. Er war ein großer, fetter Kerl mit Bürstenhaarschnitt. Die Ärmel hatte er aufgekrempelt und die Krawatte gelokkert. Er sah Hall scharf an. »Wir bezahlen Sie nicht dafür, daß Sie Dosen nach den Ratten werfen, Mister. Auch nicht, wenn Sie sie wieder aufsammeln.«

»Harry hat schon seit zwanzig Minuten keinen Auftrag runtergeschickt«, sagte Hall und dachte: *Hättest du Scheißkerl nicht in deiner Bude bleiben und Kaffee trinken können?* »Was ich nicht habe, kann ich auch nicht durch die Maschine schicken.«

Warwick nickte, als interessierte ihn das Thema nicht mehr. »Vielleicht sollte ich nach oben gehen und mit Wisconsky reden«, sagte er. »Ich wette fünf zu eins, daß er 'ne Illustrierte liest, während sich das Zeug in seinen Behältern stapelt.«

Hall sagte nichts.

Plötzlich zeigte Warwick mit dem Finger. »Da ist eine! Die müssen Sie erwischen!«

Hall schleuderte die Dose, die er noch in der Hand hielt, mit aller Kraft. Die Ratte, die sie von einem der Säcke aus mit ihren klugen Augen beobachtet hatte, quiekte leise und schoß davon. Warwick warf den Kopf zurück und lachte, als Hall hinter der Dose herrannte.

»Ich wollte Sie wegen etwas anderem sprechen«, sagte Warwick.

»Tatsächlich?«

»Nächste Woche sind die Feiern anläßlich des Unabhängigkeitstages.« Hall nickte. Dann war die Spinnerei von Montag bis Samstag geschlossen – wer mindestens ein Jahr hier war, bekam bezahlten Urlaub, aber für ihn bedeutete es eine Woche ohne Lohn. »Wollen Sie dann arbeiten?«

Hall zuckte die Achseln. »Was denn?«

»Wir werden das ganze Untergeschoß reinigen. Das ist schon seit zwölf Jahren nicht mehr gemacht worden. Überall Dreck. Wir werden mit Schläuchen arbeiten.«

»Hat sich die Gewerbeaufsicht bei der Direktion beschwert?«

Warwick hielt Halls Blick stand. »Wollen Sie nun oder nicht? Zwei Dollar die Stunde. Am vierten Juli doppelter Lohn. Wir arbeiten in der Spätschicht, weil es dann etwas kühler ist.«

Hall rechnete kurz. Das wären etwa fünfundsiebzig Dollar nach Abzug der Steuern. Besser während der Feiertage arbeiten als eine Woche auf Null.

»Geht in Ordnung.«

»Dann melden Sie sich nächsten Montag unten in der Färberei.«

Hall schaute ihm nach, als er zur Treppe ging. Auf halbem Wege blieb Warwick stehen und drehte sich um. Er sah Hall an. »Haben Sie nicht mal studiert?«

Hall nickte.

»Okay, Student, ich werde es mir merken.«

Er ging. Hall setzte sich und zündete sich noch eine Zigarette an. Er hatte schon wieder eine Dose in der Hand und hielt nach Ratten Ausschau. Er konnte sich so recht vorstellen, wie es im Untergeschoß aussehen würde – eigentlich war es das Kellergeschoß, denn es lag noch tiefer als die Färberei. Feucht, dunkel, voll Spinnen und verrottetem Material, und dann das Sickerwasser vom Fluß – und Ratten. Vielleicht sogar Fledermäuse, die Flieger unter den Nagetieren. Pfui Teufel.

Hall warf mit der Dose nach einer Ratte und lächelte dünn, als Warwicks Stimme von oben durch die Leitungsschächte drang. Er las gerade Harry Wisconsky die Leviten.

*Okay, Student, ich werde es mir merken.*

Abrupt wich das Lächeln aus seinem Gesicht, und er drückte die Zigarette aus. Nach wenigen Sekunden schickte Harry grobes Nylon durch das Gebläse nach unten, und Hall machte sich an die Arbeit. Die Ratten kam aus ihren Löchern und sprangen am hinteren Ende des großen Raumes auf die Säcke. Aus ihren schwarzen Augen sahen sie ihn unverwandt an. Sie wirkten wie ein unheimliches Geschworenengericht.

Elf Uhr abends. Montag.

Es waren etwa sechsunddreißig Mann, die wartend herumsaßen, als Warwick kam. Er trug ein Paar alte Jeans, die in hohen Gummistiefeln steckten. Hall hatte gerade Harry Wisconsky zugehört, der ungeheuer fett, ungeheuer faul und ungehauer mürrisch war.

»Das wird 'ne üble Sauarbeit«, sagte er, als Warwick hereinkam. »Wartet nur ab. Wenn wir fertig sind, sehen wir schwärzer aus als Mitternacht in Persien.«

»Kommen Sie!« sagte Warwick. »Wir haben unten sechzig Glühbirnen aufgehängt. Das gibt genügend Licht, daß ihr sehen könnt, was ihr tut. Ihr da hinten«, – er zeigte auf eine Gruppe von Leuten, die sich gegen die Trockengestelle gelehnt hatten – »ihr schließt die Schläuche an das Hauptrohr neben dem Treppenschacht an. Dann könnt ihr sie über die Treppe nach unten ausrollen. Wir haben ungefähr siebzig Meter pro Mann. Das dürfte reichlich sein. Kommt bloß nicht auf die Idee, euch gegenseitig zu bespritzen. Das könnte im Krankenhaus enden. Die Dinger haben enormen Druck.«

»Irgend jemand wird sich schon verletzen«, prophezeite Wisconsky finster. »Wartet nur ab.«

»Ihr anderen«, sagte Warwick und zeigte auf die Gruppe, zu der auch Hall und Wisconsky gehörten. »Ihr kümmert euch um das Gerümpel. Je zwei nehmen einen Elektrokarren. Da stehen alte Büromöbel, Säcke mit Stoffen, kaputte Maschinenteile und verschiedenes andere. Wir schaffen die Sachen zum Luftschacht im Westflügel. Weiß jemand nicht, wie der Karren funktioniert?«

Niemand hob die Hand. Die Elektrokarren waren batteriebetriebene Miniaturkippfahrzeuge. Nach längerem Einsatz entwickelten sie einen widerwärtigen Gestank, der Hall an durchgeschmorte Stromkabel erinnerte.

»Okay«, sagte Warwick. »Wir haben das Untergeschoß in Abschnitte eingeteilt und sind am Donnerstag fertig. Am Freitag holen wir das Gerümpel dann mit dem Flaschenzug raus. Noch Fragen?«

Es gab keine. Hall sah den Vorarbeiter prüfend an und hatte die plötzliche Ahnung, daß sich etwas Unheimliches ereignen würde. Der Gedanke gefiel ihm. Er mochte Warwick nicht besonders.

Zwei Uhr nachts. Dienstag.

Hall war erschöpft, und er war es leid, Wisconskys ständiges Gejammere zu hören. Er hatte nicht übel Lust, ihn zu verprügeln. Aber das wäre sinnlos. Dann hätte er nur einen weiteren Grund, sich zu beklagen.

Hall hatte gewußt, daß es schlimm werden würde, aber dies war mörderisch. Zum Beispiel hatte er den grauenhaften Gestank nicht erwartet. Der faulige Geruch des Flusses mischte sich mit dem der vermodernden Textilien. Hinzu kam das verrottete Mauerwerk und der Gestank von Pflanzenresten. In der hinteren Ecke, wo sie angefangen hatten, entdeckte Hall eine Kolonie riesiger weißer Pilze, die aus dem aufgerissenen Beton herauswuchsen. Als er an einem rostigen Zahnrad zerrte, waren seine Hände mit ihnen in Berührung gekommen. Sie fühlten sich eigenartig warm und geschwollen an wie das Fleisch eines Mannes, der an Wassersucht leidet.

Die Glühbirnen konnten die zwölf Jahre alte Dunkelheit nicht bannen. Sie konnten sie nur zurückdrängen und den widerlichen Unrat in fahles gelbes Licht tauchen. Mit seiner hohen Decke, den riesigen ausrangierten Maschinenteilen, die sie nie würden von der Stelle rücken können, mit seinen feuchten, moosbedeckten Wänden sah der Raum aus wie das zertrümmerte Mittelschiff einer geschändeten Kirche. Der Eindruck wurde noch verstärkt durch den atonalen Chor des Wassers, das aus den Schläuchen in die halb verstopften Abflüsse strömte, um sich dann unten in den Fluß zu ergießen.

Und dann die Ratten. Sie waren so groß, daß die im dritten Stock dagegen wie Zwerge wirkten. Der Himmel mochte wissen, was es hier unten für sie zu fressen gab. Immer wenn die Arbeiter Bretter umdrehten oder Säcke wegschoben, stießen sie auf riesige Nester aus zerfetztem Zeitungspapier und beobachteten mit atavistischem Ekel, wie die jungen Ratten mit ihren geschwollenen und von der ewigen Dunkelheit blinden Augen in Ritzen und Spalten verschwanden.

»Laß uns eine rauchen«, sagte Wisconsky. Er wirkte ein wenig außer Atem. Das konnte Hall sich nicht erklären, denn Wisconsky hatte die ganze Nacht nur so getan, als ob er arbeitete. Immerhin, warum sollten sie keine Pause einlegen? Es war gerade niemand in der Nähe.

»Okay.« Er lehnte sich gegen den Elektrokarren und zündete sich eine Zigarette an.

»Ich hätte mich von Warwick nicht überreden lassen sollen«, sagte Wisconsky mißmutig. »Diese Arbeit ist unzumutbar, aber er war neulich so wütend, als er mich oben im vierten im

Scheißhaus sitzen sah, ohne daß ich die Hosen runter hatte. Der Kerl war vielleicht sauer.«

Hall sagte nichts. Er dachte an Warwick und an die Ratten. Seltsam, wie das eine mit dem anderen zusammenzuhängen schien. Nach ihrem langen Aufenthalt im Keller der Spinnerei schienen sich die Ratten an Menschen kaum noch zu erinnern. Sie waren dreist und hatten nicht die geringste Angst. Eine hatte sich wie ein Eichhörnchen auf die Hinterbeine gesetzt, und als Hall so nahe heran war, daß er nach ihr treten konnte, hatte sie sich auf seinen Stiefel gestürzt und in das Leder gebissen. Hier gab es Hunderte, vielleicht sogar Tausende. Wie viele verschiedene Krankheiten mochten sie in dieser schwarzen Höhle wohl mit sich herumschleppen? Und Warwick. Irgend etwas an ihm …

»Ich brauche das Geld«, sagte Wisconsky. »Aber, bei Gott, Kumpel, die Arbeit kann man einem Menschen nicht zumuten. Diese Ratten.« Er sah sich ängstlich um. »Sieht fast so aus, als könnten sie denken. Stell dir bloß vor, wenn wir nun klein wären und sie groß …«

»Halt endlich das Maul«, sagte Hall.

Wisconsky sah ihn gekränkt an. »Tut mir leid, Kumpel. Es ist ja nur, weil …« Seine Worte verloren sich. »Mein Gott, dieser Gestank. Das kann man einem Menschen doch nicht zumuten!« Eine Spinne kroch vom Rand des Karrens auf seinen Arm. Mit einem unterdrückten Entsetzensschrei fegte er sie weg.

»Los jetzt«, sagte Hall und trat seine Zigarette aus. »Je eher daran, desto eher davon.«

»Hoffentlich«, sagte Wisconsky kläglich. »Hoffentlich.«

Vier Uhr morgens. Dienstag.

Frühstück.

Hall und Wisconsky saßen mit drei oder vier anderen Männern zusammen und hielten ihre Sandwiches in schwarzen Händen. Sie waren nicht einmal von dem industriellen Reinigungsmittel sauber geworden. Während er aß, schaute Hall zu dem kleinen gläsernen Büro des Vorarbeiters hinüber. Warwick trank Kaffee und aß mit offensichtlichem Appetit kalte Hamburger.

»Ray Upson mußte nach Hause gehen«, sagte Charlie Brochu.

»Hat er gekotzt?« fragte jemand. »Das wäre mir fast passiert.«

»Nein. Ray muß schon Kuhmist fressen, bevor er kotzt. Eine Ratte hat ihn gebissen.«

Nachdenklich wandte Hall den Blick von Warwick. »Tatsächlich?« fragte er.

»Ja.« Brochu schüttelte den Kopf. »Ich habe mit ihm zusammengearbeitet. So was Entsetzliches habe ich noch nie gesehen. Das Biest kam plötzlich durch ein Loch aus einem der alten Säcke. So groß wie 'ne Katze. Verbiß sich sofort in seine Hand und fing an zu fressen.«

»Mein Gott«, sagte einer der Männer und wurde ganz grün im Gesicht.

»Ja«, sagte Brochu. »Ray hat geblutet wie ein Schwein. Glaubt ihr, daß das Vieh losließ? Kein Stück. Ich mußte drei- oder viermal mit einem Brett zuschlagen. Ray wäre fast verrückt geworden. Er hat auf der Ratte herumgetrampelt, bis sie nur noch ein pelziger Brei war. So was hab' ich noch nicht erlebt. Warwick hat ihn verbunden und nach Hause geschickt. Hat ihm gesagt, er soll morgen zum Arzt gehen.«

»Wie nett von diesem Scheißkerl«, sagte jemand.

Als ob er es gehört hätte, stand Warwick auf, reckte sich und trat an die Tür seines Büros. »Wir wollen langsam weitermachen.«

Widerwillig standen die Männer auf. Sie versuchten, Zeit zu schinden, indem sie sich mit dem Verstauen ihrer Essensgefäße nicht sonderlich beeilten und aus dem Automaten noch Getränke und Süßigkeiten zogen. Dann machten sie sich auf den Weg nach unten. Trostlos hallten ihre Schritte über die Eisenroste der Treppe.

Warwick überholte Hall und schlug ihm auf die Schulter. »Na, wie sieht's aus, Student?« Er wartete die Antwort nicht ab.

»Komm jetzt«, sagte Hall geduldig zu Wisconsky, der sich die Stiefel zuschnürte. Sie gingen die Treppe hinunter.

Sieben Uhr morgens. Dienstag.

Hall und Wisconsky verließen gemeinsam die Spinnerei. Es schien Hall fast, als hätte er den fetten Polen irgendwie geerbt. Wisconsky war so dreckig, daß es fast komisch wirkte. Sein dickes Mondgesicht war so beschmiert wie das eines kleinen Jungen, den ein größerer gerade verprügelt hat.

Es gab keinen der üblichen groben Scherze. Niemand zog einem andern das Hemd aus der Hose, und keiner fragte, wer sich denn zwischen eins und vier um Tonys Frau kümmerte. Nur Schweigen und hin und wieder ein hustendes Geräusch, wenn jemand auf den verschmutzten Fußboden rotzte.

»Soll ich dich mitnehmen?« fragte Wisconsky zögernd.

»Danke.«

Sie sprachen nicht, als sie die Mill Street hinauf und über die Brücke fuhren. Sie verabschiedeten sich nur kurz, als Wisconsky ihn vor seiner Wohnung absetzte.

Hall ging sofort unter die Dusche. Er dachte immer noch an Warwick.

Er versuchte, sich darüber klar zu werden, was an dem Vorarbeiter ihn so eigenartig faszinierte und ihm das Gefühl gab, daß sie irgendwie zusammengehörten.

Er lag kaum im Bett, als er auch schon einschlief, aber sein Schlaf war unruhig, und mehr als einmal schreckte er hoch: Er träumte von Ratten.

Ein Uhr nachts. Mittwoch.

Die Arbeit mit den Schläuchen war angenehmer.

Sie konnten nicht hinein, bevor die Leute eine Sektion entrümpelt hatten, und oft waren sie mit einer schon fertig, bevor die nächste ausgeräumt war. Das bedeutete jedesmal eine Zigarettenpause. Hall betätigte die Düse an einem der langen Schläuche, während Wisconsky hin und her lief und darauf achtete, daß sich der Schlauch nicht verhedderte. Nach Bedarf drehte er den Wasserhahn auf oder zu und räumte Hindernisse aus dem Weg.

Warwick hatte schlechte Laune, denn die Arbeit ging nicht voran. Wenn es so weiterlief wie bisher, bestand nicht die geringste Aussicht, am Donnerstag fertigzuwerden.

In der nächsten Sektion lagen in einer Ecke Büromöbel aus dem neunzehnten Jahrhundert wild durcheinander – zertrümmerte Rollschränke, verrottete Akten, geheftete Rechnungen, zerbrochene Stühle.

Ein Paradies für Ratten. Zu Dutzenden rannten sie pfeifend zwischen dem Gerümpel hin und her. Als zwei Männer gebissen wurden, weigerten sich die anderen weiterzuarbeiten. Warwick mußte erst dicke Gummihandschuhe aus der Färberei holen lassen, wo mit Säure hantiert wurde.

Hall und Wisconsky standen mit ihren Schläuchen bereit, als Carmichael, ein rothaariger, stiernackiger Kerl, plötzlich fluchend zurücksprang und sich mit den Fäusten auf die Brust schlug.

Eine riesige Ratte mit graugestreiftem Fell und häßlichen funkelnden Augen hatte sich in sein Hemd verbissen und hing dort. Dabei zappelte sie mit den Hinterpfoten. Es gelang Carmichael, sie abzuschütteln, aber sein Hemd hatte ein großes Loch, und aus einer Wunde oberhalb der einen Brustwarze floß Blut. Die Wut wich aus seinem Gesicht. Er wandte sich zur Seite und übergab sich.

Hall richtete den Wasserstrahl auf die Ratte, ein altes, langsames Tier, das immer noch ein

Stück von Carmichaels Hemd zwischen den Zähnen hatte. Der Druck schleuderte sie gegen die Wand, wo sie schlaff liegenblieb.

Mit seltsam verzerrtem Gesicht kam Warwick herbei. Er schlug Hall auf die Schulter. »Na, Student, das macht wohl mehr Spaß, als Dosen nach den kleinen Tierchen zu schmeißen.«

»Kleine Tierchen ist gut«, sagte Wisconsky. »Das Ding ist mindestens dreißig Zentimeter lang.«

»Den Schlauch dort rüber«, sagte Warwick und zeigte auf den Möbelhaufen. »Aus dem Weg, Jungs.«

»Mit Vergnügen«, murmelte jemand.

Carmichael baute sich vor Warwick auf. Er wirkte krank, und sein Gesicht zuckte. »Ich verlange eine Entschädigung! Ich werde nicht eher ...«

»Klar«, sagte Warwick lächelnd. »Sie hat dich in die Titten gebissen. Und jetzt aus dem Weg, sonst klebst du gleich an der Wand.«

Hall richtete den Schlauch auf die Trümmer und legte los. Der Strahl explodierte förmlich. Weiß schäumend riß er einen Schreibtisch um und ließ zwei Stühle zersplittern. Überall rannten Ratten. So große hatte Hall noch nie gesehen. Er hörte die entsetzten Schreie der Männer, als die widerlichen Kreaturen mit ihren großen Augen und glatten fetten Leibern sich in Sicherheit brachten. Eine der Ratten war so groß wie ein gesunder sechs Wochen alter Hund. Hall machte weiter, bis er keine mehr sah. Dann stellte er das Wasser ab.

»Okay«, rief Warwick. »Schafft das Gerümpel raus!«

»Ich habe mich nicht als Kammerjäger einstellen lassen«, sagte Cy Ippeston aufsässig. Hall hatte vor einer Woche mit ihm ein paar getrunken. Er war noch jung und trug eine dreckige Baseballmütze und ein T-Shirt.

»Waren Sie das, Ippeston?« fragte Warwick freundlich.

Ippeston zögerte, aber dann trat er vor. »Sie haben mich zum Saubermachen herbestellt und nicht, um Tollwut oder Typhus zu kriegen. Sie sollten besser auf mich verzichten.«

Von den anderen kam zustimmendes Gemurmel. Wisconsky sah Hall verstohlen an, aber Hall inspizierte die Düse an seinem Schlauch. Sie hatte das Kaliber eines Fünfundvierzigers, und wahrscheinlich konnte man mit ihr jeden Mann von den Füßen holen.

»Sie wollen also die Uhr stechen, Cy?«

»Ich hätte nicht übel Lust«, sagte Ippeston.

Warwick nickte. »Okay. Wer will, kann gehen. Wer heute abhaut, braucht nicht wiederzukommen. Auch nicht nächste Woche. Dafür werde ich sorgen.«

»Scheißkerl«, murmelte Hall.

Warwick fuhr herum. »Sagten Sie was, Student?«

Hall sah ihn unschuldig an. »Ich hab' mich nur geräuspert, Vorarbeiter.«

Warwick lächelte. »Ihnen hat wohl was nicht geschmeckt?«

Hall schwieg.

»Okay, weitermachen!« brüllte Warwick.

Sie machten sich wieder an die Arbeit.

Zwei Uhr nachts. Donnerstag.

Hall und Wisconsky arbeiteten wieder mit den Elektrokarren und suchten Gerümpel zusammen. Der Haufen im Westflügel hatte schon eine beachtliche Höhe erreicht, aber sie waren noch nicht halb fertig.

»Fröhlicher Vierter Juli«, sagte Wisconsky, als sie die Arbeit unterbrachen, um eine zu rauchen. Sie arbeiteten in der Nähe der Nordwand und waren weit von der Treppe entfernt. Hier war es fast dunkel, und irgendwie ließ die Akustik die anderen Männer Meilen weit weg erscheinen.

»Danke.« Hall zog an seiner Zigarette. »Ich habe heute nacht nicht viele Ratten gesehen.«

»Das haben die anderen auch nicht«, sagte Wisconsky. »Vielleicht sind sie endlich schlau geworden.«

Sie standen am Ende eines bizarren Ganges, der zwischen den Haufen alter Akten und Rechnungen, den vermoderten Stoffsäcken und zwei uralten Webstühlen hindurchführte. »Pfui Teufel«, sagte Wisconsky und spuckte aus. »Dieser Warwick ...«

»Wohin sind wohl die Ratten verschwunden?« fragte Hall wie zu sich selbst. »In den Wänden können sie nicht sein ...« Er betrachtete das feuchte bröckelnde Mauerwerk. »Da würden sie ersaufen. Überall ist das Flußwasser eingesickert.«

Etwas Schwarzes, Flatterndes schoß plötzlich von oben auf sie herab. Wisconsky schrie auf und riß die Hände über den Kopf.

»Eine Fledermaus«, sagte Hall, als Wisconsky sich wieder aufrichtete.

»Eine Fledermaus! Eine Fledermaus!« tobte Wisconsky. »Was hat eine Fledermaus im Keller zu suchen? Sie soll in einem Baum oder unter der Dachrinne hängen und …«

»Es war eine große«, sagte Hall leise. »Und was ist eine Fledermaus anderes als eine Ratte mit Flügeln?«

»Mein Gott«, stöhnte Wisconsky. »Wie ist sie denn …«

»Reingekommen? Vielleicht genauso wie die Ratten rausgekommen sind.«

»Was ist da hinten los?« schrie Warwick. »Wo seid ihr?«

»Leck mich am Arsch«, sagte Hall leise.

»Waren Sie das, Student?« rief Warwick. Seine Stimme klang schon näher.

»Alles in Ordnung!« brüllte Hall. »Ich habe mir nur das Schienbein gestoßen!«

Warwick stieß ein kurzes, bellendes Lachen aus. »Wollen Sie das Verwundetenabzeichen?«

Wisconsky sah Hall an. »Warum redest du solche Scheiße?«

»Sieh dir das an.« Hall kniete sich hin und zündete ein Streichholz an. Im nassen und bröckelnden Zement zeichnete sich ein Quadrat ab.

»Klopf mal drauf.«

Wisconsky tat es. »Holz«, sagte er.

Hall nickte. »Darunter liegt ein Träger. Ich habe schon ein paar mehr davon gesehen. Unter diesem Teil des Kellers ist noch ein Raum.«

»O Gott«, sagte Wisconsky angewidert.

Drei Uhr dreißig morgens. Donnerstag.

Sie arbeiteten in der Nordostecke des Gebäudes. Ippeston und Brochu standen mit den Hochdruckschläuchen bereit. Plötzlich blieb Hall stehen und zeigte auf den Fußboden. »Ich wußte, daß wir das Ding finden.«

Sie standen über einer Klapptür mit einem rostigen Eisenring.

Hall ging auf Ippeston zu und sagte: »Stell das Wasser ab.« Als der Schlauch nur noch tröpfelte, brüllte er: »He! He! Warwick! Kommen Sie doch mal her!«

Durch das Wasser patschend kam Warwick angerannt und bedachte Hall mit einem bösen Lächeln. »Ist Ihnen der Schnürsenkeln aufgegangen, Student?«

»Sehen Sie sich das an«, sagte Hall und stieß mit dem Fuß gegen die Klapptür. »Darunter liegt noch ein Keller.«

»Na und?« fragte Warwick. »Wir haben noch keine Pause, Stu…«

»Da unten sind Ihre Ratten. Da hocken sie, Wisconsky und ich haben sogar eine Fledermaus gesehen.«

Einige andere Männer hatten sich um sie versammelt und betrachteten die Klapptür.

»Interessiert mich nicht«, sagte Warwick. »Unsere Arbeit ist hier im Untergeschoß.«

»Sie werden ungefähr zwanzig Kammerjäger brauchen, aber richtige«, sagte Hall. »Das wird die Geschäftsleitung 'ne schöne Stange Geld kosten. Schade, was?«

Jemand lachte. »Das kann man wohl sagen.«

Warwick sah Hall an, als sei dieser ein seltenes Insekt. »Sie sind wirklich ein komischer Fall«, sagte er, und seine Stimme klang faszinierend. »Es interessiert mich einen Scheißdreck, wie viele Ratten da unten sind.«

»Ich war heute nachmittag und gestern in der Bibliothek«, sagte Hall. »Gut, daß Sie mich immer wieder daran erinnern, daß ich mal studiert habe. Ich habe ein paar Magistratsverordnungen gelesen, Warwick. Sie stammen aus dem Jahre 1911. Damals war diese Spinnerei noch zu klein, als daß man sich groß um sie kümmerte. Und wissen Sie, was ich festgestellt habe?«

Warwick sah ihn kalt an. »Machen Sie, daß Sie rauskommen, Student. Sie sind gefeuert.«

»Ich habe festgestellt«, fuhr Hall fort, als hätte er nichts gehört, »ich habe festgestellt, daß es in Gates Falls gewisse Verordnungen gibt, die Ungeziefer betreffen. Das schreibt man U-n-g-e-z-i-e-f-e-r, falls Ihnen das Wort nicht geläufig ist. Gemeint sind Tiere, die Krankheiten übertragen, wie Fledermäuse, Stinktiere, streunende Hunde – und Ratten. Besonders Ratten. Das Wort Ratten tauchte in zwei Paragraphen nicht weniger als dreizehnmal auf, Vorarbeiter. Sobald ich diesen Laden verlassen habe, werde ich mich mit der zuständigen Behörde in Verbindung setzen und berichten, wie es hier aussieht.«

Er machte eine Pause und freute sich über Warwicks wutverzerrtes Gesicht.

»Es wird ein leichtes sein, gegen diesen Laden eine Verfügung zu erwirken. Dann werden Sie verdammt länger schließen als nur bis Samstag,

Mister Vorarbeiter. Und ich habe schon so eine Ahnung, was Ihr Boss dazu sagen wird, wenn er aufkreuzt. Hoffentlich haben Sie regelmäßig Ihre Arbeitslosenversicherung bezahlt, Warwick.«

Warwicks Hände ballten sich zu Fäusten. »Sie verdammte Rotznase, ich sollte Sie ...« Er sah sich die Klapptür an, und plötzlich lächelte er wieder. »Betrachten Sie sich als neu eingestellt, Student.«

»Ich wußte, daß Sie Vernunft annehmen würden.«

Warwick nickte und hatte immer noch dieses seltsame Lächeln im Gesicht. »Sie sind doch so schlau, Hall. Ich finde, Sie sollten selbst hinuntersteigen. Dann haben wir wenigstens einen Studierten, der uns einen fundierten Bericht geben kann. Sie und Wisconsky.«

»Ich nicht!« rief Wisconsky. »Ich nicht, ich ...«

Warwick sah ihn an. »Sie was?«

Wisconsky hielt den Mund.

»Gut«, sagte Hall vergnügt. »Wir brauchen drei Taschenlampen. Im Hauptbüro habe ich doch ein paar mit sechs Batterien gesehen, oder irre ich mich?«

»Wollen Sie sonst noch jemanden mitnehmen?« fragte Warwick entgegenkommend. »Suchen Sie sich einen Mann aus.«

»Sie«, sagte Hall leise, und auch er hatte wieder diesen seltsamen Ausdruck im Gesicht. »Nur, damit die Geschäftsleitung vertreten ist. Sonst sehen Wisconsky und ich am Ende *zu* viele Ratten.«

Jemand lachte laut. Es hörte sich nach Ippeston an.

Warwick schaute in die Runde. Die Männer starrten verlegen auf ihre Stiefelspitzen. Dann zeigte er auf Brochu. »Brochu, gehen Sie ins Büro und holen Sie drei Taschenlampen. Sagen Sie dem Wachmann von mir, er soll Sie reinlassen.«

»Warum hast du mich in diese Sache reingezogen?« klagte Wisconsky, an Hall gewandt. »Du weißt doch, wie ich diese Ratten hasse ...«

»Das war ich doch nicht«, sagte Hall und sah Warwick an.

Warwick gab den Blick zurück. Keiner von beiden schaute weg.

Vier Uhr morgens. Donnerstag.

Brochu kam mit den Taschenlampen. Er gab sie an Hall, Wisconsky und Warwick weiter.

»Ippeston, gib Wisconsky den Schlauch.« Ippeston gehorchte. Die Düse zitterte in der Hand des Polen.

»Okay«, sagte Warwick zu Wisconsky. »Du gehst in der Mitte. Wenn du Ratten siehst, gibst du ihnen Saures.«

Natürlich, dachte Hall. Und wenn es dort Ratten gibt, wird Warwick sie nicht bemerken. Auch Wisconsky wird sie nicht bemerken, wenn er zehn Dollar extra in seiner Lohntüte findet.

Warwick zeigte auf zwei Männer. »Luke aufmachen.«

Einer packte den Eisenring und riß daran.

Zuerst glaubte Hall, daß der Mann es nicht schaffen würde, aber mit einem eigenartigen Knarren gab die Klapptür nach. Der zweite schob von unten und fuhr mit einem Aufschrei zurück. Über seine Hände krochen riesige blinde Käfer.

Ächzend riß der andere die Tür ganz auf und ließ sie fallen. Die Unterseite war mit schwarzen Pilzen bedeckt, eine Sorte, die Hall noch nie gesehen hatte. Die Käfer fielen in die Tiefe oder rannten über den Fußboden, wo sie von den Männern zertreten wurden.

»Seht euch das an«, sagte Hall. An der Unterseite der Klapptür war ein altes verrostetes Schloß angeschraubt. Es war zerbrochen. »Das dürfte doch nicht unten sitzen«, sagte Warwick. »Es müßte oben sein. Warum ...«

»Dafür kann es viele Gründe geben«, sagte Hall. »Vielleicht sollte niemand die Tür von hier oben öffnen können – jedenfalls nicht, als das Schloß noch neu war. Vielleicht sollte auch nichts von unten nach oben kommen können.«

»Aber wer hat abgeschlossen?« fragte Wisconsky.

»Oh«, sagte Hall spöttisch und sah Warwick an. »Das ist ein Geheimnis.«

»Hört ihr?« flüsterte Brochu.

»O Gott«, schluchzte Wisconsky. »Ich geh' da nicht runter!«

Ein leises Geräusch, als warteten sie. Ein Huschen und Trippeln von tausend Pfoten. Das Quietschen der Ratten.

»Könnten auch Frösche sein«, meinte Warwick.

Hall lachte laut.

Warwick leuchtete mit seiner Lampe nach unten. Eine Holztreppe, deren Stufen sich nach unten durchbogen, führte in die Dunkelheit hinab. Ratten waren nicht zu sehen.

»Die Treppe hält nicht«, entschied Warwick.

Brochu trat zwei Schritte vor und sprang auf der obersten Stufe auf und ab. Sie knarrte, aber sie hielt.

»Wer hat dir gesagt, daß du das tun sollst?« fragte Warwick.

»Sie waren nicht dabei, als Ray von der Ratte gebissen wurde«, sagte Brochu leise.

»Gehen wir«, sagte Hall.

Warwick warf noch einen höhnischen Blick auf die Umstehenden und trat mit Hall an die Luke. Widerwillig schloß Wisconsky sich ihnen an. Sie stiegen einzeln in die Dunkelheit hinab, zuerst Hall, dann Wisconsky und als letzter Warwick. Im Strahl ihrer Lampen erkannten sie die Unebenheiten und Verwerfungen des Betonfußbodens. Der Schlauch plumpste wie eine ungefüge Schlange hinter Wisconsky die Stufen herab.

Als sie unten angekommen waren, leuchtete Warwick mit seiner Lampe in die Ecken. Sie sahen ein paar verrottete Kisten und einige Fässer. Sonst nichts.

Das Sickerwasser vom Fluß stand in Pfützen und reichte ihnen bis an die Knöchel.

»Ich höre sie nicht mehr«, flüsterte Wisconsky.

Langsam entfernten sie sich von der Treppe unter der Luke, und ihre Füße schlurften durch den Schlamm. Hall blieb stehen und richtete den Strahl seiner Taschenlampe auf eine riesige Holzkiste, die eine Aufschrift trug. »Elias Varney«, las er, »1841. Gab es die Spinnerei damals schon?«

»Nein«, sagte Warwick. »Sie wurde erst 1897 gebaut. Aber ist das nicht scheißegal?«

Hall antwortete nicht. Sie gingen weiter. Der untere Keller dehnte sich weiter aus als erwartet. Hier stank es noch schlimmer. Fäulnis und Moder. Irgendwo tropfte Wasser. Sonst war es still.

»Was ist denn das?« fragte Hall und zeigte auf einen Betonpfeiler, der seitlich in den Keller hineinragte. Vor ihnen lag Dunkelheit, und Hall meinte, leise Geräusche zu hören.

Warwick betrachtete den Pfeiler. »Das ist ... nein, das kann nicht stimmen.«

»Die Außenwand der Spinnerei, nicht wahr? Und vor uns ...«

»Ich geh' zurück«, sagte Warwick plötzlich und drehte sich um.

Hall packte ihn im Genick. »Sie gehen nirgends hin, Vorarbeiter.«

Warwick sah ihn an, und sein Grinsen war in der Dunkelheit deutlich zu erkennen.

»Sie sind ja verrückt, Student. Reif fürs Irrenhaus.«

»Schubsen Sie mich nicht, alter Freund«, sagte Hall. »Schön weitergehen.«

Wisconsky stöhnte auf. »Hall ...«

»Gib her.« Hall nahm den Schlauch. Er ließ Warwicks Genick los und richtete den Schlauch auf seinen Kopf. Wisconsky rannte plötzlich zur Luke zurück. Hall drehte sich nicht einmal um. »Nach Ihnen, Vorarbeiter.«

Warwick ging zwischen den Wandvorsprüngen hindurch, an denen die Spinnerei über ihnen endete. Hall ließ den Strahl seiner Taschenlampe spielen und empfand kalte Befriedigung – seine Ahnung hatte sich erfüllt. Stumm wie der Tod kamen die Ratten von allen Seiten dichtgedrängt auf sie zu. Tausende von Augen sahen ihn gierig an. Bis hinten an die Wand wimmelte es von Ratten. Einige reichten ihm fast bis an die Knie.

Dann hatte auch Warwick sie bemerkt und blieb stehen. »Sie sind überall um uns herum, Student.« Seine Stimme klang ruhig und kontrolliert, aber er konnte sein Entsetzen nicht verbergen.

»Ja«, sagte Hall. »Gehen Sie weiter.«

Sie gingen weiter, und der Schlauch schleifte hinter ihnen her. Hall schaute sich einmal um und bemerkte, daß die Ratten ihnen den Rückweg durch den Gang abgeschnitten hatten. Einige fingen an, am Material des Schlauchs zu nagen.

Eine sah ihn an, und ihm schien, als grinste sie. Jetzt sah er auch die Fledermäuse, die von der Decke hingen. Sie waren so groß wie Rabenkrähen.

»Da!« rief Warwick und richtete den Strahl seiner Lampe ein paar Meter voraus.

Ein grünlich vermoderter Schädel starrte sie aus leeren Augenhöhlen an. Weiter hinten sah Hall einen Ellenknochen, ein Becken und Teile eines Brustkorbs. »Weitergehen«, sagte Hall. Er fühlte Wahnsinn in sich aufsteigen, Wahnsinn in düsteren Farben. *Bei Gott, du wirst vor mir den Verstand verlieren, Mister Vorarbeiter.*

Sie gingen an den Skelettresten vorbei. Die Ratten rückten nicht näher an sie heran. Der Abstand schien sich nicht zu verringern. Vor ihnen sah Hall eine über den Weg laufen. Sie war nur als Schatten zu erkennen, aber er sah ihren zuckenden rosafarbenen Schwanz. Er war so dick wie ein Telefonkabel.

Vor ihnen stieg der Fußboden steil an, um dann wieder abzufallen. Hall hörte ein leises, raschelndes Geräusch. Etwas Großes mußte dieses Geräusch verursacht haben. Etwas, das vielleicht kein lebender Mensch je gesehen hatte. Vielleicht hatte er in all den unsteten Jahren auf so etwas nur gewartet, fuhr es Hall durch den Sinn.

Die Ratten kamen jetzt näher. Sie bewegten sich auf den Bäuchen vorwärts. »Sehen Sie sich das an«, sagte Warwick kalt.

Hall sah es. Mit den Ratten hier unten war etwas geschehen. Eine grauenhafte Mutation, die es unter freiem Himmel nie gegeben hätte. Die Natur hätte es nicht zugelassen. Hier unten aber zeigte die Natur ein anderes, ein gespenstisches Gesicht.

Die Ratten waren riesig, einige fast einen Meter hoch, aber sie hatten keine Hinterbeine mehr und waren blind wie Maulwürfe, genau wie ihre fliegenden Vettern. Mit widerwärtiger Hast schoben sie sich vorwärts.

Warwick drehte sich um und sah Hall an. Mit schierer Willenskraft brachte er ein Lächeln zustande. Hall konnte nicht anders. Er mußte den Mann bewundern. »Wir können nicht weitergehen, Hall. Das müssen Sie einsehen.«

»Ich glaube, die Ratten wollen was von Ihnen«, sagte Hall.

Warwick verlor die Selbstkontrolle. »Bitte«, sagte er. »Bitte.«

Hall lächelte. »Weitergehen.«

Warwick schaute zurück. »Sie nagen am Schlauch. Wenn sie durch sind, können wir nicht mehr zurück.«

»Ich weiß. Gehen Sie weiter.«

»Sie sind wahnsinnig ...« Eine Ratte schob sich über Warwicks Fuß, und er kreischte auf. Hall lächelte und ließ den Lichtstrahl kreisen. Überall Ratten. Eine war schon auf weniger als einen halben Meter herangekommen.

Warwick ging weiter, und die Ratten zogen sich zurück.

Sie stiegen die kleine Erhebung hinauf und schauten nach unten. Warwick erreichte die Stelle als erster. Hall sah, daß sein Gesicht kalkweiß wurde. Speichel lief ihm über das Kinn. »Oh. Mein Gott.« Er wollte zurücklaufen.

Hall öffnete die Düse, und der Hochdruckstrahl traf Warwicks Brust und riß ihn von den Füßen.

Aus der Tiefe übertönte ein langgezogener Schrei das Geräusch des Wassers. Klatschende Laute.

»*Hall*!« Ein Ächzen. Ein unheimliches Quietschen, das den ganzen Raum zu füllen schien.

»HALL, UM GOTTES WILLEN ...«

Plötzlich ein nasses, reißendes Geräusch. Wieder ein Schrei, diesmal schwächer. Etwas Riesiges regte sich dort unten. Deutlich hörte Hall das Knacken brechender Knochen.

Von irgendeinem abnormen Ortungsorgan gelenkt, fiel eine blinde Ratte ohne Beine Hall an und biß zu. Wie abwesend drehte er das Wasser auf und spülte sie davon. Der Druck war nicht mehr ganz so stark wie vorher.

Er trat an den Rand und schaute hinab.

Die Ratte füllte den ganzen Abflußschacht am hinteren Ende dieses widerlichen Grabes aus. Eine riesige pulsierende graue Masse, ohne Augen und mit völlig zurückgebildeten Beinen. Als Halls Lichtstrahl sie traf, wimmerte sie ekelerregend. Es war die Rattenköniging, die *Magna Mater*. Ein riesiges namenloses Wesen, dessen Nachkommen wohl eines Tages Flügel haben würden. Warwicks Überreste wirkten neben ihr fast zwergenhaft, aber das mußte Täuschung sein. Es war der Schock, eine Ratte zu sehen, die größer war als ein Holsteiner Kalb.

»Alles Gute, Warwick«, sagte Hall. Die Ratte hockte jetzt über dem Vorarbeiter und riß Fleisch von einem seiner schlaffen Arme.

Hall wandte sich ab und rannte zurück. Mit dem Wasserstrahl wehrte er die Ratten ab, aber der Druck wurde immer geringer. Einige bissen ihn in die Beine. Eine andere hing an seinem Schenkel und riß seine Kordhose auf. Er schlug sie mit der Faust weg.

Er hatte etwa dreiviertel des Weges geschafft, als er in der Dunkelheit ein gewaltiges Surren hörte. Er schaute hoch, und ein riesiges fliegendes Wesen klatschte ihm ins Gesicht.

Die mutierten Fledermäuse hatten ihre Schwänze noch nicht verloren. Dieses Exemplar ringelte seinen Schwanz um Halls Genick und würgte ihn, während es gleichzeitig versuchte, ihn in den Hals zu beißen. Dabei krallte es sich in den Fetzen seines Hemdes fest und schlug mit den häutigen Schwingen.

Hall riß den Schlauch hoch und schlug immer wieder zu. Das Wesen fiel von ihm ab, und er zertrat es. Ihm war kaum bewußt, daß er dabei laut kreischte. Und jetzt kamen die Ratten. Sie liefen über seine Füße und kletterten an seinen Beinen hoch. Er rannte taumelnd weiter und konnte einige Ratten abschütteln. Die anderen bissen ihn in Bauch und Brust. Eine sprang auf seine Schulter und steckte die Schnauze in sein Ohr.

Dann traf er auf die zweite Fledermaus. Quietschend saß sie einen Augenblick auf Halls Kopf, und im Davonfliegen riß sie ihm ein großes Stück aus der Kopfhaut.

Er spürte, wie sein Körper erstarrte. Er hörte das Pfeifen und Quietschen von Hunderten von Ratten. Noch einmal bäumte er sich auf, dann sank er in die Knie. Er fing an zu lachen. Es war ein schauriges, kreischendes Lachen. Überall die pelzigen Leiber.

Fünf Uhr morgens. Donnerstag.

»Jemand müßte runtergehen«, sagte Brochu zaghaft.

»Ich nicht«, flüsterte Wisconsky. »Ich nicht.«

»Nein, du natürlich nicht, du Fettsack«, sagte Ippeston verächtlich.

»*Gehen wir*«, sagte Brogan und ergriff einen Schlauch. »Ich, Ippeston, Dangerfield, Nedeau.

Stevenson, du gehst ins Büro und holst noch ein paar Taschenlampen.«

Ippeston starrte nachdenklich in die Dunkelheit hinab. »Wahrscheinlich machen sie nur eine Zigarettenpause«, sagte er. »Ein paar Ratten. Daß ich nicht lache.«

Stevenson brachte die Taschenlampen. Kurz darauf stiegen die Männer nach unten.

Originaltitel: Graveyard Shift
Deutsche Übersetzung: Harro Christensen

# Lektüre für die Abenddämmerung

Charles Dickens

Eins, zwei, drei, vier, fünf. Es waren fünf.

Fünf Reisebegleiter*, die vor dem Kloster auf dem Gipfel des Großen St. Bernhard in der Schweiz draußen auf einer Bank saßen und zu den fernen Höhen hinüberblickten, denen die untergehende Sonne Farbkleckse aufsetzte, als sei eine gewaltige Menge Rotwein über dem Berggipfel verspritzt worden und hätte noch nicht genug Zeit gehabt, in den Schnee einzusickern.

Dieser Vergleich stammt nicht von mir. Er wurde von dem kräftigsten der Reisebegleiter, einem Deutschen, so hübsch passend zu diesem Schauspiel ersonnen. Die anderen nahmen davon allesamt ebensowenig Notiz wie von mir, der ich auf der anderen Seite der Klostertür auch auf einer Bank saß, genau wie sie meine Zigarre rauchte und – ebenfalls wie sie – den geröteten Schnee und die einsame Hütte ganz in der Nähe betrachtete, wo die Leichen von verirrten Reisenden, die aus dem Schnee gegraben worden waren, aufgebahrt lagen und nur langsam verwitterten, da sie in dieser kalten Region keiner Fäulnis anheimfielen!

Der Wein auf der Bergspitze sickerte ein, während wir zusahen. Der Berg wurde weiß. Der Himmel färbte sich kräftig blau. Der Wind erhob sich und die Luft wurde schneidend kalt. Die fünf Reisebegleiter knöpften ihre Wetter-

* Zu Dickens Zeiten war es üblich, daß wohlhabende Touristen einen privaten ›Reisebegleiter‹ als Führer, Diener und Reisearrangeur in Dienst stellten – eine meist recht einträgliche und in jedem Fall erlebnisreiche Stellung. (Anm. d. Hrsg.)

mäntel zu. Da es in solchen Situationen niemand Geeigneteren zur Nachahmung gibt als einen Reisebegleiter, knöpfte ich meinen auch zu.

Der Berg im letzten Sonnenlicht hatte die Fünf in ihrer Unterhaltung unterbrochen. Solch ein Anblick ist erhaben und kann sehr leicht ein Gespräch aufhalten. Als der Berg nun nicht mehr im Sonnenlicht lag, nahmen sie den Faden wieder auf. Nicht, daß ich irgendeinen Teil ihrer früheren Ausführungen gehört hätte, denn da hatte ich mich noch nicht von dem amerikanischen Herrn im klösterlichen Aufenthaltsraum für Reisende abgesondert, der, mit dem Gesicht zum Feuer sitzend, angehoben hatte, mir vollständig den Lauf der Ereignisse darzustellen, die dazu geführt hatten, daß der ehrenwerte Ananias Dodger eines der riesigsten Dollarvermögen anhäufen konnte, die je in seinem Land erworben wurden.

»Gottverdammt!« sagte der Schweizer Reisebegleiter auf französisch (was ich nicht, wie einige Autoren es offenbar tun, für eine derartige Patententschuldigung für ein ungezogenes Wort halte, daß ich es nur in dieser Sprache zu schreiben brauche, um es unschuldig wirken zu lassen), »wenn Ihr von Geistern sprecht …«

»Aber ich spreche nicht von Geistern«, sagte der Deutsche.

»Wovon denn sonst?« fragte der Schweizer.

»Wenn ich wüßte, wovon«, sagte der Deutsche, »wäre ich womöglich um einiges klüger.«

Das war eine gute Antwort, wie ich meinte, und sie machte mich neugierig. Also verschob ich meinen Sitzplatz zu der Ecke der Bank hin, die ihnen am nächsten war, und konnte, indem ich mich mit dem Rücken an die Klostermauer lehnte, alles genau mithören, ohne daß man mir ansah, daß ich lauschte.

»Donner und Blitz!« sagte der Deutsche und kam in Fahrt, »wenn ein gewisser Mann auf dem Weg ist, Euch aufzusuchen, unangekündigt; und schickt, ohne es selbst zu wissen, irgendeinen unsichtbaren Boten, um Euch den Gedanken an ihn den ganzen Tag lang in den Kopf zu setzen; wie nennt Ihr das? Wenn Ihr eine Straße voller Menschen entlanggeht – in Frankfurt, Mailand, London, Paris – und meint, ein vorbeigehender Fremder sehe Eurem Freund Heinrich ähnlich, und beginnt so ein seltsames Vorherwissen zu bekommen, daß Ihr bald Euren Freund Heinrich treffen werdet – was tatsächlich geschieht, obwohl Ihr ihn in Triest vermutet hattet –, wie nennt Ihr das?«

»Das ist nicht einmal selten«, murmelten der Schweizer und die anderen drei.

»Selten!« sagte der Deutsche. »Es ist so wenig selten wie Kirschen im Schwarzwald, so wenig selten die Makkaroni in Neapel. Und apropos Neapel! Wenn die alte Marchesa Senzanima bei einer Tischrunde Kartenspiel auf der Chiaja aufschreit, so wie ich es mit ansah und -hörte, denn es geschah bei einer meiner bayrischen Familien, und ich beaufsichtigte an jenem Abend den Tischdienst; hört! Wenn die alte Marchesa vom Kartentisch hochfährt, bleich unter ihrem Rouge, und schreit: ›Meine

Schwester in Spanien ist tot! Ich habe ihre kalte Hand auf meinem Rücken gespürt!‹ Und wenn eben diese Schwester tatsächlich im selben Moment gestorben ist; wie nennt Ihr das?«

»Oder wenn das Blut des San Gennaro auf Bitten der Geistlichen wieder flüssig wird, wie es in meiner Geburtsstadt regelmäßig einmal im Jahr geschieht, wie alle Welt weiß«, sagte der neapolitanische Kurier nach einer Pause mit einem spöttischen Seitenblick, »wie nennt Ihr das?«

»Das!« rief der Deutsche aus. »Nun, ich glaube, dafür weiß ich einen Namen.«

»Wunder?« sagte der Neapolitaner, immer noch mit verschlagenem Gesichtsausdruck.

Der Deutsche rauchte bloß und lachte, und alle rauchten und lachten sie.

»Pah!« sagte der Deutsche kurz darauf, »ich rede von Dingen, die tatsächlich passieren. Wenn ich den Wunsch habe, einen Zauberer aufzusuchen, bezahle ich dafür, daß er ein Meister ist, und will etwas sehen für mein Geld. Auch ohne Geister geschehen sehr seltsame Dinge. Geister! Giovanni Baptista, erzählt Eure Geschichte von der englischen Braut! Darin kommt kein Geist vor, aber etwas nicht weniger Seltsames. Kann mir jemand erklären, was es war?«

Da Stille unter ihnen einkehrte, blickte ich in die Runde. Der, den ich für Baptista hielt, zündete sich eine neue Zigarre an. Bald darauf begann er zu reden. Er kam aus Genua, wie ich annahm.

»Die Geschichte von der englischen Braut?«

sagte er. »Basta! Man sollte eine so läppische Sache nicht Geschichte nennen. Nun, es ist doch eine. Aber sie ist wahr. Gebt genau acht, Gentlemen, sie ist wahr. Es ist nicht alles Gold, was glänzt, aber was ich Euch erzähle, ist wahr.«

Er wiederholte das mehrere Male.

Vor zehn Jahren legte ich im Londoner Long's Hotel in der Bond Street meine Empfehlungsschreiben einem englischen Gentleman vor, der für ein oder auch zwei Jahre auf Reisen gehen wollte. Sie sagten ihm zu, und meine Person ebenso. Es gefiel ihm, Erkundigungen einzuziehen. Die Antworten, die er erhielt, waren für mich sehr schmeichelhaft. Er verpflichtete mich auf ein halbes Jahr, und meine Entlohnung war großzügig.

Er war jung, gutaussehend und sehr glücklich. Er war in eine schöne, junge englische Lady mit beträchtlichem Vermögen verliebt, und ihre Vermählung stand bevor. Kurzum, es war ihre Hochzeitsreise, die wir antreten wollten. Für eine dreimonatige Erholung im heißen Klima (zu der Zeit war es Frühsommer) hatte er einen alten Palazzo an der Riviera gemietet, in geringer Entfernung von meiner Heimatstadt Genua und an der Straße nach Nizza gelegen. Ob ich den Palast kannte? Ja; ich erklärte ihm, daß ich ihn genau kenne. Es war ein alter Palast mit großen Gärten. Er war ein wenig verödet und etwas düster und drückend, da er eng von Bäumen eingegrenzt war, und doch war er weitläufig, ehrwürdig alt und prächtig und lag an der Küste. Er sagte, genau so sei er ihm beschrieben worden, und war sehr zufrieden, daß ich ihn kannte. Was die unvollständige Einrichtung dort anging, war das ja bei diesen Bauten immer so. Was die Düsterkeit dort anging, hatte er ihn ja in erster Linie wegen der Gärten gemietet, und meine Herrin und er würden den Sommer in ihrem Schatten verbringen.

»Also ist alles gut, Baptista?« sagte er.

»Zweifellos, Signor, sehr gut.«

Wir nahmen einen Reisewagen für die Fahrt, der eigens für uns gebaut und in jeder Hinsicht komfortabel war. Alles war komfortabel bei uns; es fehlte uns an nichts. Die Hochzeit fand statt. Sie waren glücklich. Ich war auch glücklich, so harmonisch wie alles war, so gut versorgt wie ich war, weil ich in meine Heimatstadt kommen würde und weil ich mitten in dem Rumpeln des Wagens dem Mädchen der Herrin, la bella Carolina, die ständig frohgestimmt war und lachte, die jung und rosig war, meine Muttersprache beibrachte.

Die Zeit flog dahin. Aber ich beobachtete – hört genau hin, bitte ich Euch! (und hier senkte der Kurier seine Stimme) – ich beobachtete, wie meine Herrin auf sehr merkwürdige Weise grübelte, gezeichnet von Furcht, gezeichnet von innerem Aufruhr. Eine ungewisse Bedrükkung schien auf ihr zu lasten. Ich glaube, das begann mir da aufzufallen, als ich einmal neben dem Wagen bergaufging und mein Herr vorneweg geschritten war. Jedenfalls erinnere ich mich, daß es sich mir eines Abends in Südfrankreich einprägte, als sie mich rief, damit ich den Herrn zurückrufen sollte, und als er dann zurückkam und eine lange Strecke zu Fuß ging, wobei er aufmunternd und liebevoll mit ihr redete, und seine Hand im offenen Fenster lag und ihre in seiner ruhte. Ab und zu lachte er fröhlich, als wolle er sie neckend auf andere Gedanken bringen. Bald lächelte sie wieder, und dann war alles wieder gut.

Es war seltsam. Ich fragte la bella Carolina, die hübsche kleine Zofe. War der gnädigen Frau unwohl? Nein. Schwermütig? Nein. Hatte sie Angst vor schlechten Straßen oder Banditen? Nein. Und noch rätselhafter wurde es dadurch, daß die hübsche Kleine mich nicht ansah, wenn sie antwortete, sondern beharrlich die Landschaft betrachtete.

Aber eines Tages verriet sie mir das Geheimnis.

»Wenn Ihr es unbedingt wissen wollt«, sagte Carolina, »aus dem, was ich mitangehört habe, schließe ich, daß die Herrin eine Heimgesuchte ist.«

»Auf welche Art heimgesucht?«

»Durch einen Traum.«

»Was für einen Traum?«

»Durch den Traum von einem Gesicht. Vor ihrer Hochzeit sah sie im Traum drei Nächte lang ein Gesicht, immer dasselbe Gesicht und immer nur eines.«

»Ein furchtbares Gesicht?«

»Nein. Das Gesicht eines dunklen, stattlich aussehenden Mannes, schwarz gekleidet, mit schwarzem Haar und grauem Schnurrbart – ein gutaussehender Mann, wenn auch mit einer geheimnisumwitterten Ausstrahlung von Verschlossenheit. Ein Gesicht, das sie nie vorher gesehen hatte und das keinem glich, das sie je gesehen hatte. Das in dem Traum nichts weiter tut, als sie von Dunkelheit umgeben starr anzublicken.«

»Kommt der Traum noch öfter wieder?«

»Nie. Die Erinnerung an ihn macht ihr ganzes Unglück aus.«

»Und warum ängstigt er sie?«

Carolina schüttelte den Kopf.

»Das fragt sich unser Herr auch«, sagte la bella, »sie weiß es nicht. Sie fragt sich selbst, warum. Aber ich hörte, wie sie ihm erst gestern abend sagte, daß sie nicht wüßte, wie sie es wohl ertragen sollte, wenn sie ein Portrait von jenem Gesicht in unserem italienischen Haus vorfände (was sie voller Furcht kommen sieht).«

Mein Ehrenwort, ich fürchtete mich von da an davor (sagte der Kurier aus Genua), daß bei unserer Ankunft im alten Palazzo so ein Unheilsbild dort sein könne. Ich wußte, daß es dort viele Bilder gab, und ich wünschte, als wir dem Ziel immer näher kamen, die ganze Galerie in den Krater des Vesuvs. Und es kam noch besser, da es, als wir uns schließlich jenem Teil der Riviera näherten, ein stürmischer, düsterer Abend war. Es donnerte, und der Donner in meiner Heimatstadt und ihrem Umland, der von den hohen Hügeln widerhallt, ist sehr laut. Die Eidechsen rannten in die Ritzen der verwitterten Steinmauer herein und wieder heraus, als hätten sie Angst; die Frösche blubberten und quakten so laut sie konnten. Der Seewind heulte, und von den nassen Bäumen tropfte es; und erst der Blitz – beim Leichnam von San Lorenzo, wie blitzte das!

Wir wissen alle, wie ein alter Palazzo in oder bei Genua aussieht – wie er mit der Zeit und durch die Seeluft fleckig geworden ist – wie sich der auf die Außenwände gemalte Mantel in großen Mörtelschuppen abgeschält hat – wie die unteren Fenster von rostigen Eisenstäben verdunkelt werden – wie der Hof von Gras überwuchert ist – wie baufällig die Außengebäude sind – wie der ganze Kasten dem Untergang geweiht zu sein scheint. Unser Palazzo war einer von der richtigen Sorte. Er war monatelang gründlich verschlossen gewesen. Monatelang? Jahrelang! Er roch erdig wie ein Grab. Der Duft der Orangenbäume auf der breiten Terrasse an der Hinterseite, der der an der Mauer reifenden Zitronen und der einiger Büsche, die um einen rissigen Springbrunnen herum wuchsen, war irgendwie ins Innere des Hauses gedrungen und hatte nicht wieder entweichen können. Da war er also, in allen Räumen, ein abgestandener Geruch, der in seinem Gefängnis schwächer geworden war. Er hing krank in allen Schränken und Schubladen. In den kleinen Durchgangszimmern zwischen den großen Räumen war er erdrückend. Wenn man ein Bild herumdrehte – um zu den Bildern zurückzukommen –, steckte er auch da und klammerte sich wie eine Art Fledermaus an die Wand hinter dem Rahmen.

Die vergitterten Fensterläden waren am ganzen Haus fest verschlossen. Zwei häßliche, alte graue Frauen waren im Haus, um nach dem Rechten zu sehen. Eine von ihnen stand in der Tür, wickelte Wolle auf eine Spindel und murmelte etwas und hätte den Teufel nicht länger draußen warten lassen als die Luft. Wir alle, der Herr, die gnädige Frau, la bella Carolina und ich, gingen durch den Palazzo. Obwohl ich mich als Letzten genannt habe, ging ich voran und öffnete die Fenster und die vergitterten Läden, wobei ich Regenspritzer, Klümpchen Mörtel und hin und wieder einen dösenden Moskito oder eine fette Genueser Riesenspinne abwischte.

Sobald das Abendlicht in eins der Zimmer schien, traten unser Herr, die gnädige Frau und la bella Carolina ein. Dann sahen wir uns rundherum alle Bilder an, und ich ging wiederum als erster in einen anderen Raum weiter. Unsere Herrin hatte insgeheim große Angst, auf ein Abbild jenes Gesichts zu stoßen – wir alle hatten Angst davor, aber so etwas war nicht dabei. Die Madonna mit dem Kind, San Francisco, San Sebastiano, die Venus, Santa Caterina, Engel, Straßenräuber, Mönche, Tempel bei Sonnenuntergang, Schlachten, weiße Pferde, Wälder, Apostel, Dogen, alle meine alten Bekannten in großer Zahl? Ja. Ein dunkler, gutaussehender Mann in Schwarz, zurückhaltend und geheimnisvoll, mit schwarzem Haar und grauem Schnurrbart, der meine Herrin aus dem Dunkel anstarrte? Nein.

Schließlich hatten wir die Zimmer und Bilder alle gesehen und kamen nach draußen in die Gärten. Sie waren groß und schattig und recht gut gepflegt, da ein Gärtner sie gepachtet hatte. An einer Stelle lag ein Naturtheater unter freiem Himmel, mit einem grünen Hang als Bühne, den Kulissen, drei Eingängen zu jeder Seite und wohlduftenden Laubwänden. Die Herrin ließ ihre hellen Augen sogar hier umherwandern, als erwarte sie, daß das Gesicht in dieser Szenerie auftauchen würde. Aber alles war gut.

»Nun, Clara«, sagte der Herr mit tiefer Stimme, »siehst du, daß nichts da ist? Du bist glücklich.«

Das ermutigte die gnädige Frau sehr. Sie gewöhnte sich bald an diesen grimmigen Palazzo, sang, spielte Harfe, kopierte die alten Gemälde und ging mit unserem Herrn den ganzen Tag unter grünen Bäumen und zwischen Reben spazieren. Sie war eine Schönheit. Er war glücklich. Er lachte und sagte immer zu mir, wenn er sein Pferd zum Morgenritt vor der Hitze bestieg:

»Alles ist gut, Baptista!«

»Ja, Signore, Gott sei Dank, sehr gut!«

Wir empfingen keinen Besuch. Ich nahm la bella mit zum Duomo und zur Annunciata, ins Café, in die Oper, zur dörflichen Fiesta, in den Stadtpark, zur Matinée, zu den Marionetti. Die hübsche Kleine war bezaubert davon, das alles zu sehen.

Sie lernte Italienisch – Himmel! Wie ein Wunder! Hatte die gnädige Frau jenen Traum ganz vergessen? Ich fragte Carolina gelegentlich. Fast, sagte la bella – beinahe. Er sei schon verblaßt.

Eines Tages erhielt mein Herr einen Brief und rief nach mir.

»Baptista!«

»Signore.«

»Ein Gentleman, der mir vorgestellt werden soll, wird heute zum Essen kommen. Sein Name ist Signor Dellombra. Sorgen Sie für ein fürstliches Mahl.«

Das war ein seltsamer Name, der mir unbekannt war. Allerdings waren viele Edelleute und vornehme Herren von Österreich wegen politischer Verdächtigungen verfolgt worden, und einige Namen hatten sich geändert. Vielleicht war dies einer von ihnen. Altro! Dellombra schien mir ein ebensoguter Name zu sein wie jeder andere auch.

Als Signor Dellombra zum Essen erschien (sagte der genuesische Reisebegleiter in der tiefen Lage, in die er seine Stimme schon einmal vorher gesenkt hatte), ließ ich ihn ins Empfangszimmer, den großen Saal des Palazzo, ein. Unser Herr begrüßte ihn herzlich und stellte ihn der gnädigen Frau vor. Als sie aufstand, wurde sie bleich im Gesicht. Sie schrie auf und fiel auf den Marmorboden.

Erst dann wandte ich mich zu diesem Signor Dellombra um und sah, daß er schwarz gekleidet war, eine reservierte und geheimnisvolle Ausstrahlung hatte und daß er ein stattlicher dunkler Mann mit schwarzem Haar und einem grauen Schnurrbart war.

Unser Herr hob die Herrin in seine Arme und trug sie in ihr Zimmer, wohin ich la bella Carolina sofort schickte. La bella erzählte mir anschließend, daß die gnädige Frau beinahe zu Tode erschrocken war und daß ihre Gedanken sich die ganze Nacht um ihren Traum gedreht hatten.

Der gnädige Herr war aufgebracht und besorgt, beinahe zornig und doch äußerst zuvorkommend. Der Signor Dellombra war ein vollendet höflicher Gentleman und sprach mit großem Respekt und Mitgefühl darüber, daß die gnädige Frau so krank war. Der afrikanische Wind blies seit mehreren Tagen (hatte man ihm in seiner Herberge zum Malteserkreuz erklärt), und er wußte, daß dieser oft Schaden anrichtete. Er hoffte, die schöne Dame würde sich bald erholen. Er bat um die Erlaubnis, sich zurückziehen zu dürfen und seinen Besuch zu wiederholen, sobald er das Glück habe, zu hören, daß es ihr besser gehe. Unser Herr ließ das jedoch nicht zu, und so speisten sie alleine.

Dellombra zog sich frühzeitig zurück. Tags darauf läutete er zu Pferde am Tor, um sich nach der Herrin zu erkundigen. Während dieser Woche tat er das zwei- oder dreimal.

Was ich selbst beobachtete, und was la bella Carolina mir berichtete, ließ zusammen erkennen, daß unser Herr es sich nun zur Aufgabe gemacht hatte, die gnädige Frau von ihrer unbegründbaren Angst zu heilen. Er war äußerst einfühlsam, aber auch vernunftbetont und bestimmt. Er argumentierte ihr gegenüber, daß, solche Trugbilder gelten zu lassen, damit gleichkäme, Schwermut oder sogar Wahnsinn heraufzubeschwören. Daß es bei ihr selbst läge, sich selbst treu zu sein. Daß ihr seltsamer wunder Punkt für immer überwunden sei, sobald sie ihm einmal so erfolgreich getrotzt habe, daß sie den Signor Dellombra empfangen könne wie eine englische Dame jeden anderen Gast empfangen würde. Um allem ein Ende zu machen, kam der Signor ein zweites Mal, und die gnädige Frau empfing ihn, ohne sichtbar darunter zu leiden (doch immer noch besorgt und gehemmt), und der Abend verlief ohne Spannungen.

Der Herr war so erfreut über diesen Fortschritt und so bemüht, ihn zu bestätigen, daß der Signor Dellombra ein regelmäßiger Gast wurde. Er kannte sich gut mit Bildern, Büchern und Musik aus, und seine Gesellschaft wäre in jedem grimmigen Palazzo willkommen gewesen.

Mir fiel viele Male auf, daß die gnädige Frau nicht vollständig erholt war. Sie senkte angesichts des Signor Dellombra immer schnell den Blick und ließ den Kopf hängen oder starrte ihn oft verängstigt und fasziniert an, als ob seine Anwesenheit einen bösen Einfluß auf sie ausübte oder eine üble Macht über sie hätte. Wenn ich mich von ihr zu ihm wandte, sah ich ihn in den schattigen Gärten oder dem spärlich beleuchteten Saal, wie er sie, wie ich es ausdrücken würde ›aus der Dunkelheit starr anblickte‹. Denn es ist wahr, daß ich la bella Carolinas Worte, mit denen die Herrin ihr das Gesicht im Traum beschrieben hatte, nicht vergessen hatte.

Nach seinem zweiten Besuch hörte ich unseren Herrn sagen:

»Nun kannst du sehen, meine liebe Clara, daß es vorüber ist! Dellombra ist gekommen und wieder gegangen, und deine Furcht ist zerbrochen wie Glas.«

»Wird er … wird er jemals wiederkommen?« fragte die Herrin.

»Jemals? Nun, gewiß, immer und immer wieder! Frierst du?« (Sie zitterte.)

»Nein, Lieber … aber … er jagt mir Angst ein. Bist du sicher, daß er unbedingt wiederkommen sollte?«

»Nach dieser Frage um so sicherer, Clara«, gab der Herr fröhlich zurück.

Nun hatte er aber die starke Hoffnung, daß sie sich vollständig erholen würde, und glaubte von Tag zu Tag fester daran. Sie war eine Schönheit. Er war glücklich.

»Alles ist gut, Baptista?« sagte er wieder regelmäßig zu mir.

»Ja, Signore, Gott sei Dank, sehr gut.«

Wir waren alle (sagte der Genueser, wobei er sich zwang, etwas lauter zu sprechen), wir waren alle beim Karneval in Rom. Ich war den ganzen Tag mit einem sizilianischen Freund von mir, der auch Kurier war und dort mit einer englischen Familie weilte, unterwegs gewesen. Als ich abends zu unserer Herberge zurückkam, traf ich auf die kleine Carolina, die eigentlich nie alleine von zu Hause ausschwärmte, nun aber verstört den Corso entlanglief.

»Carolina! Was ist los?«

»O Baptista! Oh, um Gottes willen, wo ist meine Herrin?«

»Deine Herrin, Carolina?«

»Seit heute morgen verschwunden ... sagte mir, als unser Herr seine tägliche Ausfahrt begann, ich sollte sie nicht stören, da sie in der Nacht nicht geschlafen habe (es sei ihr schlecht gegangen), müde sei und bis zum Abend im Bett bleiben und dann erfrischt aufstehen wolle. Sie ist weg! Sie ist weg! Unser Herr ist zurückgekommen, hat die Tür aufgebrochen, und sie ist weg! Meine schöne, meine gute, meine unschuldige Herrin!«

Die hübsche Kleine schrie und tobte und raufte sich so wild die Haare, daß ich sie nicht hätte festhalten können, wäre sie nicht plötzlich wie von einem Schuß getroffen in meinen Armen ohnmächtig geworden. Unser Herr kam heran, von Auftreten, Gesicht und Stimme her dem Herrn, den ich kannte, nicht mehr ähnlicher als er mir war. Er nahm mich mit (ich legte die Kleine auf ihr Bett in der Herberge und ließ sie bei den Kammerfrauen), in wilder Fahrt in einem Wagen durch die Dunkelheit, quer durch die trostlose Campagna. Als es wieder hell war und wir an einem erbärmlichen Postgebäude hielten, waren alle Pferde schon vor zwölf Stunden gemietet und in verschiedenen Richtungen losgeschickt worden. Hört her! – von eben dem Signor Dellombra, der dort in einem Wagen durchgekommen war, in dem sich eine verängstigte englische Lady in einer Ecke zusammengekauert hatte.

Ich hörte nie davon (sagte der Reisebegleiter aus Genua nach einem langen Atemzug), daß über diesen Ort hinaus je wieder eine Spur von ihr gefunden wurde. Ich weiß nur, daß sie mit dem schrecklichen Gesicht, das sie in ihrem Traum heimgesucht hatte, in die schändliche Vergessenheit verschwand.

»Wie nennt Ihr so etwas?« sagte der deutsche Reisebegleiter triumphierend. »Geister! Hier gibt es doch keine Geister! Wie nennt Ihr das, wovon ich Euch nun erzählen werde? Geister! Da gibt es auch keine Geister!«

Ich übernahm vor einiger Zeit den Auftrag (fuhr der deutsche Reisebegleiter fort), mit einem englischen Gentleman, einem in die Jahre gekommenen Junggesellen, durch mein Land, mein Vaterland zu reisen. Er war ein Kaufmann, der mit meinem Land Handel trieb und die Landessprache verstand, der aber nicht mehr dort gewesen war, seit er ein Junge war; und ich schätze, das war etwa sechzig Jahre her.

Er hieß James und hatte einen Zwillingsbruder, John, ebenfalls Junggeselle. Diese Brüder hegten eine große Zuneigung füreinander. Sie waren Geschäftspartner mit Sitz in Goodman's Fields, wohnten aber nicht zusammen. Mr. James lebte in der Poland Street, einer Seitenstraße der Oxford Street in London. Mr. John wohnte am Epping Forest.

Mr. James und ich sollten in ungefähr einer Woche nach Deutschland aufbrechen. Der genaue Termin hing vom Geschäft ab. Mr. John kam in die Poland Street (wo ich im Haus wohnte), um die Woche mit Mr. James zu verbringen. Aber am zweiten Tag sagte er zu seinem Bruder: »Ich fühle mich nicht sehr wohl, James. Es ist nichts Besonderes los mit mir, aber ich spüre ein wenig die Gicht. Ich will heimfahren und mich in die Obhut meiner alten Haushälterin begeben, die meine Art genau kennt. Wenn es mir bald wieder wirklich gut geht, komme ich wieder hierher zu dir, ehe du losfährst. Wenn ich mich nicht gut genug fühle, um meinen Besuch da wieder aufzunehmen, wo ich ihn jetzt abbreche, nun, wirst du mich besuchen, ehe du fährst.« Mr. James sagte natürlich zu, und sie gaben sich die Hand; beidhändig, wie sie das immer taten, und Mr. John bestellte seinen altmodischen Wagen vor das Haus und rumpelte heim.

Es geschah in der zweiten Nacht danach – also in der vierten der Woche –, daß ich von Mr. James, der in seinem Flanellnachthemd mit einer brennenden Kerze in mein Schlafzimmer kam, aus meinem tiefen Schlaf geweckt wurde. Er setzte sich auf den Rand meines Bettes, sah mich an und sagte:

»Wilhelm, ich habe Grund, anzunehmen, daß irgendeine seltsame Krankheit mich befallen hat.«

Dann bemerkte ich, daß sein Gesicht einen sehr ungewöhnlichen Ausdruck hatte.

»Wilhelm«, sagte er, »ich fürchte oder schäme mich nicht, Euch zu erzählen, was ich einem anderen aus Furcht oder Scham verschweigen würde. Ihr kommt aus einem vernünftigen Land, wo man Rätseln auf den Grund geht und sie nicht darauf festlegt, daß sie schon vor ewig langer Zeit gewogen und gemessen worden sind oder für unwägbar und unmeßbar befunden oder, wenn das beides nicht zutrifft, für alle Zeiten beiseite geschoben worden sind. Ich habe gerade eben das Phantom meines Bruders gesehen.«

Ich gebe zu (sagte der Deutsche), daß mir das Blut in den Adern kribbelte, als ich das hörte.

»Ich habe gerade eben«, wiederholte Mr. James, wobei er mich direkt ansah, damit ich sehen sollte, wie gefaßt er war, »das Phantom meines Bruders John gesehen. Ich saß aufrecht im Bett, da ich nicht schlafen konnte, als es in mein Zimmer kam. Es war weiß gekleidet und durchquerte den Raum bis zum Ende, während es mich ernst anblickte, warf dann einen Blick auf einige Blätter Papier auf meinem Schreibtisch, drehte sich um, sah mich immer noch ernst an, als es am Bett vorbeiging und ging durch die Tür hinaus. Nun bin ich nicht im geringsten verrückt und lege es nicht im geringsten darauf an, dieses Phantom mit einer äußeren Existenz außerhalb meiner Vorstellungen aufzuwerten. Ich glaube, es warnte mich davor, daß ich krank bin, und ich glaube, ich muß einen Aderlaß machen lassen.«

Ich stieg sofort aus dem Bett (sagte der deutsche Reisebegleiter) und begann, mich anzuziehen, währenddessen ich ihn bat, sich keine Sorgen zu machen, und ihm sagte, daß ich selbst den Arzt holen wollte. Ich war gerade fertig, als wir lautes Klopfen und Läuten an der Eingangstür hörten. Da mein Mansardenzimmer an der Rückseite lag und das von Mr. James im zweiten Stock zur Straße hin, gingen wir in sein Zimmer hinunter und schoben das Fenster hoch, um herauszufinden, was dort vorging.

»Ist das Mr. James?« sagte unten ein Mann und trat auf die andere Seite des Weges zurück, um zu uns hinaufzusehen.

»Ja«, sagte Mr. James, »und du bist Robert, der Diener meines Bruders.«

»Ja, Sir. Ich muß Euch leider sagen, Sir, das Mr. John krank ist. Es geht ihm sehr schlecht, Sir. Wir befürchten sogar, daß er sterben könnte. Er will Euch sehen, Sir. Ich habe eine Kutsche dabei. Bitte, kommt zu ihm. Bitte verliert keine Zeit.«

Mr. James und ich sahen uns gegenseitig an. »Wilhelm«, sagte er, »das ist sonderbar. Ich möchte, daß Ihr mitkommt!« Ich half ihm beim Ankleiden, zum Teil im Haus und zum Teil in der Kutsche, und unter den Hufeisen der Pferde auf dem Weg zwischen Poland Street und dem Forest wuchs kein Gras mehr.

Gebt nun acht! (sagte der Deutsche) Ich ging mit Mr. James ins Zimmer seines Bruders und sah und hörte selbst mit an, was jetzt kommt.

Sein Bruder lag auf seinem Bett am hinteren Ende einer langen Schlafkammer. Seine alte Haushälterin war da und auch andere; ich glaube, da waren drei andere, wenn nicht vier, und sie waren seit dem frühen Nachmittag bei ihm. Er trug Weiß wie die Gestalt, wie konnte es anders sein, da er sein Nachtgewand anhatte. Er sah aus wie die Gestalt, wie konnte es anders sein, da er seinen Bruder mit ernster Miene betrachtete, als er ihn ins Zimmer kommen sah.

Aber als sein Bruder neben das Bett trat, richtete er sich langsam aus dem Liegen auf, sah ihn unvermittelt an und sprach dabei diese Worte:

»James, du hast mich heute nacht schon einmal gesehen – und du weißt das auch!«

Und starb! Ich wartete, als der deutsche Reisebegleiter geendet hatte, darauf, daß zu dieser seltsamen Geschichte noch etwas gesagt würde. Niemand brach das Schweigen. Ich blickte in die Runde, und die fünf Reisebegleiter waren so leise verschwunden, als habe der gespenstische Berg sie in seinen ewigen Schnee aufgesogen. Mittlerweile war ich keineswegs mehr dazu aufgelegt, in dieser scheußlichen Kulisse allein dazusitzen, wo die unangenehm kühle Luft feierlich über mich herfiel – oder, um die Wahrheit zu sagen, irgendwo allein zu sitzen. Also ging ich zurück in den Aufenthaltsraum und hörte, da ich den amerikanischen Gentleman immer noch in der Laune vorfand, die Biographie des ehrenwerten Dollarmillionärs Ananias Dodger zu erzählen, diese bis zum bitteren Ende an.

ENDE

Originaltitel: To Be Read At Dusk
Deutsche Übersetzung von Ralph Tegtmeier und Richard Bellinghaus

# Der Leichenräuber

Robert Louis Stevenson

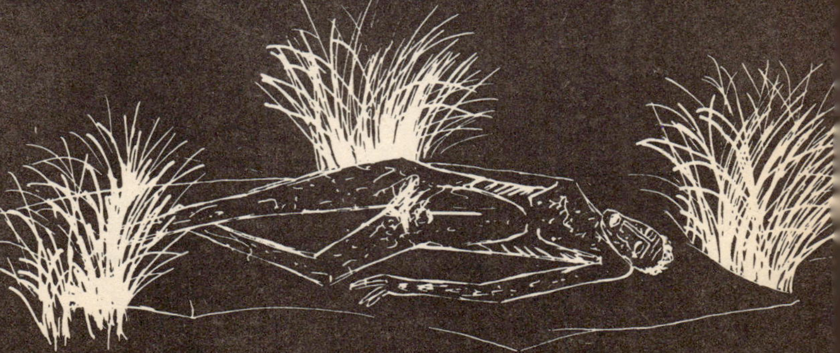

Abend für Abend, das ganze Jahr über, trafen wir vier in der kleinen Gaststube des ›George‹ in Debenham zusammen – der Leichenbestatter, der Wirt, Fettes und ich. Gelegentlich kamen auch andere hinzu. Aber bei Wind und Wetter, ob Regen, Schnee oder Frost, saß ein jeder von uns vieren in seinem eigenen besonderen Lehnstuhl. Fettes war ein alter, versoffener Schotte, augenscheinlich ein Mann von Bildung und einigem Wohlstand, denn er pflegte dem Müßiggang. Er war vor langer Zeit in jungen Jahren nach Debenham gekommen, und die bloße Beständigkeit, mit der er hier lebte, hatte es zu seiner Wahlheimat gemacht. Sein blauer Kamelottumhang war, ebenso wie die Kirchturmspitze, ein hiesiges Altertum.

Sein Platz in der Gaststube des ›George‹, sein Fernbleiben von der Kirche, seine unverbesserlichen, unmäßigen, verrufenen Laster, das alles waren Alltäglichkeiten in Debenham. Er hatte ein paar wirre radikale Ansichten und einige flüchtige Ungläubigkeiten, die er von Zeit zu Zeit darlegte und mit unsicheren Hieben auf den Tisch zu unterstreichen pflegte.

Er trank Rum – fünf Gläser regelmäßig jeden Abend, und den größten Teil seines nächtlichen Besuchs im ›George‹ verbrachte er mit dem Glas in der rechten Hand in einem Zustand melancholischer alkoholisierter Zufriedenheit. Wir nannten ihn den Doktor, denn es wurde behauptet, daß er einige besondere medizinische Kenntnisse habe, und er war dafür bekannt, daß er zur Not einen Bruch schienen oder eine Verrenkung richten konnte.

Aber über diese wenigen Einzelheiten hinaus, war uns nichts über seinen Charakter und sein Vorleben bekannt.

An einem düsteren Winterabend – es hatte schon lange neun geschlagen, als der Wirt sich zu uns gesellte – wurde ein kranker Mann ins ›George‹ gebracht, ein vornehmer Gutsbesitzer aus der Nachbarschaft, der auf dem Weg zum Parlament plötzlich einen Schlaganfall erlitten hatte, und man hatte nach des wichtigen Mannes noch wichtigerem Arzt telegraphiert. Es war das erste Mal, daß so etwas in Debenham passierte, denn die Eisenbahnlinie war erst kürzlich eröffnet worden, und das Ereignis versetzte uns alle dementsprechend in Aufregung.

»Er ist angekommen«, sagte der Wirt, nachdem er seine Pfeife gestopft und angezündet hatte.

»Er?« fragte ich. »Wer? Doch nicht etwa der Doktor?«

»Genau der«, erwiderte unser Gastgeber.

»Dr. Macfarlane«, sagte der Wirt.

Fettes' drittes Glas ging bereits zur Neige, und er hatte einen beträchtlichen Rausch, nickte dann und wann ein oder stierte verwirrt in die Runde. Aber beim letzten Wort schien er aufzuwachen und wiederholte den Namen »Macfarlane« zweimal, das erste Mal noch ganz ruhig, aber mit plötzlicher Erregung beim zweiten Mal.

»Ja«, sagte der Wirt, »so ist sein Name, Doktor Wolfe Macfarlane.«

Fettes wurde augenblicklich nüchtern, seine Augen wurden aufmerksam, seine Stimme deutlich, laut und sicher, seine Sprache kraftvoll und ernst. Wir alle waren so aufgeschreckt ob dieser Verwandlung, als wäre jemand von den Toten auferstanden.

»Ich bitte um Verzeihung«, sagte er, »ich fürchte, ich habe Ihrem Gespräch nur wenig Aufmerksamkeit geschenkt. Wer ist dieser Wolfe Macfarlane?« Und dann, als er ihn hatte ausreden lassen, fügte er hinzu: »Es ist unmöglich, es ist unmöglich, und doch würde ich ihm gerne von Angesicht zu Angesicht gegenüberstehen.«

»Kennen Sie ihn, Doktor?« fragte der Leichenbestatter, indem er nach Luft schnappte.

»Gott bewahre!« war die Antwort. »Doch es ist ein seltsamer Name, es ist unwahrscheinlich, sich zwei vorzustellen. Sagen Sie mir, Wirt, ist er alt?«

»Nun«, sagte der Gastwirt, »er ist bestimmt kein junger Mann, und sein Haar ist weiß. Aber er sieht jünger aus als Sie.«

»Und doch ist er älter, Jahre älter. Aber«, hier schlug er auf den Tisch, »es ist der Rum, den ihr in meinem Gesicht seht – der Rum und die Sünde. Vielleicht hat dieser Mann ein ruhiges Gewissen und eine gute Verdauung. Gewissen! Hört mich an. Ihr würdet sagen, daß ich ein guter, alter, anständiger Christenmensch bin, nicht wahr? Aber nein, nicht ich. Ich habe nie geheuchelt. Voltaire hätte vielleicht geheuchelt, hätte er in meiner Haut gesteckt, aber der Kopf« – hierbei pochte er mit einem knöchernen Geräusch auf seine Glatze –, »der Kopf war immer klar und wendig, und ich habe von dem, was ich gesehen habe, keine Abstriche gemacht.«

»Wenn Sie diesen Arzt kennen«, erlaubte ich mir, nach einem etwas ungemütlichen Schweigen einzuwerfen, »vermute ich, daß Sie die hohe Meinung des Wirtes nicht teilen.«

Fettes schenkte mir keine Beachtung.

»Ja«, sagte er mit plötzlicher Entschlossenheit, »ich muß ihn von Angesicht zu Angesicht sehen.«

Wieder trat eine Pause ein, dann wurde im ersten Stock eine Tür ziemlich heftig zugeschlagen, und man hörte Schritte auf der Treppe.

»Das ist der Doktor«, rief der Wirt. »Paß gut auf, dann kannst du ihn erwischen.«

Es waren nur zwei Schritte von der kleinen Gaststube bis zur Eingangstür des alten ›George‹, die breite Eichentreppe führte fast auf die Straße. Zwischen dem Eingang und der letzten Biegung der Treppe war gerade noch Platz genug für einen Orientteppich und sonst nichts, aber dieser kleine Platz war jeden Abend hell erleuchtet, nicht nur von dem Licht über der Treppe und der großen Laterne unter dem Wirtshausschild, sondern auch vom warmen Schein des Schankraumfensters. Auf diese Weise zog das ›George‹ die Aufmerksamkeit der Vorübergehenden auf der kalten Straße auf sich. Fettes ging mit sicherem Schritt zu dem Platz, und wir, die wir zögernd zurückblieben, beobachteten das Zusammentreffen der beiden Männer von Angesicht zu Angesicht, wie einer von ihnen es ausgedrückt hatte. Dr. Macfarlane war lebhaft und kräftig. Sein weißes Haar hob seine blassen und sanften, jedoch energischen Gesichtszüge hervor. Er war kostspielig gekleidet, in feinsten Wollstoff und weißestes Linnen, hatte eine schwere goldene Uhrkette und Kragenknöpfe und eine Brille aus demselben wertvollen Material. Er trug ein breites weißes Halstuch mit violetten Tupfen, und über seinem Arm hing ein bequemer Reisepelz. Sein Alter stand ihm zweifellos gut zu Gesicht, und Wohlstand und Ansehen sprachen deutlich aus ihm. Es war ein überraschender Gegensatz, unseren Saufkumpan – kahlköpfig, schmutzig, pickelig und mit seinem alten Kamelottumhang bekleidet – am Fuß der Treppe ihm entgegentreten zu sehen.

»Macfarlane!« sagte er mit erhobener Stimme, eher wie ein Herold als wie ein Freund.

Der berühmte Arzt blieb kurz auf der vierten Stufe stehen, als überraschte ihn die Vertraulichkeit der Anrede und rüttelte an seiner Würde.

»Toddy Macfarlane!« wiederholte Fettes.

Der Mann aus London kam ins Wanken. Für den Bruchteil einer Sekunde starrte er den Mann vor sich an, warf einen ängstlichen Blick hinter sich und flüsterte dann erschrocken:

»Fettes! Du!«

»Jawohl«, sagte der andere, »ich! Dachtest du, ich wäre auch tot? So leicht läßt sich unsere Bekanntschaft nicht aus der Welt schaffen.«

»Still, still!« rief der Doktor. »Still, still! Diese Begegnung kommt so unerwartet – ich sehe, du bist in schlechter Verfassung. Ich gebe zu, ich habe dich zuerst kaum erkannt, aber ich bin außer mir vor Freude – außer mir vor Freude über dieses Zusammentreffen. Dieses Mal muß das Guten Tag auch schon das Lebewohl sein, denn meine Droschke wartet, und ich darf den Zug nicht verpassen, aber du wirst – warte – ja –, du gibst mir deine Adresse, und du kannst dich darauf verlassen, daß ich bald von mir hören lasse. Wir müssen etwas für dich tun, Fettes. Ich fürchte, du bist knapp bei Kasse. Aber wir werden uns darum kümmern, um der alten Zeiten willen, ›for auld lang syne‹, wie wir einst beim Wein zusammen sangen.«

»Geld!« schrie Fettes, »Geld von dir! Das Geld, das ich von dir hatte, liegt da, wo ich es im Regen weggeworfen habe.«

Dr. Macfarlane hatte sich bis zu einem gewissen Grad in Überlegenheit und Selbstbewußtsein geredet, aber die unerwartete Heftigkeit dieser Zurückweisung stieß ihn zurück in seine anfängliche Verwirrung.

Ein furchterregender, häßlicher Ausdruck zog über seine fast ehrwürdigen Züge. »Mein lieber Freund«, sagte er, »tu, was dir gefällt, ich wollte dich auf keinen Fall beleidigen. Ich möchte mich niemandem aufdrängen. Ich werde dir jedoch meine Adresse dalassen …«

»Ich wünsche das nicht – ich will das Dach nicht kennen, das dich beschützt«, unterbrach ihn der andere. »Ich hörte deinen Namen und fürchtete, daß du es sein könntest. Ich wollte wissen, ob es nicht doch einen Gott gibt, nun weiß ich, es gibt keinen. Scher dich fort!«

Er stand immer noch mitten auf dem Teppich zwischen Eingang und Treppe, und der berühmte Londoner Arzt war, wollte er entkommen, gezwungen, zur Seite auszuweichen. Es lag auf der Hand, daß er beim Gedanken an diese Demütigung zögerte. So bleich er auch war, blitzte doch in seiner Brille ein gefährliches Glitzern auf. Aber während er noch unentschlossen dastand, wurde er gewahr, daß sein Droschkenkutscher von der Straße her neugierig auf diese ungewöhnliche Szene blickte und erhaschte zur selben Zeit einen Blick auf unsere kleine, in einer Ecke der Bar zusammengedrängte Gesellschaft aus dem Gastzimmer. Die Anwesenheit so vieler Zeugen bewegte ihn auf der Stelle, das Weite zu suchen. Er duckte sich, streifte dabei die Wandtäfelung und schnellte wie eine Schlange auf die Tür zu. Aber er war noch nicht am Ende seiner Leiden angelangt, denn gerade, als er vorbeispringen wollte, packte ihn Fettes am Arm, und leise, aber schmerzhaft deutlich flüsterte er: »Hast du es wiedergesehen?«

Der große, reiche Londoner Arzt stieß einen wilden, erstickten Schrei aus; er schmetterte den Frager quer durch den Raum und floh, mit über den Kopf erhobenen Händen, durch die Tür wie ein ertappter Dieb. Bevor es einem von uns in den Sinn gekommen war, sich zu rühren, ratterte die Droschke bereits in Richtung Bahnhof. Die Szene war vorüber wie ein Traum, aber der Traum hatte Beweise und Spuren seiner Wirklichkeit hinterlassen. Am nächsten Tag fand der Hausknecht die schöne goldene Brille zerbrochen auf der Schwelle, und am selben Abend standen wir alle mit angehaltenem Atem am Schankraumfenster, Fettes, nüchtern, bleich und mit entschlossenem Blick, an unserer Seite.

»Gott schütze uns, Mr. Fettes!« sagte der Wirt, der seine sieben Sinne als erster wieder beisammen hatte. »Was, in aller Welt, hat das zu bedeuten? Das sind merkwürdige Dinge, die Sie uns da erzählt haben.«

Und dann nahm Fettes, ohne auch nur sein drittes Glas auszutrinken, geschweige denn auf die beiden anderen zu warten, von uns Abschied und ging unter der Laterne des Wirtshauses hindurch in die schwarze Nacht hinaus.

Wir drei wandten uns zu unseren Plätzen in der Gaststube, die von einem großen roten Feuer und vier hellen Kerzen erleuchtet wurde, und als wir uns das Geschehene in Erinnerung riefen, wurde aus dem ersten Schauder der Überraschung bald brennende Neugier. Wir saßen bis spät in die Nacht, es war die längste Sitzung, die ich im alten ›George‹ erlebt habe. Bevor wir auseinandergingen, hatte jeder seine eigene Theorie, die zu beweisen er entschlossen war, und keiner von uns hatte Eiligeres zu tun, als in der Vergangenheit unseres nichtswürdigen Kumpanen herumzustöbern, um das Geheimnis beim Schopf zu packen, das ihn mit dem berühmten Londoner Arzt verband. Nicht, daß ich mir viel darauf einbilde, aber ich glaube, ich war einfach geschickter darin, Geschichten ans Licht zu bringen, als jeder meiner Freunde im ›George‹, und wahrscheinlich bin ich nun der einzige lebende Mensch, der Ihnen die folgenden abscheulichen und widernatürlichen Geschehnisse berichten kann.

In jungen Jahren studierte Fettes Medizin an der Edinburger Universität. Er hatte eine Begabung besonderer Art, die Begabung, schnell aufzunehmen, was er hörte und es bereitwillig als sein geistiges Eigentum weiterzugeben. Zu Hause lernte er wenig, aber er war höflich, aufmerksam und geistvoll in Gegenwart seiner Professoren. Bald hoben sie ihn als einen Burschen hervor, der aufmerksam zuhörte und ein gutes Gedächtnis hatte. Nein wirklich, so seltsam es mir schien, als ich es zum ersten Mal hörte, in diesen Tagen wurde er um seines Äußeren willen umschmeichelt und geliebt. Zu dieser Zeit gab es einen gewissen Gastlehrer der Anatomie, den ich hier als K. bezeichnen werde. Sein Name wurde später nur zu bekannt. Der Mann, der ihn trug, schlich verkleidet durch die Straßen von Edinburg, während der Pöbel, der bei der Hinrichtung Burkes jubelte, lauthals nach dem Kopf seines Auftraggebers schrie. Aber Mr. K. hatte zu dieser Zeit den Gipfel seiner Laufbahn erreicht. Er erfreute sich einer Beliebtheit, die teils auf seine eigenen Fähigkeiten zurückzuführen war, teils auf die Unfähigkeit seines Rivalen, des Universitätsprofessors. Die Studenten jedenfalls schworen auf ihn, und Fettes selbst war überzeugt, und andere dachten das auch, daß er den Grundstein seines Erfolges gelegt habe, als er sich die Gunst dieses Mannes erworben hatte, der kometenhaft zu Ruhm gelangt war. Mr. K. war ebenso ein Bonvivant wie auch ein ausgezeichneter Lehrer, er schätzte eine schlaue Andeutung nicht geringer als eine sorgfältige Vorbereitung. In beiden Fähigkeiten genoß und verdiente Fettes seine Aufmerksamkeit, und im zweiten Jahr seines Studiums hatte er bereits die halboffizielle Stelle eines zweiten Vorführers oder Subassistenten in seiner Gruppe inne.

In dieser Eigenschaft oblag ihm insbesondere die Betreuung des Hörsaals und des Vorlesungsraumes. Er war verantwortlich für die Sauberkeit der Vorgenannten und für das Benehmen seiner Kommilitonen, und es gehörte zu seinen Obliegenheiten, die Leichen zu liefern, entgegenzunehmen und zu verteilen. Im Hinblick auf diese letzte – und zu dieser Zeit sehr heikle – Aufgabe wurde er von Mr. K. in derselben Gegend und schließlich in demselben Gebäude untergebracht, in dem die Sezierräume lagen. Hier wurde er, nach den Nächten stürmischer Ausschweifungen, mit noch zitternden Händen und umnebelten, verwirrtem Blick, in den tiefschwarzen Stunden vor der winterlichen Morgendämmerung von den schmierigen, verkommenen Schleichhändlern aus dem Bette geholt, die die Seziertische versorgten.

Er öffnete diesen Männern dann die Tür, die seit diesen Tagen im ganzen Land verrufen sind. Er half ihnen mit ihrer traurigen Last, zahlte ihren schmutzigen Lohn und blieb, wenn sie gegangen waren, allein zurück mit den unfreundlichen Überresten von Menschlichkeit. Von solcher Szene kehrte er zurück, um noch ein paar Stunden Schlaf zu stehlen, sich von den Sünden der Nacht zu erholen und sich auf die Mühen des Tages vorzubereiten.

Nur wenige Burschen hätten gefühlloser sein können gegen die Eindrücke eines solchen Lebens zwischen den Bannern der Vergänglichkeit. Seine Sinne waren blind gegen alle allgemeinen Überlegungen. Ein Sklave seiner eigenen Wünsche und niedrigen Ziele, war er unfähig, Teilnahme am Schicksal und am Glück eines anderen zu zeigen. Kalt, oberflächlich und im Grunde egoistisch, besaß er das bißchen Vorsicht, fälschlicherweise als Moral bezeichnet, das einen Mann daran hindert, sich sinnlos zu besaufen oder einen strafbaren Diebstahl zu begehen. Daneben trachtete er nach einem erklecklichen Maß an Beachtung durch seine Lehrer und Mitschüler, und er hatte kein Verlangen, durch seinen nach außen gerichteten Lebenswandel unangenehm aufzufallen. Daher bereitete es ihm Vergnügen, in seinen Studien Anerkennung zu finden, und er erwies seinem Arbeitgeber, Mr. K., täglich unbestreitbare und ins Auge fallende Dienste. Für die schwere Arbeit des Tages entschädigte er sich in Nächten voll lärmender, roher Vergnügungen, und wenn dieses Gleichgewicht hergestellt war, erklärte sich das Organ, das er sein Gewissen nannte, zufrieden.

Die Versorgung mit Leichen war eine ständige Sorge für ihn wie für seinen Herrn. In der großen, geschäftigen Klasse war der Werkstoff des Anatomisten ständig im Begriff, auszugehen, und das Geschäft, das sich daraus notwendigerweise ergab, war nicht nur unerfreulich an sich, sondern barg auch gefährliche Folgen für alle daran Beteiligten. Mr. K.s Politik war es, dort, wo er mit dem Handel zu tun hatte, keine Fragen zu stellen. »Sie bringen die Leiche, und wir zahlen den Preis«, pflegte er zu sagen. Und, in gewisser Weise gotteslästerlich, pflegte er, zu seinen Assistenten gewandt, noch hinzuzufügen: »Denkt an euer Gewissen und stellt keine Fragen.« Es gab keine Übereinkunft darüber, daß die Leichen durch Mord beschafft wurden. Hätte man ihm diesen Gedanken in Worten nahegelegt, er wäre entsetzt zurückgeprallt. Aber die Unbekümmertheit, mit der er über eine so schwerwiegende Angelegenheit sprach, war an sich schon ein Verstoß gegen die guten Sitten und eine Versuchung für die Männer, mit denen er es zu tun hatte. Fettes beispielsweise hatte sich schon oft insgeheim Gedanken über die außerordentliche Frische der Leichen gemacht. Die verschlagenen Galgengesichter der rohen Kerle, die vor dem Morgengrauen zu ihm kamen, hatten ihn immer wieder unangenehm berührt. Und da er zwei und zwei zusammenzählte, wenn er sich seine Gedanken machte, maß er den unvorsichtigen Ratschlägen seines Lehrers vielleicht eine zu unmoralische und bedeutungslose Rolle bei. Unter seiner Pflicht verstand er, kurz gesagt, drei Dinge: entgegenzunehmen, was gebracht wurde, den Lohn dafür zu zahlen und die Augen zu verschließen vor jeglichem Hinweis auf ein Verbrechen.

Eines Novembermorgens wurde diese Politik

des Schweigens auf eine harte Probe gestellt. Quälender Zahnschmerz hatte ihn die ganze Nacht wachgehalten, er war wie ein wildes Tier im Käfig in seinem Zimmer auf und ab gelaufen und hatte sich dann wieder wütend auf das Bett geworfen und war schließlich in einen tiefen, schweren Schlaf gefallen, wie er oft nach einer von Schmerzen durchwachten Nacht eintritt, als die dritte oder vierte wütende Wiederholung des vereinbarten Zeichens ihn weckte. Der bleiche Mond schien hell, es war eine stürmische und bitterkalte Frostnacht. Die Stadt war noch nicht zum Leben erwacht, aber ein unbestimmtes Brummen kündigte bereits den Lärm und die Geschäftigkeit des Tages an. Die Leichenschänder waren später als gewöhnlich gekommen und schienen mehr als gewöhnlich versessen darauf, zu verschwinden. Fettes, krank vor Müdigkeit, leuchtete ihnen nach oben. Ihre mürrischen irischen Stimmen drangen wie im Traum an sein Ohr, und während sie den Sack von ihrer traurigen Ware streiften, lehnte er schlaftrunken mit aufgestützter Schulter an der Wand. Er mußte sich aufrütteln, um ihnen ihr Geld zu geben. Als er danach kramte, fielen seine Augen auf das tote Gesicht. Er erstarrte und ging dann mit erhobener Kerze zwei Schritte näher heran.

»Allmächtiger Gott!« schrie er. »Das ist Jane Galbraith!« Die Männer erwiderten nichts, sondern schlurften auf die Tür zu.

»Ich sage euch, ich kenne sie«, fuhr er fort. »Sie war gestern noch am Leben und bei guter Gesundheit. Es ist unmöglich, daß sie tot ist, ihr könnt unmöglich auf ehrliche Weise an diese Leiche gekommen sein.«

»Aber sicher, Sir, Sie irren sich vollkommen«, versicherte einer der Männer.

Der andere aber sah Fettes finster in die Augen und verlangte auf der Stelle das Geld.

Die Drohung war nicht mißzuverstehen, die Gefahr nicht auf die leichte Schulter zu nehmen. Dem Burschen sank der Mut. Er stammelte ein paar Entschuldigungen, zählte das Geld ab und ließ seine verhaßten Besucher gehen. Sie waren kaum zur Tür hinaus, als er sich eilig daranmachte, seinen Verdacht zu bestätigen. An einem Dutzend zweifelsfreier Merkmale erkannte er das Mädchen, mit dem er tags zuvor noch gescherzt hatte. Mit Entsetzen bemerkte er auf ihrem Körper Spuren, die auf Gewalteinwirkung hindeuteten. Er wurde von Angst gepackt und suchte Zuflucht in seinem Zimmer. Hier dachte er lange über seine Entdeckung nach, zog nüchtern die Bedeutung von Mr. K.s Anweisungen in Betracht und dachte an die Gefahr für seine eigene Person, wenn er sich in ein so schwerwiegendes Geschäft einmischte. Schließlich entschloß er sich in seiner Bestürzung, den Rat seines direkten Vorgesetzten, des Assistenten der Klasse, abzuwarten.

Es war dies ein junger Doktor, Wolfe Macfarlane, schlau, ausschweifend und skrupellos bis ins Letzte, der bei allen leichtfertigen Studenten äußerst beliebt war. Er war weit gereist und hatte im Ausland studiert. Seine Umgangsformen waren angenehm und ein wenig besserwisserisch. Er war ein Talent auf der Bühne und im Eislaufen wie auf dem Golfplatz begabt. Seine Kleidung war geschmackvoll und salopp, und, um seiner Herrlichkeit die Krone aufzusetzen, hielt er sich einen Zweispänner und einen kräftigen Traber. Mit Fettes stand er auf vertraulichem Fuß. Tatsächlich brachte die Abhängigkeit ihrer Positionen ein gewisses Maß an Lebensgemeinschaft mit sich, und wenn die Studienobjekte knapp wurden, pflegte das Paar in Macfarlanes Zweispänner weit ins Land hinauszufahren, einen einsamen Friedhof zu besuchen und zu schänden und noch vor Morgengrauen mit ihrer Beute zu den Pforten des Sezierraumes zurückzukehren.

An diesem Morgen erschien Macfarlanes etwas früher als gewöhnlich. Fettes hörte ihn kommen, lief ihm auf der Treppe entgegen, erzählte ihm seine Geschichte und zeigte ihm den Grund seiner Aufregung. Macfarlane untersuchte die Spuren an ihrem Körper.

»Ja«, nickte er, »das sieht faul aus.«

»Was soll ich also tun?« fragte Fettes.

»Tun?« wiederholte der andere. »Willst du etwas tun? Hier ist mit Reden nichts geholfen, würde ich sagen.«

»Jemand anders könnte sie erkennen«, widersprach Fettes. »Sie war bekannt wie ein bunter Hund.«

»Hoffentlich nicht«, sagte Macfarlane, »und wenn sie doch jemand erkennt – du hast sie nicht erkannt, verstehst du nicht, und fertig. Tatsache ist, daß das schon zu lange so geht. Wenn du den Schmutz aufwühlst, wirst du K.

in furchtbare Schwierigkeiten bringen. Du wirst selbst bis zum Hals im Schlamassel stekken. Und ich übrigens auch, wenn wir schon dabei sind. Ich möchte wissen, wie wir aussehen würden und was zum Teufel wir zu unseren Gunsten zu sagen hätten, stünden wir in einem christlichen Zeugenstand. Weißt du, für mich ist eines klar – daß, um es offen auszusprechen, alle unsere Leichen ermordet worden sind.«

»Macfarlane!« schrie Fettes auf.

»Stell dich nicht so an«, höhnte der andere. »Als hättest du das nicht selbst vermutet!«

»Vermutung ist eine Sache ...«

»Und Beweis eine andere. Ja, ich weiß, und es tut mir ebenso leid wie dir, daß das hierhergekommen ist«, hierbei tippte er die Leiche mit seinem Stock an. »Für mich ist das Naheliegendste, es nicht zu erkennen, und«, fügte er ungerührt hinzu, »so wird es auch sein. Du kannst es tun, wenn es dir gefällt. Ich mache dir keine Vorschriften, aber ich glaube, daß ein Mann von Welt so handeln würde wie ich, und darüber hinaus bin ich der Meinung, daß es das ist, was K. von unserer Seite erwarten würde. Die Frage ist doch, warum er uns zwei als Assistenten wählte. Und meine Antwort ist, weil er keine Klatschweiber gebrauchen konnte.«

Das war genau der Ton, der einen Burschen wie Fettes beeindruckte. Er erklärte sein Einverständnis, es Macfarlane gleichzutun. Der Körper des unglücklichen Mädchens wurde vorschriftsmäßig seziert, und niemand schien etwas zu bemerken oder sie zu erkennen.

Eines Nachmittags, nach Beendigung seines Tagwerks, schaute er zufällig in einer vielbesuchten Schänke vorbei und traf dort auf Macfarlane, der mit einem Fremden am Tisch saß. Er war ein kleiner Mann, sehr bleich und dunkel, mit rabenschwarzen Augen. Seine Gesichtszüge ließen auf Verstand und Bildung schließen, wurden aber von seinem Benehmen Lügen gestraft, denn es erwies sich bei näherer Bekanntschaft, daß er ungehobelt, gewöhnlich und dumm war. Er hatte jedoch Macfarlane auf sehr bemerkenswerte Weise in der Hand, gab Befehle aus wie ein Pascha, geriet in Wut über jeden Widerspruch und das geringste Zögern und machte grobe Bemerkungen über den Diensteifer, mit dem ihm Folge geleistet wurde. Diese überaus beleidigende Person fand auf Anhieb Gefallen an Fettes, traktierte ihn mit Getränken und beehrte ihn mit ungewöhnlichen Bekenntnissen über seine Vergangenheit. Wenn auch nur ein Zehntel von dem stimmte, was er berichtete, war er ein widerlicher Schuft, und die Aufmerksamkeit eines so erfahrenen Mannes schmeichelte der Eitelkeit des Burschen.

»Ich bin selbst ein ziemlich übler Kerl«, bemerkte der Fremde, »aber Macfarlane, das ist erst einer – Toddy Macfarlane nenne ich ihn. Toddy, bestell noch ein Glas für unseren Freund.« Ein anderes Mal hieß es: »Toddy, spring auf und mach die Tür zu. Toddy haßt mich«, fuhr er fort. »O doch, Toddy, das tust du.«

»Nenn mich nicht bei diesem verfluchten Namen«, knurrte Macfarlane.

»Hört, hört! Hast du mal gesehen, wie die Jungen mit Messern spielen? Er würde das am liebsten mit meinem ganzen Körper machen«, bemerkte der Fremde.

»Wir Mediziner haben da bessere Methoden«, sagte Fettes. »Wenn uns ein toter Freund nicht gefällt, sezieren wir ihn.«

Macfarlane warf ihm einen scharfen Blick zu, so als wäre dieser Scherz nicht nach seinem Geschmack.

Der Nachmittag verrann. Gray, denn so hieß der Fremde, lud Fettes zum Abendessen ein. Er bestellte ein so üppiges Festmahl, daß die Schänke in Aufruhr geriet, und als alles verzehrt war, schickte er Macfarlane, die Rechnung zu begleichen. Es war spät am Abend, als sie sich trennten, und Gray war besinnungslos betrunken. Macfarlane, durch seine Wut ernüchtert, hing immer noch dem Geld nach, das er hatte verschwenden müssen, und den Kränkungen, die zu schlucken man ihn gezwungen hatte. Fettes, dem die vielen Schnäpse in den Kopf gestiegen waren, kehrte mit unsicheren Schritten und völlig umnebeltem Geist nach Hause zurück. Am nächsten Tag erschien Macfarlane nicht zu den Vorlesungen, und Fettes grinste in sich hinein, wenn er sich vorstellte, wie er immer noch den unerträglichen Gray von Schänke zu Schänke begleitete. Sobald die Stunde der Freiheit geschlagen hatte, eilte er von Ort zu Ort, auf der Suche nach den Gefährten des vergangenen Abends. Er konnte sie jedoch nirgendwo finden, daher kehrte er früh nach Hause zurück, ging bald zu Bett und schlief den Schlaf der Gerechten.

Um vier Uhr morgens wurde er von dem wohlbekannten Zeichen geweckt. Als er zur Tür hinunterkam, war er voller Erstaunen, Macfarlane mit seinem Zweispänner dort vorzufinden und in seinem Zweispänner eines dieser langen, gespenstischen Pakete, die er so gut kannte.

»Wie?« rief er. »Warst du allein draußen? Wie hast du das gemacht?«

Aber Macfarlane herrschte ihn grob an, still zu sein und hieß ihn, sich dem Geschäftlichen zuzuwenden. Als sie die Leiche hinaufgetragen und auf den Tisch gelegt hatten, machte Macfarlane zuerst Anstalten, wieder zu gehen. Dann blieb er stehen und schien zu zögern, und dann sagte er, und in seiner Stimme lag etwas wie Befangenheit: »Du sollest dir besser das Gesicht ansehen. Ja, wirklich, das solltest du tun«, wiederholte er, als Fettes ihn nur verwundert anstarrte.

»Aber wie und wo und wann bist du darangekommen?« fragte der andere.

»Sieh dir das Gesicht an«, antwortete er nur.

Fettes wurde stutzig; seltsame Zweifel bestürmten ihn. Seine Augen wanderten von dem jungen Arzt zu der Leiche und wieder zurück. Schließlich gab er sich einen Ruck und tat, wie ihm geheißen. Er hatte den Anblick, der sich seinen Augen bot, fast erwartet, und doch war der Schock furchtbar. Der Mann, den er wohlgekleidet und in der Fülle der fleischlichen Lust schwelgend auf der Schwelle einer Schänke verlassen hatte, hier in der Unerbittlichkeit des Todes erstarrt zu sehen, nackt auf dieser groben Unterlage aus Sackleinen, weckte selbst in dem gedankenlosen Fettes eine Ahnung von Gewissensqualen. Es war eine Todesdrohung, die in seiner Seele widerhallte, daß zwei Menschen, die er gekannt hatte, auf diese eisigen Tische gelegt worden waren. Das aber waren nur zweitrangige Überlegungen. Seine erste Sorge galt Wolfe. Auf eine so plötzliche Herausforderung nicht vorbereitet, wußte er nicht, wie er seinem Kameraden ins Gesicht sehen sollte. Er wagte nicht, ihm in die Augen zu blicken, ihm fehlten die Worte, und seine Stimme gehorchte ihm nicht mehr.

Macfarlane selbst nahm den ersten Anlauf. Er trat leise hinter ihn und legte seine Hand freundlich aber fest auf die Schulter des anderen.

»Richardson«, sagte er, »kann den Kopf haben.«

Richardson war ein Student, der schon lange darauf begierig war, diesen Teil des menschlichen Körpers zu sezieren. Als keine Antwort folgte, fuhr der Mörder fort: »Da wir gerade vom Geschäft sprechen, du mußt mich auszahlen. Deine Aufzeichnungen müssen in Ordnung sein, weißt du.«

Fettes sagte mit einer Stimme, die wie der Schatten seiner eigenen klang: »Dich bezahlen! Dafür bezahlen?«

»Aber ja, natürlich mußt du das. Auf jeden Fall und unter allen Umständen ist das notwendig«, gab der andere zurück. »Ich wage nicht, es umsonst zu geben, und du wagst nicht, es umsonst zu nehmen, es würde uns beide kompromittieren. Es ist der gleiche Fall wie der von Jane Galbraith. Je anrüchiger die Dinge sind, um so mehr müssen wir so tun, als sei alles in Ordnung. Wo bewahrt der alte K. sein Geld auf ...«

»Dort«, antwortete Fettes heiser und deutete auf einen Schrank in der Ecke.

»Dann gib mir den Schlüssel«, sagte der andere ruhig und hielt die Hand auf.

Einen Augenblick zögerte er, dann waren die Würfel gefallen. Macfarlane konnte ein nervöses Zucken, das winzige Zeichen unendlicher Erleichterung nicht unterdrücken, als er den Schlüssel zwischen den Fingern fühlte. Er öffnete den Schrank, nahm Feder und Tinte und ein Notizbuch, das in einem Fach stand, heraus und zweigte von dem Geld in einer Schublade eine Summe ab, die der Angelegenheit angemessen war.

»Sieh mal«, sagte er, »nun ist der Lohn beglichen – der erste Beweis deines guten Glaubens, der erste Schritt zu deiner Sicherheit. Du mußt es nun durch einen zweiten zum Abschluß bringen. Trage die Bezahlung in dein Buch ein, dann kannst du für dein Teil dem Teufel die Stirn bieten.«

In den nächsten paar Sekunden zermarterte sich Fettes den Kopf, aber als er die Schrecken gegeneinander abwägte, war es der naheliegendste, der die Oberhand behielt. Jede spätere Schwierigkeit schien ihm fast willkommen, wenn er nur im Augenblick einem Streit mit Macfarlane aus dem Weg gehen konnte. Er setzte die Kerze ab, die er die ganze Zeit über gehalten hatte, und trug mit sicherer Hand Datum, Art und Preis des Handels ein.

»Und nun«, sagte Macfarlane, »ist es nur recht und billig, daß du deinen Gewinn einsteckst. Ich habe meinen Teil bereits. Übrigens, wenn einem Mann von Welt ein bißchen Glück in den Schoß fällt, er ein paar Schillinge mehr in der Tasche hat – ich schäme mich, davon zu sprechen, aber es gibt eine Verhaltensregel für diesen Fall: niemanden einladen, keine teuren Lehrbücher kaufen, keine alten Schulden bezahlen. Borgen, nichts verleihen.«

»Macfarlane«, begann Fettes, immer noch etwas heiser, »ich habe meinen Hals in die Schlinge gesteckt, um dir einen Gefallen zu tun.«

»Mir einen Gefallen tun?« rief Wolfe. »Na hör mal! Soweit ich die Sache beurteilen kann, hast du genau das getan, was du zu deiner Verteidigung tun mußtest. Nehmen wir an, ich käme in Schwierigkeiten, wo würdest du stehen? Diese zweite, unbedeutende Angelegenheit folgt ganz klar aus der ersten. Mr. Gray ist die Fortsetzung von Miß Galbraith. Du kannst nicht beginnen und dann aufhören. Wenn du anfängst, mußt du auch damit weitermachen, das ist die Wahrheit. Für das Böse gibt es keine Ruhepause.«

Das scheußliche Gefühl, verderbt und vom Schicksal im Stich gelassen zu sein, ergriff von der Seele des unglücklichen Studenten Besitz.

»Mein Gott!« rief er aus. »Was habe ich denn nur getan? Und wann habe ich angefangen?

Studienassistent zu werden – was ist denn, um Himmels willen, so Schlimmes daran? Service wollte die Stelle, er hätte sie bekommen können. Würde er da stehen, wo ich jetzt stehe?«

»Mein lieber Freund«, sagte Macfarlane, »was bist du doch für ein Kindskopf! Was ist dir denn Schlimmes passiert? Was kann dir passieren, wenn du den Mund hältst? Weißt du denn überhaupt, wie das Leben ist, Junge? Wir sind nur zwei Mannschaften, die Löwen und die Lämmer. Wenn du ein Lamm bist, wirst du eines Tages auf einem dieser Tische liegen wie Gray oder Jane Galbraith. Wenn du ein Löwe bist, wirst du leben und eine Kutsche lenken wie ich, wie K., wie jeder, der Verstand oder Mut hat. Zuerst bist du unsicher. Aber sieh dir K. an! Mein lieber Junge, du bist schlau und hast Schneid. Ich mag dich und K. mag dich auch. Du bist dazu geboren, die Meute anzuführen, und ich sage dir, bei meiner Ehre und meiner Lebenserfahrung, in drei Tagen wirst du über all diese Schreckensbilder lachen wie ein Schuljunge über einen Schwank.«

Damit verabschiedete sich Macfarlane und fuhr in seinem Zweispänner die Gasse hinunter, um noch vor Tagesanbruch in den Schutz seines Hauses zu gelangen, und Fettes blieb allein mit seiner Reue zurück. Er war sich der großen Gefahr bewußt, in die er hineingezogen worden war. Mit unaussprechlicher Bestürzung sah er, daß seine Schwäche grenzenlos war und daß er mit jedem Zugeständnis vom Richter von Macfarlanes Schicksal zu seinem bezahlten und wehrlosen Komplizen gesunken war. Er hätte ein Königreich dafür gegeben, wäre er zu der Zeit mutiger gewesen, aber es kam ihm nicht in den Sinn, daß er immer noch mutig sein konnte. Das Geheimnis um Jane Galbraith und der verfluchte Eintrag in das Buch verschlossen seine Lippen.

Die Stunden verrannen, die Schüler trafen nach und nach ein. Die Teile des unglücklichen Gray wurden ausgeteilt und ohne weitere Bemerkungen in Empfang genommen. Richardson wurde mit dem Kopf beglückt, und noch bevor es zum Unterrichtsschluß läutete, beobachtete Fettes, außer sich vor freudiger Erregung, wie nahe sie der Sicherheit schon gekommen waren.

Weitere zwei Tage verfolgte er mit wachsender Freude den scheußlichen Prozeß der Entstellung.

Am dritten Tag ließ Macfarlane sich blicken. Er sei krank gewesen, sagte er, machte aber die verlorene Zeit durch die Energie, mit der er die Studenten anwies, wieder wett. Besonders Richardson ließ er unschätzbare Hilfe angedeihen, und dieser Student, durch die Anerkennung des Lehrmeisters ermutigt, brannte vor ehrgeizigen Hoffnungen und sah die Auszeichnung bereits greifbar nah.

Bevor die Woche um war, hatte sich Macfarlanes Prophezeiung erfüllt. Fettes hatte seine Ängste überstanden und seine Niederträchtigkeit vergessen. Er begann, sich seiner Kühnheit zu brüsten und hatte die Geschichte in seinem Kopf so zurechtgelegt, daß er mit ungesundem

Stolz auf die Ereignisse zurückblicken konnte. Von seinem Komplizen sah er wenig. Sie begegneten sich natürlich während ihrer Unterrichtspflicht und erhielten gemeinsam ihre Anweisungen von Mr. K. Gelegentlich wechselten sie ein paar private Worte, und Macfarlane gab sich gleichbleibend freundlich und vergnügt. Aber es war offenkundig, daß er jede Anspielung auf ihr gemeinsames Geheimnis vermied, und selbst als Fettes ihm einmal zuflüsterte, daß er sich auf die Seite der Löwen geschlagen und den Lämmern abgeschworen habe, bedeutete er ihm nur lächelnd, ruhig zu sein.

Endlich ergab sich eine Gelegenheit, die die beiden wieder in engere Gemeinschaft zusammenschmiedete. Mr. K. waren die Studienobjekte wieder ausgegangen, die Studenten waren ungeduldig, und es gehörte zu den Ansprüchen dieses Lehrers, immer gut versorgt zu sein. Zur selben Zeit erhielten sie die Nachricht von einem Begräbnis auf dem ländlichen Friedhof von Glencorse. Die Zeit hat den fraglichen Ort nur wenig verändert. Damals wie heute stand er, fern aller menschlichen Behausungen, an der Wegkreuzung, tief hinter den dichten Nadelkronen von sechs Zedern verborgen. Das Blöken der Schafe auf den nahe gelegenen Hügeln, die kleinen Bäche zu beiden Seiten, von denen der eine fröhlich plätschernd über die Kieselsteine hüpfte, der andere verstohlen von Tümpel zu Tümpel tröpfelte, das Rauschen des Windes in gewaltigen, uralten, blühenden Kastanien und einmal in der Woche das Läuten der Glocke und die alten Weisen des Kantors, das waren die einzigen Geräusche, die die Stille rund um die Landkapelle störten.

Der Auferstehungsmann – um einen Schimpfnamen jener Zeit zu gebrauchen – ließ sich nicht durch die heiligen Gefühle der Pietät abschrecken. Es war Teil seines Geschäfts, die Engel und Posaunen auf den alten Gräbern, die von den Andächtigen und Trauernden ausgetretenen Pfade und die Gaben und Inschriften, die von der Liebe der Hinterbliebenen zeugten, zu verachten und zu entweihen. Auf dem Lande, wo die Liebe beständiger ist als anderswo und wo einige Bande des Blutes und der Freundschaft die Zusammengehörigkeit einer ganzen Gemeinde ausmachen, wird der Leichenräuber, durch keine natürliche Ehrfurcht zurückgehalten, von der Leichtigkeit und Gefahrlosigkeit seines Tuns angezogen. Körper, die in freudiger Erwartung eines ganz anderen Erwachens in die Erde gesenkt worden waren, traf die hastige, laternenbeleuchtete, vom Entsetzen gejagte Auferstehung durch Hacke und Spaten. Der Sarg wurde gewaltsam geöffnet, das Leichenhemd zerrissen, und schließlich wurden die betrüblichen Überreste, in Sackleinen gehüllt und nach einer stundenlangen ratternden Fahrt über mondlose Seitenpfade, der schimpflichsten Demütigung vor einer Klasse gaffender Jünglinge ausgesetzt.

So wie zwei Geier sich über ein sterbendes Lamm stürzen, so sollten Fettes und Macfarlane sich über ein Grab auf dieser stillen grünen Ruhestätte hermachen. Die Ehegefährtin eines Bauern, eine Frau, die nur für ihre gute Butter und gottgefällige Reden bekannt war, sollte um Mitternacht aus ihrem Grab gezerrt und tot und nackt in diese weit entfernte Stadt gefahren werden, der sie immer mit ihrem Sonntagsstaat die Ehre erwiesen hatte. Der Platz neben ihrer Familie sollte bis zum Jüngsten Gericht leer bleiben, ihre unschuldigen und fast ehrwürdigen Gliedmaße sollten der letzten Neugier durch den Anatomisten ausgesetzt werden.

An einem späten Nachmittag brach das Paar auf, in dichte Umhänge gehüllt und mit einer ausgezeichneten Flasche ausgestattet. Es regnete ohne Unterlaß – ein kalter, dichter und peitschender Regen. Manchmal kam ein Windstoß auf, aber er konnte gegen den strömenden Regen nicht ankommen. So war es trotz der Flasche eine trübsinnige und schweigsame Fahrt bis Penicuik, wo sie den Abend verbringen wollten. Sie hielten einmal an, um ihre Gerätschaften unweit des Kirchhofes in einem dichten Gebüsch zu verstecken, und noch einmal am ›Fischertreff‹, um ihren Whiskyschlukken ein Glas Bier hinzuzufügen und am Küchenfeuer ein geröstetes Brot zu essen. Als sie am Ende ihrer Reise anlangten, wurde die Kutsche untergestellt, die Pferde gefüttert und versorgt, und die beiden jungen Herren Doktoren bekamen in einem privaten Raum das beste Essen und den besten Wein vorgesetzt, den das Haus zu bieten hatte. Das Licht, das

Kaminfeuer, das Prasseln des Regens gegen das Fenster, die kalte, unangemessene Arbeit, die vor ihnen lag, all das verlieh dieser Mahlzeit zusätzliche Würze. Mit jedem Glas wuchs ihre Vertraulichkeit. Bald händigte Macfarlane seinem Komplizen ein kleines Häufchen Gold aus.

»Mit den besten Empfehlungen«, sagte er. »Unter Freunden sollten diese verdammten kleinen Gefälligkeiten ausgetauscht werden wie Pfeifenanzünder.«

Fettes steckte das Geld in die Tasche und stimmte ihm begeistert zu. »Du bist ein Philosoph«, rief er. »Ich war ein Dummkopf, bevor ich dich kannte. Du und Dr. K., ihr beide, ach, du großer Gott, ihr werdet einen Mann aus mir machen.«

»Sicher werden wir das«, sagte Macfarlane beifällig. »Einen Mann? Ich sage dir, es bedurfte eines Mannes, um mir an jenem Morgen den Rücken zu stützen. Es gibt ein paar große, krakeelende, vierzigjährige Feiglinge, denen angesichts dieser Dinge schlecht geworden wäre. Nicht so du – du hast den Kopf nicht verloren. Ich habe dich beobachtet.«

»Warum auch nicht?« warf sich Fettes in die Brust. »Es war nicht meine Angelegenheit. Auf der einen Seite konnte ich nichts als Unannehmlichkeiten gewinnen, und auf der anderen Seite war ich mir deiner Dankbarkeit gewiß, verstehst du?« Damit schlug er an seine Tasche, daß die Goldstücke klingelten.

Bei diesen unerfreulichen Worten stieg in Macfarlane der Anflug eines Schreckens auf. Es konnte zu seinem Bedauern sein, daß er diesen jungen Kameraden so erfolgreich unterwiesen hatte, er hatte jedoch nicht die Zeit, einzuschreiten, denn der andere fuhr lärmend in seinem prahlerischen Ton fort:

»Daß man keine Angst hat, darauf kommt es an. Nun, unter uns gesagt, ich will nicht hängen, das versteht sich. Aber alle Scheinheiligkeit, Macfarlane, verabscheue ich aus tiefstem Herzen. Hölle, Gott, Teufel, Recht und Unrecht, Sünde und Verbrechen und das ganz alte Raritätenkabinett – mögen die Knaben sich davor fürchten, aber Männer von Welt wie du und ich, verachten sie. Trinken wir auf das Gedenken an Gray!«

Inzwischen war es ziemlich spät geworden. Der Zweispänner wurde wie befohlen zur Tür gebracht, beide Laternen hell erleuchtet, und die beiden jungen Männer mußten ihre Rechnung begleichen und sich auf den Weg machen. Sie gaben an, daß sie nach Peebles unterwegs waren und fuhren in diese Richtung, bis die letzten Häuser der Stadt außer Sicht waren. Dann kehrten sie, nachdem sie ihre Lampen gelöscht hatten, um und folgten einem Seitensträßchen in Richtung Glencorse. Kein Laut war zu hören außer ihrem eigenen Fahrgeräusch und den unaufhörlich herunterpeitschenden Regengüssen. Es war stockfinster, nur hier und da führte sie ein weißes Tor oder ein weißer Mauerstein eine kurze Strecke durch die Nacht. Aber meistens mußten sie sich ihren Weg durch die hallende Dunkelheit im Schrittempo mühsam ertasten, auf der

Suche nach ihrem weihevollen, abgelegenen Ziel. In dem dichten Wald, der sich in der Nähe des Friedhofs ausbreitete, ließ sie auch der letzte Lichtschimmer im Stich, und sie mußten ein Zündholz entfachen, um eine der Laternen des Zweispänners wieder zu erleuchten. So erreichten sie, unter tropfenden Bäumen und von riesigen, huschenden Schatten umgeben, den Schauplatz ihrer gottlosen Arbeit.

Beide waren sie in solchen Dingen erfahren und kraftvoll mit dem Spaten, und sie waren noch keine zwanzig Minuten am Werk, als ein dumpfes Scharren auf dem Sargdeckel sie belohnte. In diesem Augenblick warf Macfarlane einen Stein, an dem er sich die Hand verletzt hatte, achtlos hinter sich. Das Grab, in dem sie nun fast bis zu den Schultern standen, lag dicht am Rande des Friedhofsplateaus. Sie hatten die Kutschenlaterne, um ihre Arbeit heller zu beleuchten, an einen Baum genau am Rand des steil abfallenden Bachufers gelehnt. Der Zufall hatte den Stein in diese Richtung gelenkt. Er folgte ein Klirren von zerbrochenem Glas, und die Nacht senkte sich über sie. Das Poltern der Laterne den Abhang hinunter und ihre gelegentlichen Zusammenstöße mit den Bäumen wurden von abwechselnd dumpfen und scheppernden Geräuschen begleitet. Ein paar Steine, die sie im Fallen losgerissen hatte, prasselten in die Tiefe der Schlucht hinter ihr her, und dann ergriffen die Stille und die Nacht wieder die Herrschaft. Sosehr sie auch ihr Gehör anstrengen mochten, es war nichts zu hören als der Regen, der mal vom Wind getrieben wurde, mal gleichmäßig über Meilen offenen Landes fiel.

Sie waren der Beendigung ihres verabscheuungswürdigen Werkes so nah, daß sie es für das klügste hielten, es im Dunkeln zu vollenden. Der Sarg wurde herausgehoben und aufgebrochen, die Leiche in einen tropfnassen Sack gesteckt und in ihrer Mitte zur Kutsche getragen. Der eine stieg auf, um sie festzuhalten, der andere nahm das Pferd beim Maul und tastete sich an der Mauer und den Büschen entlang, bis sie auf die breitere Straße am ›Fischertreff‹ stießen. Hier gab es einen schwachen, ungewohnten Schimmer, den sie so freudig begrüßten wie helles Tageslicht. Sie trieben das Pferd zu schneller Gangart an und begannen fröhlich, Richtung Stadt zu rattern.

Sie waren beide über ihrer Beschäftigung bis auf die Haut durchnäßt worden, und nun, als der Zweispänner in den tiefen Fahrspuren hin und her gerüttelt wurde, fiel das Ding, das zwischen ihnen lehnte, einmal gegen den einen, dann wieder gegen den anderen. Bei jeder Wiederholung der schrecklichen Berührung stieß es jeder von ihnen instinktiv mit größerer Hast zurück, und obwohl diese Reaktion ganz natürlich war, begann sie, an den Nerven der Komplizen zu zerren. Macfarlane riß einen geschmacklosen Witz über die Bauersfrau, aber er klang hohl auf seinen Lippen und wurde mit gnädigem Schweigen übergangen. Noch immer fiel ihre unnatürliche Last von einer Seite auf die andere. Jetzt lehnte der Kopf fast vertraulich an ihren Schultern, dann wieder fegte ihnen das triefende Sacktuch eisig übers Gesicht. Kriechende Kälte ergriff von Fettes' Seele Besitz.

Er schielte auf das Paket, und es schien ihm irgendwie größer als vorher.

Überall auf dem Land und aus jeder Entfernung wurde ihre Fahrt von wehmütigem Jaulen der Hofhunde begleitet, und in seinem Geist nahm der Gedanke bedrohliche Form an, daß irgend etwas Ungeheuerliches geschehen war, daß eine unfaßbare Veränderung mit dem toten Körper vor sich gegangen war und daß die Hunde aus Furcht vor ihrer gottlosen Fracht heulten.

»Um Himmels willen«, sagte er, und es kostete ihn große Anstrengung, die Worte über die Lippen zu bringen, »um Himmels willen, laß uns ein Licht anzünden!«

Offensichtlich bewegten Macfarlane ähnliche Gefühle, denn obgleich er nicht antwortete, hielt er die Pferde an, übergab seinem Kameraden die Zügel und sprang hinunter, um die verbliebene Laterne anzuzünden. Sie waren immer noch nicht weitergekommen als bis zu der Wegkreuzung nach Auchendinny. Es regnete in Strömen, als wolle eine neue Sintflut über die Erde hereinbrechen, und es war kein leichtes, in der Nässe und Dunkelheit ein Licht anzuzünden.

Als das flackernde blaue Flämmchen schließlich am Docht geleckt hatte und sich auszudehnen und heller zu werden begann und einen weiten Nebelkreis von Licht um die Kutsche verbreitete, war es den zwei jungen Männern möglich, einander und das Ding, das sie mit sich führten, anzusehen. Der Regen hatte den unförmigen Sack an die Umrisse des Körpers darin geschmiegt, der Kopf hob sich vom Rumpf ab, und die Schultern waren deutlich modelliert. Etwas gleichermaßen Geisterhaftes wie Menschliches zog ihre Blicke auf ihren grausigen Begleiter.

Macfarlane blieb einige Zeit bewegungslos stehen und hielt die Lampe. Namenlose Furcht umhüllte wie ein feuchtes Tuch den Körper von Fettes und spannte die weiße Haut auf seinem Gesicht. Sinnlose Angst, Entsetzen vor dem, was nicht sein konnte, bahnte sich einen Weg in sein Gehirn. Noch eine Sekunde, und er hätte gesprochen, aber sein Gefährte kam ihm zuvor.

»Das ist keine Frau«, sagte Macfarlane mit versagender Stimme.

»Es war eine Frau, als wir sie hineingesteckt haben«, flüsterte Fettes.

»Halt die Lampe«, sagte der andere, »ich muß ihr Gesicht sehen.«

Und während Fettes die Lampe hielt, löste sein Kumpan die Verschnürung des Sackes und zog das Tuch über den Kopf hinunter. Das Licht fiel sehr hell auf die dunklen, wohlgeformten Züge und die glattrasierten Wangen eines nur zu bekannten Gesichtes, das diesen beiden jungen Männern oft in ihren Träumen erschienen war.

Ein wilder Schrei gellte durch die Nacht, ein jeder stürzte sich auf seiner Seite auf den Fahrweg, und das Pferd, erschreckt durch den ungewöhnlichen Tumult, machte einen Satz und raste im Galopp Richtung Edinburg. Mit sich führte es, als einzigen Fahrgast der Kutsche, den Körper des toten und längst sezierten Gray.

ENDE

Originaltitel: The Body Snatchers
Deutsche Übersetzung: Waltraud Götting

Ihr Urlaubs-Begleiter

**Band 26 005**

**Thrill & Kill**

Eine wahre Fundgrube für Liebhaber der originellen Pointe und des knallharten Plots. Deutsche, englische und amerikanische Autoren begeben sich auf Kurz-Trips in die Abgründe der menschlichen Seele. Dazu in neuer Übersetzung: ›Der Engel des Schreckens‹, einer der besten Schocker von Edgar Wallace.

BASTEI
LÜBBE

**Sie erhalten diesen Band im Buchhandel, bei Ihrem Zeitschriftenhändler sowie im Bahnhofsbuchhandel.**